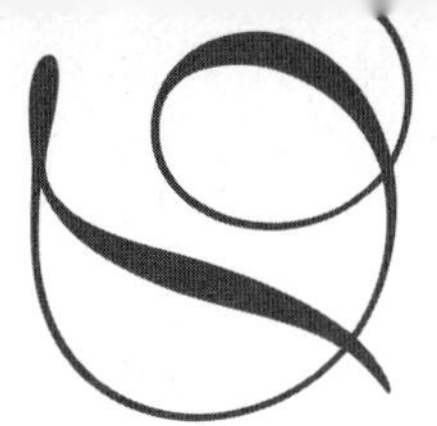

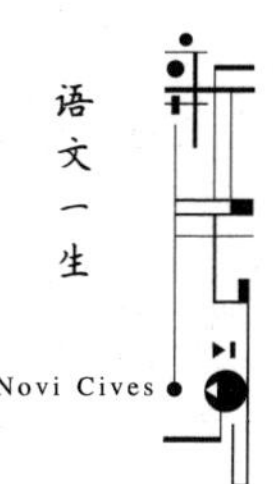

生命，何以高贵

SHENGMING HEYI GAOGUI

梁晓声　著

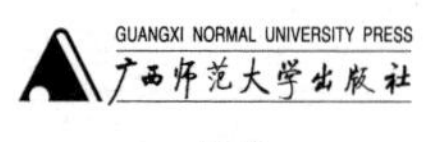

·桂林·

图书在版编目（CIP）数据

生命，何以高贵／梁晓声著．—桂林：广西师范大学出版社，2016.1
（语文一生）
ISBN 978-7-5495-7470-4

Ⅰ．①生… Ⅱ．①梁… Ⅲ．①散文集－中国－当代 Ⅳ．①I267

中国版本图书馆 CIP 数据核字（2015）第 269073 号

广西师范大学出版社出版发行
（广西桂林市中华路 22 号　邮政编码：541001
网址：http://www.bbtpress.com）
出版人：何林夏
全国新华书店经销
广西民族印刷包装集团有限公司印刷
（南宁市高新区高新三路 1 号　邮政编码：530007）
开本：890 mm × 1 240 mm　1/32
印张：11.625　　字数：275 千字
2016 年 1 月第 1 版　　2016 年 1 月第 1 次印刷
印数：00 001~10 000 册　　定价：39.80 元

目　录

第一部分　人世间

多年以后，我理解哥哥了。
母亲是将他作为一个『理想之子』
来终日教诲的，
说谎骗人在他看来是极为可耻的，
那怎么还能用谎话骗自己的父亲呢？

兄长

如果，谁面对自己的哥哥，心底油然冒出“兄长”二字的话，那么大抵，谁已老了。并且，谁的“兄长”肯定更老了。

这个“谁”，倘是女性，那时刻她眼里，几乎会漫出泪来；而若是男人，表面上即使不动声色，内心里也往往百感交集。男人也罢，女人也罢，这种情况之下的他或她以及兄长，又往往早已是没了父母的人了。即使这个人曾有多位兄长，那时大概也只剩对面或身旁那唯一的一个了。于是同时觉得变成了老孤儿，便更加互生怜悯了。老人而有老孤儿的感觉，这一种忧伤最是别人难以理解和无法安慰的，儿女的孝心只能减轻它，冲淡它，却不能完全抵消它。

有哥的人的一生里，心底是不大会经常冒出“兄长”二字的。“兄长”二字太过文化了，它一旦从人的心底冒了出来，会使人觉得，所谓手足之情类似一种宗教情愫，于是几乎想要告解一番，仿佛只有那样才能驱散忧伤……

几天前，在精神病院的院子里，我面对我唯一的哥哥，心底便忽然冒出了“兄长”二字。那时我忧伤无比，如果附近有教堂，我将哥哥送回病房之后，肯定会前去祈祷一番的。我的祷词将会很简单,也很直接:“主啊,请保佑我,也保佑我的兄长……”我一点儿也不会因为这样的祈求而感到羞耻。

我的兄长大我六岁,今年已经六十八周岁了。从二十岁起,他一大半的岁月是在精神病院里度过的。他是那么渴望精神病院以外的自由,而只有当我是一个退休之人了,他才会有自由。我祈祷他起码再活十年,不病不瘫地再活十年。我不奢望上苍赐他更长久的生命。因为照他现在的健康情况看来,那分明是不实际的乞求。我也祈祷上苍眷顾于我,使我再有十年的无病岁月。只有在这两个前提之下,他才能过上十年左右精神病院以外的较自由的生活。对于一个四十八年里大部分岁月是在精神病院中度过的,并且至今还被软禁在精神病院里的人,我认为我的乞求毫不过分。如果有上帝、佛祖或其他神明,我愿与诸神达成约定:假使我的乞求被恩准了,哪怕在我的兄长离开人世的第二天,我的生命也必结束的话,那我也宁愿,绝不后悔!

在我头脑中,我与兄长之间的亲情记忆就一件事:大约是我三四岁时,我大病了一场,高烧,母亲后来是这么说的。我却只记得这样的情形——某天傍晚我躺在床上,对坐在床边心疼地看着我的母亲说我想吃蛋糕。之前我在过春节时吃到过一块,觉得那是世上最好吃的东西。外边下着瓢泼大雨,母亲保证说雨一停,就让我哥去为我买两块。当年,在街头的小铺子里,点心乃至糖果也是可以论块买的。我却哭了起来,闹着说立刻就要吃。于是当年十来岁的哥哥脱了鞋、上衣和裤子,只穿裤衩,戴上一顶破草帽,自告奋勇,表示愿意冒雨去为我买回来。母亲被我哭闹得无奈,给了哥哥一角几分钱,于心不忍地看着哥哥冒雨冲出了家门。外边又是闪电又是惊雷的,母亲表现得很不安,不时起身走到窗前往外望。我觉得似乎过了挺长的钟点哥哥才回来,他进家门时的样子特滑稽,一手将破草帽紧拢胸前,一手拽着裤衩的上边。母亲问他买到没有,他哭了,说第一家铺子没有蛋糕,只有长白糕,第二家铺子也是,跑到了第三家铺子才买到的。说着,哭着,弯了腰,使草帽与胸口分开,原来两块用纸包着的蛋糕在帽兜里。那时刻他不是像什么落汤鸡,而是像一条刚脱离了河水的娃娃鱼;那时刻他也有点儿像在变戏法,是被强迫着变出蛋糕来的。变是终归变出来了两块,却委实变得太不容易了,所以哭,大约因为觉得自己笨。

母亲说:“你可真死心眼儿,有长白糕就买长白糕嘛,何必多跑两家铺子非买到蛋糕不可呢?”

他说:“我弟要吃的是蛋糕,不是长白糕嘛!”

还说,母亲给他的钱,买三块蛋糕是不够的,买两块还剩下几分钱,他自作主张,还为我买了两块酥糖……

“妈,你别批评我没经过你同意啊,我往家跑时都摔倒了。”

其实对于我,长白糕和蛋糕是一样好吃的东西。我已几顿没吃饭了,转眼就将蛋糕狼吞虎咽地吃了下去。

而母亲却发现,哥哥的胳膊肘、膝盖破皮了,正滴着血。当母亲替哥哥用盐水擦过了伤口,对我说也给你哥吃一块糖时,我连最后一块糖也嚼在嘴里了……

是的,我头脑中只不过就保留了对这么一件事的记忆。某些时候我试图回忆起更多几件类似的事,却从没回忆起过第二件。每每我恨他时,当年他那种像娃娃鱼又像变戏法的少年的样子,就会逐渐清楚地浮现在我眼前。于是我内心里的恨意也就会逐渐地软化了,像北方人家从前的冻干粮,上锅一蒸,就暄腾了。只不过在我心里,热气是回忆产生的。

是的——此前我许多次地恨过哥哥。那一种恨,可以说是到了憎恨的程度。有不少次,我曾这么祈祷:上帝呵,让他死吧!并且,毫无罪过感。

我虽非教徒,但由于青少年时读过较多的外国小说,大受书中人物影响,倍感郁闷、压抑了,往往也会像那些人物似的对所谓上帝发出求助的祈祷。

千真万确,我是多次憎恨过我的哥哥的。

我上小学三年级时,哥哥已经在读初三了,而我从小学四年级到六年级的三年里,正是哥哥从高一到高三的阶段。那时,我又有了两个弟弟一个妹妹。而实际上,家中似乎只有我和两个弟弟一个妹妹四个孩子。除了过年过节和星期日,我们四个平时白天是不太见得到哥哥的。即使星期日,他也不常在家里。我们能见到母亲的时候,并不比能见到哥哥的时候多一些。而是建筑工人的父亲,则远在大西南。某几年这一省,某几年那一省。从我小学一年级的时候起,父亲就援建“大三线”去了——每隔两三年才得以与全家团圆一次,每次十二天的假期。那对父亲来说如同独自一人的万里长征,尽管一路有长途汽车和列车可乘坐,但中途多次转车,从大西南的深山里回到哈尔滨的家里,每次都要经历五六天的疲惫途程。父亲的工资当年只有六十四元,他每月寄回家四十元,自己花用十余元,每月再攒十余元。如果不攒,他探家时就得借路费了,而且也不能多少带些钱回到家里了。到过我家里的父亲的工友曾同情地对母亲说:“梁师傅太仔细了,舍不得买食堂的菜吃,自己买点儿酱买几块豆腐乳下饭,二分钱一块豆腐乳,他往往就能吃三天!”

那话,我是亲耳听到了的。

父亲寄回家的钱,十之八九是我去邮局取的。从那以后,每次看着邮局的人点钱给我,我的心情不是高兴,而竟特别地难受。正是由于那种难受使我暗下决心,初中毕业后,但凡能找到份工作,我一定不读书了,早日为家里挣钱才更要紧!

那话,哥哥也是当面听到了的。

父亲的工友一走,哥哥哭了。

母亲已经当着来人的面落过泪了,见哥哥一哭,便这么劝:儿子别哭。你可一定要考上大学对不对?家里的日子再难，妈也要想方设法供你到大学毕业！等你大学毕业了，家里的日子不就有缓了吗？爸妈不就会得你的济了吗？弟弟妹妹不就会沾你的光了吗……

从那以后，我们见到哥哥的时候就更少了，学校几乎成了他的家了。从初中起，他就是全校的学习尖子生，也是学生会和共青团的干部，他属于那种多项荣誉加于一身的学生。这样的学生，在当年，少接受一种荣誉也不可能，那是自己做不了主的事。将学校当成家，一半是出于无奈，一半也是根本由不得他自己做主。我们的家太小太破烂不堪，如同城市里的土坯窝棚。在那样的家里学习，要想始终保持全校尖子生的成绩是不太可能的，所以他整天在学校里，为那些给予他的荣誉尽着尽不完的义务，也为考上大学刻苦学习。

每月四十元的生活费，是不够母亲和我们五个儿女度日的。母亲四处央求人为自己找工作。谢天谢地，那几年临时工作还比较好找。母亲最常干的是连男人们也会叫苦不迭的累活儿脏活儿。然而母亲是吃得了苦的。只要能挣到份儿钱，再苦再累再脏的活儿，她也会高高兴兴地去干。每月只不过能挣二十来元吧。但那二十来元，对我家的日子作用重大。

一年四季，我和弟弟妹妹们的每一天差不多总是这样开始的：当我们醒来，母亲已不在家里，不知何时上班去了。哥哥也不在家里了，不知何时上学去了。倘是冬季，那时北方的天还没亮。或者，炉火不知何时已生着了，锅里已煮熟一锅粥了，不是玉米粥，便是高粱米粥。或者，只不过半熟，得待我起床了，捅旺火接着煮。也或者，炉火并没生，屋里冷森森的，锅里是空的，须我来为弟弟妹妹们弄早饭吃。煮玉米粥或高粱米粥是来不及了的，只有现生火，煮锅玉米面粥……

我从小学二三年级起就开始做饭、担水、收拾屋子，做几乎一切的家务了。在当年的哈尔滨，挑回家一担水是不容易的。我家离自来水站较远，不挑水也要走十来分钟。对于才小学二三年级的孩子，挑水得走二十来分钟了，因为中途还要歇两三歇。我是决然挑不起两满桶水的，一次只能挑半桶。如果我早上起来，发现水缸里居然已快没水了，我对哥哥是很恼火的。我认为挑水这一项家务，不管怎么说也应该是哥哥的事。但哥哥的心思几乎全扑在学习上了，只有星期日他才会想到自己也该挑水的，一想到就会连挑两担，那便足以使水满缸了。而我呢，其实内心里也挺期待他大学毕业以后，能分配到较令人羡慕的工作，挣较多的钱，使全家人过上较幸福的生活。这种期待，往往很有效地消解了我对他的恼火。

然而我开始逃学了。

因为头一天晚上没写完作业或根本就没顾得上写，第二天上午忙得顾此失彼，终究还是没得空写——我逃学。

因为端起锅时，衣服被锅底灰弄黑了一大片，洗了干不了，不洗再没别的衣服可换（上学穿的一身衣服当然是我最体面的一身衣服了）——我逃学。

因为一上午虽然诸事忙碌得还挺顺利，但是背上书包将要出门时，弟弟妹妹眼巴巴地望着我，都显出我一走他们会害怕的表情时——我逃学。

因为外边大雪纷飞，天寒地冻，而家里若炉火旺着，我转身一走不放心；若将炉火压住，家里必也会冷得冻手冻脚——我逃学。

因为外边在下雨，由于房顶处处破损，屋里也下小雨，我走了弟弟妹妹们不知如何是好——我逃学……

我对每一次逃学几乎都有自认为正当的辩护理由。而逃学这一种事，是要付出一而再、再而三的代价的。我头一天若逃学了，晚上会睡不着觉的，唯恐面对老师当着全班同学面的训问不知如何回答是好。结果第二天又逃学，第三天还逃学。最多时，我连续逃学过一个星期，并且教弟弟妹妹怎样帮我圆谎。纸里包不住火，谎言终究是要被戳穿的。有时是同学受了老师的指派到家里来告知母亲，有时是老师亲自到家里来了。母亲往往在明白了真相后，会沉默良久。那时我看出，母亲内心里是极其自责的，母亲分明感觉到对不住我这个二儿子。

而哥哥却生气极了，他往往这么谴责我：你为什么要逃学呢？为什么不爱学习呢？上学对于你就是那么不喜欢的事吗？你看你使妈妈多难堪，多难过！你是不对的！还说谎，会给弟弟妹妹们什么影响?！明天我请假，陪你去上学！

而往往陪我去上学的是母亲。母亲不愿哥哥因为陪我去上学而耽误他的课。

哥哥谴责我时,我并不分辩。我内心里有多种理由,但那不是几句话就自我辩护得明白的。那会儿,我是恨过我的哥哥的。他一贯以学校为家,以学习为“唯此为大”之事,对于家事,却所知甚少。以他那样一名诸荣加身的优秀学生看来,我这样一个弟弟简直是不可理喻的,也是一个令他蒙羞的弟弟。在我的整个小学时期,我是同学们经常羞辱的“逃学鬼”,在哥哥眼中是一个令他失望的、想喜欢也喜欢不起来的弟弟。

一九六二年,我家搬了一次家。饥饿的年头还没过去,我们竟一个也没饿死,几乎算是奇迹。而哥哥对于我和弟弟妹妹,只不过意味着有一个哥哥。他在家也只不过就是我们学习的榜样。

那一年我该考中学了,哥哥将要考大学。

六月,父亲回来探家了。那一年父亲明显地老了,而且特别瘦,两腮都塌陷了。他快五十岁了,为了这个家,每天仍要挑挑抬抬的。他竟没在饥饿的年代饿倒累垮,想来也算是我家的幸事了。

一天,屋里只有父亲、母亲和哥哥在的时候,父亲忧郁地说:“我快干不动了,孩子们一个个全都上学了,花销比以前大多了,我的工资却十几年来一分钱没涨,往后怎么办呢?”

母亲说:“你也别太犯愁,那么多年苦日子都熬过来了,再熬几年就熬出头了。”

父亲说：“你这么说是怪容易的，实际上你不是也熬得太难了吗？我看，千万别鼓励老大考大学了，让他高中一毕业就找工作吧！”

母亲说：“也不是我非鼓励他考大学，他的老师、同学和校领导都来家里做过我的工作，希望我支持他考大学……”

父亲又对哥哥说：“老大，你要为家庭也为弟弟妹妹们做出牺牲！”

哥哥却说：“爸，我想过了，将来上大学的几年，争取做到不必您给我寄钱。”

父亲火了，大声嚷嚷：“你究竟还是不是我儿子?！难道我在这件事上就一点儿也做不了主了吗?!”

他们都以为我不在家，其实我只不过趴在外屋小炕上看小说呢。那一时刻，我的同情是倾向于父亲一边的。

在父亲的压力之下，哥哥被迫停止了高考复习，托邻居的一种关系，到菜市场去帮着卖菜。

又有一天，哥哥傍晚时回到家里，将他一整天卖菜挣到的两角几分钱交给母亲后，哭了。那一时刻，我的同情又倾向于哥哥了。

他的同学和老师都认为，他天生似乎是可以考上北大或清华的学生。我也特别地怜悯母亲，要她在父亲和哥哥之间立场坚定地反对哪一方，对于她都未免太难了。

是我和哥哥一道将父亲送上返回四川的列车的。父亲从车窗探出头对哥哥说:“老大,我该说的都说了,你自己再三考虑吧!”父亲流泪了。哥哥也流泪了。列车就在那时开动了。等列车开远,我对哥哥说:“哥,我恨你!”依我想来,哥哥即使非要考大学不可,那也应该暂且对父亲说句谎话,以使父亲能心情舒畅一点儿地离家上路。可他居然不。

多年以后,我理解哥哥了。母亲是将他作为一个“理想之子”来终日教诲的,说谎骗人在他看来是极为可耻的,那怎么还能用谎话骗自己的父亲呢?

哥哥没再去卖菜,也没重新开始备考。他病了,嗓子肿得说不出话,躺了三天。同学来了,老师来了,邻居来了,甚至街道干部也来了,所有的人都认为父亲目光短浅,让哥哥不要听父亲的。连他的中学老师也来了,还带来了退烧消炎的药。居然有那么多的人关心我的哥哥,以至于当年使我心生出了几分嫉妒。直至那时,我在街坊四邻和老师同学眼中,仍是一个太不让家长省心的孩子。

哥哥考上了唐山铁道学院——他是为母亲考那所学院的。哈尔滨当年有不少老俄国时期留下的漂亮的铁路员工房。母亲认为,只要哥哥以后成了铁道工程师,我家也会住上那种漂亮的铁路房。

父亲给家里写了一封有一半错字的亲笔信,以严厉到不能再严厉的词句责骂哥哥。哥哥带着对父亲对家庭对弟弟妹妹的深深的内疚踏上了开往唐山的列车。

我上的中学，恰是哥哥的母校。不久全校的老师几乎都认得我了。有的老师甚至在课堂上问："谁是梁绍先的弟弟？"——哥哥虽然考上的不是清华、北大，但他是在发着烧的情况之下去考的呀！他不仅放弃了几所保送大学，而且他是为了遵从母命才考唐山铁道学院的！一九六二年，在哈尔滨市，底层人家出一名大学生，是具有童话色彩的事情。这样的一个家庭，全家人都是受尊敬的。

我这名初中生的虚荣心在当年获得了巨大的满足，我开始以哥哥为荣，我也暗自发誓要好好学习了。第一个学期几科全考下来，平均成绩九十几分，我对自己满怀信心。

饥饿像一只大手，依然紧攥大多数中国人的胃，从草根草籽到树皮树叶，底层中国人几乎将一切能吃的东西都吃遍了，吃光了，便尝试吃许多自认为可以吃的，以前不敢吃的东西。父亲在大西南挨饿，哥哥在大学里挨饿，母亲和我们在家里挨饿。哥哥居然还不算学校里家庭生活最困难的学生，他每月仅领到九元钱的助学金。他又成了大学里的学生会干部，故须带头减少口粮定量，据说是为了支援亚非拉人民闹革命。父亲不与哥哥通信，不给他寄钱，也挤不出钱来给他寄。哥哥终于也开始撒谎了——他写信告诉家里，不必为他担什么心，说父亲每月寄给他十元钱。那么，他岂不是每月就有十九元的生活费了么？这在当年是挺高的生活费标准了，于是母亲真的放心了，并因父亲终于肯宽恕哥哥上大学的“罪过”而感动。哥哥还在信中说他投稿也能挣到稿费。其实他投稿无数，不过只挣到了一次稿费，后来听哥哥亲口说才三元……

哥哥第一个假期没探家，来信说是要带头留在学校勤工俭学。第二个假期也没探家，说是为了等到父亲也有了假期，与父亲同时探家。而实际上，他是因为没钱买车票才探不成家。

哥哥上大学的第二个学年开始不久，家里收到了一封学校发来的电报——“梁绍先患精神病，近日将由老师护送回家”。电文是我念给母亲听的。

母亲呆了，我也呆了。

邻居家的叔叔婶婶们都到我家来了，传看着电报，陪母亲研究着，讨论着——精神病与疯了是一个意思，抑或不是？好心的邻居们都说肯定还是有些区别的。我从旁听着，看出邻居们是出于安慰。我的常识告诉我，那完全是一个意思，但是我不忍对母亲说。

母亲一直手拿着电报发呆，一会儿看一眼，一直坐到了天明。

而我虽然躺下了，却也彻夜未眠。

第二天我正上最后一堂课时，班主任老师将我叫出了教室——在一间教研室里，我见到了分别一年的哥哥，还有护送他的两名男老师。那时天已黑了，北方迎来了第一场雪。护送哥哥的老师说哥哥不记得往家走的路了，但对母校路熟如家。

我领着哥哥他们往家走时，哥哥不停地问我：家里还有人吗？父亲是不是已经饿死在大西南了？母亲是不是疯了？弟弟妹妹们是不是成了街头孤儿……

我告诉他母亲并没疯时，不禁泪如泉涌。

那时我最大的悲伤是——母亲将如何面对她已经疯了的"理想之子"？

哥哥回来了，全家人都变得神经衰弱了。因为哥哥不分白天黑夜，几乎终日喃喃自语。仅仅十五平方米的一个破家，想要不听他那种自语声，除非躲到外边去。母亲便增加哥哥的安眠药量，结果情况变得更糟，因为那会使哥哥白天睡得多，夜里更无法入睡。但母亲宁肯那样。那样哥哥白天就不太出家门了，这就不至于使邻居们特别是邻家的孩子们因为突然碰到了他而受惊。如此考虑当然是道德的，但我家的日子从此过得黑白颠倒了。白天哥哥在安眠药的作用下酣睡时，母亲和弟弟妹妹们也尽量补觉。夜晚哥哥喃喃自语开始折磨我们的神经时，我们都凭意志力忍着不烦躁。六口人挤着躺在同一铺炕上，希望听不到是不可能的。当年城市僻街的居民社区，到了夜晚寂静极了。哥哥那种喃喃自语对于家人不啻是一种刑罚。一旦超过两个小时，人的脑仁儿都会剧痛如灼。而哥哥却似乎一点儿不累，能够整夜自语。他的生物钟也黑白颠倒了。母亲夜里再让他服安眠药，他倒是极听话的，乖乖地接过就服下去。哥哥即使疯了，也还是最听母亲话的儿子。除了喃喃自语是他无法自我控制的，在别的方面，母亲要求他应该怎样不应该怎样，他都表现得很顺从。弟弟妹妹们临睡前都互相教着用棉团堵耳朵了。母亲睡前也开始服安眠药了。不久，我睡前也开始服安眠药了……

两个月后，精神病院通知家里有床位了。

于是一辆精神病院的专车开来，哥哥被几名穿白大褂的男人强制性地推上了车。当时他害怕极了，不知要将他送到哪里去，对他怎么样。母亲为了使他不怕，也上了车。

家人的精神终于得以松弛。而我的学习成绩一败涂地。

我又旷了两天课。也不用服安眠药，在家里睡起了连环觉。

哥哥住了三个月的院，在家中休养了一年。他的精神似乎基本恢复正常了。一年后，他的高中老师将他推荐到一所中学去代课，每月能领三十五元的代课工资了。据说，那所中学的老师们对他上课的水平评价挺高，学生们也挺喜欢上他的课。

那时母亲已没工作可干了，家里的生活仅靠父亲每月寄回的四十元勉强维持。忽一日一下子每月多了三十五元，生活改善的程度简直接近幸福了。

那是我家生活的黄金时期。

家里还买了鱼缸，养了金鱼。也买了网球拍、象棋、军棋、扑克。在母亲，是为了使哥哥愉快。我和弟弟妹妹们都知道这一点至关重要，都愿意陪哥哥玩玩。

如今想来，那也是哥哥人生中的黄金时期。

他指导我和弟弟妹妹们的学习十分得法，我们的学习成绩都快速地进步了。我和弟弟妹妹们都特别尊敬他了，他也经常表现出对我们每个弟弟妹妹的关心了。母亲脸上又开始有笑容了。甚至，有媒人到家里来，希望能为哥哥做成大媒了。

又半年后，哥哥的代课经历结束了。

他想他的大学了。

精神病院开出了"完全恢复正常"的诊断书，于是他又接着去圆他的大学梦了。那一年哥哥读的桥梁设计专业迁到四川去了，而父亲也仍在四川。父亲的工资涨了几元，他也转变态度，开始支持哥哥上大学了。父亲请假到哥哥的大学里去看望了哥哥一次，还与专业领导们合影了。哥哥居然又当上了学生会干部，他的老师称赞他跟上学习并不成问题，同意他从大三第一学期开始续读。因为他在家里自学得不错，大二补考的成绩还是中上。

一切似乎都朝良好的方面进展。

那一年已经是一九六五年了。

然而哥哥的大三却没读完——转年"文革"开始，各大学尤其乱得迅猛，乱得彻底。有人“大串联”去了，有人赴京请愿告状了，有人留在学校打“派仗”。

哥哥又被送回了家里。

这一次他成了“政治型”的疯子。

他见到母亲说的第一句话居然是“妈，我不是‘反革命’！”

哈尔滨也成了一座骚乱之城，几乎每天都有令人震动的事发生，也时有悲惨恐怖之事发生。全家人都看管不住哥哥了，经常是，一没留意，哥哥又失踪了。也经常是，三天五天找不到。找到后，每见他是挨过打了。谁打的他，在什么情况下挨的打，我和母亲都不得而知。母亲东借西借，为哥哥再次住院凑钱。钱终于凑够了，却住不进精神病院去。精神病人像急性传染病患者一样一天比一天多，床位极度紧张。盼福音似的盼到了入院通知书，准备下的住院费又快花光了。半年后才住上院。那半年里，我和母亲经常在深夜冒着凛冽严寒跟随哥哥满城市四处去“侦察”他幻觉中的“美蒋特务”的活动地点。他说只有他亲自发现了，才能证明自己并非“反革命”。他又整夜整夜地喃喃自语了。他很可怜地对母亲解释，他不是自己非要那样折磨亲人，而是被特务们用仪器操控的结果，还说他的头也被折磨得整天在疼。母亲则只有泪流不止。

在那样的一些日子里，我曾暗自祈祷：上帝啊，让我尽快没了这样的一个哥哥吧！

即使那时我也并没恨过哥哥，只不过太可怜母亲。我怕哪一天母亲也精神崩溃了,那可怎么办呢?对于我和弟弟妹妹们,母亲才是无比重要的。我们都怕因为哥哥这样了,哪一天再失去母亲。怕极了。

哥哥住了三个月的院,花去了不少的钱,都是母亲借的钱。报销单据寄往大学,杳无回音。大学已经彻底瘫痪了。而续不上住院费,哥哥被母亲接回家了,他的病情一点儿也没减轻。

在接下来的一年里,全家人的精神又备受折磨,整天提心吊胆。哥哥接连失踪过几次。有次被关在某中学的地下室,好心人来报信,我和母亲才找到了他,他的眼眶被打青了。还有一次他几乎被当街打死,据说是因为他当众呼喊了句什么反动口号。也有一次是被公安局的"造反派"关押了起来,因为他不知从哪儿搞到了笔和纸,写了一张反动的大字报贴到了公安局门口……

"上山下乡"运动开始了。

我毫不犹豫地第一批就报了名。

每月能挣四十多元钱啊!我要无怨无悔地去挣!那么,家里就交得起住院费了,母亲和弟弟妹妹们就获拯救了。

我下乡的第二年,三弟也下乡了。我和三弟省吃俭用寄回家的钱,几乎全都用来支付哥哥的住院费了。后来四弟工作了,再后来小妹也工作了。他俩的学徒工资头三年每月十八元。尽管如此,还是支付不起哥哥的常年住院费,因为那每月要八十几元。但毕竟我们四个弟弟妹妹都能挣钱了。幸而街道挺体恤我家的,经常给开半费住院的证明。而半费的住院者,院方是比较排斥的。故每年还有半年的时间,哥哥是住在家里的。

有一年我回家探亲,家里的窗上安装了铁条,钉了木板,玻璃所剩无几,镜子、相框,甚至暖壶,易碎的东西一概没有了,菜刀、碗和盘子都锁在箱子里。

我发现,母亲额上有了一道可怕的疤,很深。那肯定是皮开肉绽所造成的。我还在家里发现了自制的手铐、脚镣、铁链。四弟的工友帮着做的。四弟和小妹谈起哥哥简直都谈虎色变了。四弟说哥哥的病不是从前那种"文疯"的情况了。而母亲含着泪说,她额上的伤疤是被门框撞的。那时刻,我内心里产生了憎恨。我认为哥哥已经注定不是哥哥了,而是魔鬼的化身了。那时刻,我暗自祈祷:上帝啊,为了我的母亲、四弟和小妹的安全,我乞求你,让他早点儿死吧!以往我回家,倘哥哥在住院,我必定是要去看望他两次的。第二天一次,临行一次。那次探亲假期里,我一次也没去看他。临行我对四弟留下了斩钉截铁的嘱咐:能不让他回家就不让他回家!我的一名知青朋友的父亲是民政部的领导,住院费你们别操心,我要让他永远住在精神病院里!我托了那种关系,哥哥便成了精神病院的半费常住患者……而我回到兵团的次年,成了复旦大学的"工农兵学员"。这件事,我是颇犯过犹豫的。因为我一旦离开兵团,就意味着每月不能再往家里寄钱了,并且,还需家里定期接济我一笔生活费。我将这顾虑写信告诉了三弟,三弟回信支持我去读书,保证每月可由他给我寄钱。这样的表示,已使我欣然。何况当时,我自觉身体情况不佳,有些撑不住抬大木那么沉重的劳动了,于是下了离开兵团的决心。

在复旦的三年,我只探过一次家,为了省钱。分配到北京电影制片厂后,我又将替哥哥付医药费的义务承担了。为了可持续地承担下去,我曾打算将独身主义实行到底。两个弟弟和小妹先后成家,在父母的一再劝说和催促之下,我也只有成家了。接着自己也有了儿子,将父亲接到北京来住,埋头于创作,在北京"送走了"父亲,又将母亲接来北京,攒钱帮助弟弟妹妹改善住房问题……各种责任纷至沓来,使我除了支付住院费一事,简直忘记了还有一个哥哥。哥哥对于我,似乎只成了"一笔支出"的符号。

一九九七年母亲去世时,我坐在病床边,握着母亲的手,问母亲还有什么要嘱咐我的。

母亲望着我,眼角淌下泪来。

母亲说:"我真希望你哥跟我一块儿死,那他就不会拖累你了……"

我心大恸,内疚极了,俯身对母亲耳语:"妈妈放心,我一定照顾好哥哥,绝不会让他永远在精神病院里……"

当天午夜,母亲也"走了"……

办完母亲丧事的第二天，我住进一家宾馆，命四弟将哥哥从精神病院接回来。

哥哥一见我，高兴得像小孩似的笑了，他说："二弟，我好想你。"

算来，我竟二十余年没见过哥哥了，而他却一眼就认出了我！

我不禁拥抱住他，一时泪如泉涌，心里连说：哥哥，哥哥，实在是对不起！对不起……

我帮哥哥洗了澡，陪他吃了饭，与他在宾馆住了一夜。哥哥以为他从此自由了。而我只能实话实说：现在还不行，但我一定尽快将你接到北京去！

一返回北京，我动用轻易不敢用的存款，在北京郊区买了房子。简易装修，添置家具。半年后，我将哥哥接到了北京，并动员邻家的一个弟弟"二小"一块儿来了。"二小"也是返城知青，常年无稳定工作、稳定住处。我给他开一份工资，由他来照顾哥哥，可谓一举两得。他对哥哥很有感情，由他来替我照顾哥哥，我放心。

于是哥哥的人生，终于接近是一种人生了。

那三年里，哥哥生活得挺幸福，"二小"也挺知足，他们居然都渐渐胖了。我每星期去看他们，一块儿做饭、吃饭、散步、下棋，有时还一块儿唱歌……

却好景不长，"二小"回哈尔滨探望他自己的哥哥及妹妹时，某日不慎从高处跌下，不幸身亡。这噩耗使我伤心了好多天，我只好向单位请了假，亲自照看哥哥。

我对哥哥说："哥，'二小'不能回来照顾你了，他成家了……"

哥哥怔愣良久，竟说："好事。他也该成家了，咱们应该祝贺他，你寄一份礼给他吧。"

我说："照办。但是，看来你又得住院了。"

哥哥说："我明白。"

那年，哥哥快六十岁了。他除了头脑、话语和行动都变得迟钝了，其实没有任何可能具有暴力倾向的表现。相反，倒是每每流露出次人一等的自卑来。

我说："哥，你放心，等我退休了，咱俩一块儿生活。"

哥哥说："我听你的。"

哥哥在北京先后住过几家精神病院，有私立的，也有公立的。现在住的这一所医院，据说是北京市各方面条件最好的。每月费用四千元左右。幸而我还有稿费收入，否则，即或身为教授，只怕也还是难以承担。

前几天，我又去医院看他。天气晴好，我俩坐在院子里的长椅上，我看着他喝酸奶，一边和他聊天。在我们眼前，几只野猫慵懒大方地横倒竖卧。而在我们对面，另一张长椅上坐着一对老伴儿，他们中间是一名五十来岁的健壮患者，专心致志、大快朵颐地吃烧鸡。那一对老伴儿，看去是从农村赶来的，都七十五六岁了。二老腿旁，也都斜立着树杈削成的拐棍。他们身上落了一些尘土，一脸疲惫。

我问："哥，你当年为什么非上大学不可？"

哥哥说："那是一个童话。"

我又问："为什么是童话？"

哥哥说："妈妈认为只有那样，才能更好地改变咱们家的穷日子。妈妈编那个童话，我努力实现那个童话。当年我曾下过一种决心，不看着你们几个弟弟妹妹都成家立业了，我自己是绝不会结婚的……"

他看着我苦笑。原来哥哥也有过和我一样的想法！我心一疼，黯然无语，呆望着他，像呆望着另一个自己的化身。哥哥起身将塑料盒扔入垃圾筒，坐下后，看着一只猫反问：

"你跟我说的那件事，也是童话吧？"

"什么事？"我的心还在疼着。

"就是，你保证过的，退休了要把我接出去，和我一起生活……"

想来，那一种保证，已是六七年前的事了，不料哥哥始终记着。他显然也一直在盼着。

哥哥已老得很丑了。头发几乎掉光了，牙也不剩几颗了，背驼了，走路极慢了，比许多六十八九岁的人老多了。而他当年，可是一个一身书卷气、儒雅清秀的青年，从高中到大学，追求他的女生多多。

我心又是一疼。

我早已能淡定地正视自己的老了,对哥哥的迅速老去,却是不怎么容易接受的,甚至有几分慌恐、恓惶,正如当年从心理上排斥父亲和母亲无可奈何地老去一样。

“你忘了吗?”哥哥又问,目光迟滞地望着我。

我赶紧说:“没忘,哥,你还要再耐心等上两三年……”

“我有耐心。”他信赖地笑了,话说得极自信。随后,眼望向了远处。

其实,我晚年的打算从不曾改变——更老的我,与老态龙钟的哥哥相伴着走向人生的终点,在我看来,倒也别有一种圆满滋味在心头。对于绝大多数的人,人生本就是一堆责任而已。参透此谛,爱情是缘,友情是缘,亲情尤其是缘,不论怎样,皆当润砾成珠。

对面的大娘问:“是你什么人呀?”我回答:“兄长。”话一出口,自窘起来。现实生活中,谁还说“兄长”二字啊!大娘耳背,转脸问大爷:“是他什么人?”大爷大声冲她耳说:“是他老哥!”我问大娘:“你们看望的是什么人啊?”

她说:“我儿子。”看儿子一眼,她又说:“儿子,慢点儿吃,别噎着。”

大爷说:“为了给他续上住院费,我们把房子卖了。没家了,住女婿家去了……”

他们的儿子津津有味地吃着,似乎老父亲老母亲的话,他一句也没听到。

我心接着一疼。这一次，疼得格外锐利。

我联想到了电视新闻报道的那件事——一位崩溃了的母亲，绝望之下毒死了两个一出生便严重智障的女儿；也联想到了电影前辈秦怡在接受采访时讲述的实情——她的患精神病的儿子一犯病往往劈头盖脸地打她……

中国境内，不是所有精神病患者的家里，都有一个有稿费收入的小说家，或一位著名的电影演员啊！

我又暗自祈祷了：上帝啊，人间有些责任，哪怕是最理所当然之亲情责任，亦绝非每一个家庭只靠伦理情怀便承担得了的！您眷顾他们吧，您拯救他们吧……

这一次，在我意识中，上帝不是任何神明，而是——我们的国……

一个陌生女孩的来信

笔耕不辍，久栖文坛，很是收到过一些陌生人写来的信。当弃则弃，应留则留，竟渐渐地由欣然而淡然而漠然。有时，那一种无动于衷，连自己都深觉太愧对认认真真给自己写信的人们了。但是近日收到一个陌生女孩儿的来信，却使我不由得细读数遍，心生出几许说不清楚道不明白的感动。那是一封几经周转的信。信封上的字迹和信纸上的字迹不同，一看就知非一人所写，然都是很稚拙的笔触。下面便是那一封信的内容：

尊敬的作家先生：

我是一个女孩子，普通得不能再普通、平凡得不能再平凡的女孩子。除了年龄的资本，我再没有任何先天的或者后天的资本。既（当为“即”，她写的是白字，我将一一替她改正）使我的花季，那也不过是很不显眼的花季。好比我的家乡的山上和乡路两旁一年四季常开常谢的小野花，开着没人赏，谢时没人惜的。现在，我是深圳的一个打工妹。深圳满街都是我这种年龄的小打工妹。我们外省的打工妹特别感激深圳。这一座和我们年龄差不多的城市，对我们很包容。它给我们打工妹的机会，似乎也比别的城市多一些。这是我们的认为。它不允许比我们强的人歧视我们。这是我们最感激它的方面。我们小小年龄，背井离乡，哪一座城市不歧视我们，我们自然就觉得它比别的城市好。

对不起，我扯得太远了。我给您写信，不是要谈深圳的，我也不是要在这一封信中谈我自己的。关于我自己我前边已经写得很明白了，实在没什么好谈的。而且呢，我也不是你们作家亲(青)睐的什么文学女青年。我向您老老实实地承认，我没读过您的任何一本书，连一篇小说或者一篇文章也没读过。有一个星期六我和我的三个表姐一个表哥又在我们的小六姨家相聚，一边嗑瓜子一边闲聊。瓜子下边铺着一张旧报纸，那上边有个介绍您的报道，还有您的照片。我们的表哥看了一会儿，指着您的照片说："哎，咱们就给他写信怎么样?"我们早就想给一位作家写信了。我把那篇报道大声读了一遍，我的二表姐和三表姐就都说："行!"只有我的大表姐表态表得不那么痛快。她嫌您太老了，而且呢，也看不出一点儿好风度。您真的是照片上那样子吗？还是为您照相的记者成心把您照得那么难看？依我的大表姐，她希望能有一位好风度的作家读到我们的信，还得是男作家。我们就都为您争取她同意。我二表姐说："已经是男的了，将就点就是他吧！"我三表姐说："有人不上相，也许本人没那么怪模怪样的。"我的表哥说："我主张将就。"结果，就由我给您写这一封信了。相对来说，我比表姐表哥们多读了一二年书，字也比他们写得强点儿。我是学酒店服务的中专毕业生。

梁作家，如果您正在看这一封信，那么现在您应该了解了，这是一封代表五个人写给您的信。我们的关系是表姐妹、兄妹、姐弟的关系。我们的母亲们那当然就是亲姐妹了。她们有一个妹妹，就是我们的小六姨。我们正是为我们的小六姨给您写这一封信的。她已经三十六岁了，还没结婚。不过您千万别误会，我们可不是在替我们的小六姨向您征婚。我们的小六姨是个美人儿，除了肤色不怎么白，哪哪儿都够美人儿的标准。请您注意，是不怎么白，不是黑，那可是有大区别的。再者说了，在外国，美人儿不怎么白才更美。这一点您肯定知道的吧？强调一遍，您千万千万别误会，您和我们的小六姨，哪一点儿都不合适。直说了吧，不般配。您对于事实可别生气啊！何况那报道中说您已经有老婆了。

但您还是没明白我们为什么给您写这一封信是吧？作家不是整天不是写就是看吗？如果您已经在看着了，那就有点儿耐心，接着往下看吧。越看，自然就越明白。连我写的人都不怕白白浪费了时间，您看的人，还不得沉住气，对了，还没说我们的姥爷和姥姥呢。不说说，您是难以明白的。

我们的姥爷和姥姥，一个七十八了，一个七十五了。七十八的姥爷身体仍很棒。七十五的姥姥，这几年开始常闹病了。他们是农民，我们的家乡在四川山区。姥爷和姥姥看来在计划生育方面是反面典型了。他们居然生了六个女儿。是不是太能生了？我大表姐的妈妈，也就是我的大姨妈，今年都四十七了。我们的爸爸、妈妈，至今也都是农民。从我们开始，姥爷和姥姥的后代，才是有初等文化的人了。这要感激我们的小六姨。我们都能上得起学，完全是她一个人供的。

我们的小六姨，她生下来不久就送给别人家了。自己家孩子太多了，又都是闺女，干不了重活，姥爷、姥姥感到是负担了。也幸亏小六姨被送给别人家了，那使她初中毕业以后，以全县第一的成绩考上了省卫校。从省卫校毕业后，她分配在省城一所大医院当护士。没几年又当上了一个病区的护士长，是最年轻的一个护士长。那一年她回老家探家，她的养父母就告诉了她一般都尽量隐瞒着的真相。冲这一点，她的养父母也该算是很好的人，是吧？她就去到我们那个村子，探望了我们的姥爷和姥姥，也就是她的亲生父母。接着，又一一去探望她的五个姐姐。我们的小六姨，她进一家门哭一次。我们的姥爷、姥姥和我们的母亲，心里就都特别的内疚，净说些女儿、妹妹对不起的话。小六姨却哭着说："爸爸、妈妈、姐姐们啊，我不是怨你们呀！我是怎么也没想到你们的日子会过得这么苦这么难！这可叫我怎么办呢？……"我们的小六姨，她离开家乡时，一脸的愁云……

不久，我们的母亲听说小六姨不在那一家省城的大医院当护士长了。她在卫校是学按摩的，她自己开了一家按摩诊所。对于她的做法，姥爷、姥姥和我们的母亲们都不敢写信去询问什么。

那一年的春节前，姥爷、姥姥和我们各家，全都收到了小六姨汇来的钱。每家不多，五百元。但是对于农村人家，那可是不少的钱啊！

第二年，她的养母病了，被她接去了省城。半年内姥爷、姥姥和我们各家，没再收到钱，连信也很少收到。第三年上半年，她的养父又病了，也被她接到省城去了。姥爷、姥姥和我们的母亲，全都替她着急上火，可又全都帮不上忙。那一年下半年，小六姨又回到老家了，瘦极了，衣袖上戴着黑纱。姥爷、姥姥和我们的母亲们，一见她那么瘦，全都哭了。她却安慰他们："爸爸、妈妈、姐姐们，别哭。养父母对我的恩情，我已经报答了。现在，我的责任减轻了啊！"她说，按摩诊所那一种行业，虽然挺赚钱的，但几乎每天都要面对一两个心思不正的男人。她不干了。她说她要到深圳去闯闯。那一天，姥爷、姥姥和我们的母亲们，都是从她口中才第一次听说中国有座城市叫深圳，都舍不得让她去，也都不放心她去。可小六姨的决心已经下定了。她还没等自己长胖点儿，就又告别了家乡。姥爷、姥姥和我们的母亲们，一个个都流着泪，一直把她送到乡路的尽头。那一年，我的大表姐十岁；二表姐、三表姐和表哥，一个比一个小一岁；我呢，还在妈妈肚子里。小六姨双手轮流摸着表姐、表哥们的脸蛋，嘱咐我的姨妈们："姐们呀，要让孩子们读书。节可以不过，年可以不过，孩子们绝对不可以不上学！以后，有我呢！"

尊敬的梁作家，为了节省您的宝贵时间，我接下来只能写得特别简单了。总而言之，没有我们的小六姨，我们都是念不起高中和中专的。现在，也绝不会都集中在深圳这一座城市里，也就是在小六姨所在的城市里打工。我们表姐妹、姐弟、兄妹五个，平均受到了十年以上的文化教育，平均年龄二十岁多一点点，平均工资一千元出头。每个星期六、星期日，我们可以全都无拘无束地聚集在我们的小六姨家里，一个个有说有笑的。而她，却总是默默地坐在一旁，默默地瞧着我们，脸上很有成就感的样子，像一位美丽的小母亲。只有她那么欣赏正在花季的我们！该吃饭了，她就默默地起身去做饭炒菜，有时让我们中的一个打下手，有时不用，自己忙。而我们就看录像，甩扑克，或者轮番上网。那时，我们都觉得幸福极了……

十三四年里，我们的小六姨先后当过深圳市一个区的区委办公室的办事员、接待科副科长；一家区科委所属的公司的秘书、经理助理。后来因为深圳有大学以上文凭的青年越来越多了，小六姨有自知之明，觉得自己有些工作做得难以比别人好了，就主动辞职，“下海”了。小六姨开过花店、书店、时装店。知道我们的小六姨目前在做什么吗？她已经有了一家属于自己的小小的公司。她在经营各类首饰，在深圳一家大商场里有专柜，在另外两座大城市的大商场里也有专柜，效益都挺不错的。在我们心目中，我们的小六姨已经是成功人士了。

说到小六姨的家，六十几平方米，不过才一厅一室，装修得有格有调的。公摊面积大，小六姨的家其实是一个小小的家。最多时，那家里住过十个人！姥爷、姥姥睡她的床，两个姨妈一个睡沙发，一个和她和我们五个孩子睡地上，横七竖八躺一地！

十三四年里，小六姨挣的钱，一大半花在我们身上了，寄给姥爷、姥姥和我们各自的家了。因为我们有个小六姨，姥爷、姥姥生病才住得起医院了，才坐过飞机了，到过深圳这么美丽的城市了；因为我们有个小六姨，我们各家的日子才渐渐好过了，我们的父母才不终日愁眉不展的了……

但是我们的小六姨却三十六岁了，还没爱过，还没被爱过。为了我们这一代，为了我们各自的家，也是为了姥爷、姥姥们，也许，还为了她心里边当年默默许下的一个承诺，她无怨无悔地将自己最好的恋爱季节耽误了。她依然美丽着，却始终孤单着……

她经常教育我们，打工妹，第一要自尊；第二要自立；第三要自爱。她说没有自尊，就难以自立。一时自立了，也还是会由于没有自尊而难以长久。她说有些人自立了之后，反而不自爱了，那是坏榜样。

她说好榜样应该是，自立了，就更有前提自爱了，也更会懂得自爱是对的了。我们的小六姨，她至今一直生活得朴朴素素，节节俭俭，从不买一件太贵的衣服，从不买什么高级的化妆品，自己从没乱花过一分钱，能乘公共汽车去的地方，宁肯早早出门，而舍不得钱“打的”。她还时常一个一个地询问我们闹恋爱了没有？起初我们都不好意思跟她讲实话。她却对我们这么说过：“如果有朋友了，应该带给我认识认识。只要你们感情好，小六姨不干涉，更不反对。我想告诉你们的是，万一两个人之间发生了那种冲动的事儿，尽量别使自己怀孕，一旦怀孕了，也别你怨我，我怨你的。对于恋爱着的一对年轻人，那根本就不是可耻的。但是得及时让小六姨知道，因为小六姨有责任亲自陪你们去医院……”

小六姨所说的那种“冲动的事儿”，我的大表姐已经悄悄向我们主动承认她经历多次了。说时可得意了，她一次也没怀过孕。她的经历目前对小六姨还是秘密。

小六姨自己前几天却怀孕了！当她声音小小地打电话向医院咨询时，我无意间听到了，还偷听到了她第二天要去哪一家医院做“人流”。第二天我请了假，跟踪她。医院挺近，小六姨走着去的。我隐蔽在马路对面，望着小六姨一个人孤零零地走入医院，又一个人孤零零地走出医院，脚步缓慢地往家走，我心里恨死了那一个使她怀孕的男人！但是转而一想，终于有一个人爱我们的三十六岁的小六姨了，我应该替她高兴才对。我气的只不过是——当时他在哪儿?！我也很怕我们的小六姨会爱上一个有妇之夫。女人一旦那样，不是常常都会爱得很苦吗？不过我至今没将小六姨的秘密透露给表哥和表姐们，更没告诉给我们的母亲们和姥爷、姥姥。我经常在内心里为小六姨的爱祈祷，祈祷它有一个好结局。我做的(得)对吗？

那一天又是星期六。吃晚饭时，小六姨开了一瓶葡萄酒，给我们每一个人的杯里都倒了一点点。她说："小六姨将咱们的家的贷款终于还清了。从下个月起，它完全属于我们自己了！"

我们一时全都高兴极了，纷纷和小六姨碰杯。各自咽下了一小口酒之后，又都想哭。因为小六姨话中那四个字——"咱们的家"。

小六姨却接着平静地说："想想吧，中国有九亿多农民，哪怕仅仅将三亿农村人口变成城市人口，那也需要建立三百个一百万人口的城市。这太不容易了。你们以后究竟都能不能成为三亿中的几个，我也难估计。但小六姨一定尽力帮你们。你们自己也得要强，不能每天一下了班就贪玩，要自学新的知识和技能……”

陌生女孩儿的来信还有两千多字，她，不，四个女孩儿一个男孩儿，希望我能将他们的小六姨当成原型，创作一部小说或电视剧——这才是她给我写信的真正目的……我给陌生的女孩儿复了一封信。与她的信相比，我的信实在太短……而她那一封信又显然不是一次写完的。

陌生的女孩儿：

感谢你对我的信任。在我看来，你的信有一种诗性，但是我现在的颈椎病实在太严重了，写作等于自我虐待。故我也不能如你所愿，某时去深圳认识你们的小六姨并采访她。那样，只怕我会爱上她。你不是替你们的小六姨怕那样的事情发生吗？我也替自己怕的。对于美丽而又具有牺牲精神的女人，通常我意志很薄弱。依我想来，你们的小六姨，如同上帝差遣给你们的一位天使。上帝并不经常这么好心眼儿。所以被天使爱着的人，也要反过来关爱天使。小姐们，起码，你们再到小六姨家去时，要学会做饭炒菜。以后吃现成的，应该轮到你们的小六姨了！至于她的那个秘密，只要她自己不说，你须永远守口如瓶。天使也有自己的秘密的。而且天使是最善于爱的。一切爱的麻烦和爱的分寸，天使都会以天使的方式去面对，去把握。所以你尽管继续为她的爱祈祷，却一点儿也不必为她忧虑什么……

最后我征求她的意见——我们的信可不可以同时发表？我希望她同意，并告诉了我家的电话。那陌生的女孩儿，她用电话通知我——她同意……

玉顺嫂的股

九月出头,北方已有些凉。

我在村外的河边散步时,晨雾从对岸铺过来。庄稼地里,割倒的苞谷秸不见了,一节卡车的挂斗车厢也被隐去了轮,像江面上的一条船。

这边的河岸蕤生着狗尾草,草穗的长绒毛吸着显而易见的露珠,刚浇过水似的。四五只红色或黄色的蜻蜓落在上边,翅子低垂,有一只的翅膀几乎是在搂抱着草穗。它们肯定昨晚就那么落着了,一夜的霜露弄湿了翅膀,分明也冻得够呛。不等到太阳出来晒干双翅,大约是飞不起来的。我竟信手捏住了一只的翅膀,指尖感觉到了微微的水湿。可怜的小东西们接近着麻木了,由麻木而极其麻痹。那一只在我手中听天由命地缓缓地转动着玻璃球似的头,我看着这种世界上眼睛最大的昆虫因为秋寒到来而丧失了起码的警觉,一时心生出忧伤来。“穿花蛱蝶深深见,点水蜻蜓款款飞”的季节过去了,它们的好日子已然不多,这是确定无疑的。它们不变得那样还能怎样呢?我轻轻将那只蜻蜓放在草穗上,而小东西随即又垂拢翅膀搂抱着草穗了。河边土地肥沃且水分充足,狗尾草占尽生长优势，草穗粗长，草籽饱满，看去更像狗尾巴了。

“梁先生……”

我一转身，见是个少年。雾已漫过河来，他如在云中，我也是。我在村中见到过他。

我问：“有事？”

他说：“我干妈派我请您到她家去一次。”

我又问：“你干妈是谁？”

他腼腆了，讷讷地说：“就是……就是……村里的大人都叫她玉顺嫂那个……我干妈说您认识她……”

我立刻就知道他干妈是谁了。

这是个极寻常的小村，才三十几户人家，不起眼。除了村外这条河算是特点，此外再没什么吸引人的方面。我来到这里，是由于盛情难却。我的一位朋友在此出生，他的老父母还生活在村里。村里有一位民间医生善推拿，朋友说治颈椎病是他的“绝招”。我每次回哈尔滨，那朋友是必定得见的。而每次见后，他总是极其热情地陪我回来治疗颈椎病。效果姑且不谈，其盛情却是只有服从的。算这一次，我已来过三次，已认识不少村人了。玉顺嫂是我第二次来时认识的——那是冬季，也在河边。我要过河那边去，她要过河这边来，我俩相遇在桥中间。

“是梁先生吧？”——她背一大捆苞谷秸，望着我站住，一脸的虔敬。

我说是。她说要向我请教问题。我说那您放下苞谷秸吧。她说背着没事儿,不太沉,就几句话。

“你们北京人知道的情况多,据你看来,咱们国家的股市,前景到底会怎么样呢?”

我不由一愣,如同鲁迅在听祥林嫂问他:人死后究竟是有灵魂的吗?

她问得我心里咯噔一下。

我是从不炒股的。然每天不想听也会听到几耳,所以也算了解点儿情况。

我说:“不怎么乐观。”

“是么?”——她的双眉顿时紧皱起来了。同时,她的身子似乎顿时矮了,仿佛背着的苞谷秸一下子沉了几十斤。那不是由于弯腰所致,事实上她仍尽量在我面前挺直腰。给我的感觉不是她的腰弯了,而是她的骨架转瞬间缩巴了。

她又说:“是么?”——目光牢牢地锁定我,竟有些发直,我一时后悔。

“您……也炒股?”

“是啊,可……你说不怎么乐观是什么意思呢?不怎么好?还是很糟糕?就算暂时不好,以后必定又会好的吧?村里人都说会的。他们说专家们一致是看好的。你的话,使我不知该信谁了……只要沉住气,最终还是会好的吧?”

她一连串的发问,使我根本无言以对,也根本料想不到,在这么一个仅三十几户人家的小村里，会一不小心遇到一名股民，还是农妇！

我明智地又说："当然，别人们的看法肯定是对的……至于专家们，他们比我有眼光。我对股市行情太缺乏研究，完全是外行，您千万别把我的话当回事儿……否极泰来，否极泰来……"

"我不明白……"

"就是……总而言之，要镇定，保持乐观的心态是正确的……"

我敷衍了几句，匆匆走过桥去，接近着逃掉。

在朋友家，他听我讲了经过，颇为不安地说："肯定是玉顺嫂，你说了不该那么说的话……"

朋友的老父母也不安了，都说那可咋办？那可咋办？

朋友告诉我，村里人家多是王姓，如果从爷爷辈论，皆五服内的亲戚关系，也皆闯关东的山东人后代，祖父辈的人将五服内的亲戚关系带到了东北。排论起来，他得叫玉顺嫂姑。只不过，如今不那么细论了，概以近便的乡亲关系相处。三年前，玉顺嫂的丈夫王玉顺在自家地里起土豆时，一头栽倒死去了。那一年他们的儿子在上技校，他们夫妻已攒下了八万多元钱，是预备翻盖房子的钱。村里大部分人家的房子都翻盖过了，只她家和另外三四家住的还是从前的土坯房。丈夫一死，玉顺嫂没了翻盖房子的心思。偏偏那时，村里人家几乎都炒起股来。村里的炒股热,是由一个叫王仪的人煽乎起来的。那王仪曾是某大村里的中学老师,教数学,且教得一向极有水平,培养出了不少尖子生,他们屡屡在全县甚至全省的数学竞赛中获奖。他退休后,几名考上了大学的学生表达师恩,凑钱买了一台挺高级的笔记本电脑送给他。不知从何日起,他便靠那台电脑在家炒起股来,逢人便喜滋滋地说:赚了一笔又赚了一笔。村人们被他的话拨弄得眼红心动,于是有人就将存款委托给他代炒。他则一一爽快承诺,表示肯定会使乡亲们都富起来。委托之人渐多,玉顺嫂最终也把持不住欲望,将自家的八万多元钱悉数交付给他全权代理了。起初人们还是相信他经常报告的好消息的。但消息再闭塞的一个小村,还是会有些外界的情况、说法挤入的。于是有人起疑了,天天晚上也看起电视里的《财经频道》来。以前,人们是从不看那类频道的,每晚只选电视剧看。开始看那类频道了,疑心难免增大,有天晚上大家便相约了到王仪家郑重"咨询"。王仪倒也态度老实,坦率承认他代每一户人家买的股票全都损失惨重。还承认,其实他自己也将他们两口子多年辛苦挣下的十几万全赔进去了。他煽乎大家参与炒股,是想运用大家的钱将自家损失的钱捞回来……

他这么替自己辩护:我真的赚过!一次没赚过我也不会有那种想法。我利用了大家的钱确实不对,但从理论上讲,我和大家双赢的可能也不是一点儿没有!

愤怒了的大家哪里还愿多听他“从理论上”讲什么呢？就在他家里，当着他老婆孩子的面，委托给他的钱数大或较大的人，对他采取了暴烈的行动，把他揍得也挺惨。即使对于农民，当今也非“仓里有粮，心中不慌”的时代，而同样是“钱钞为王”的时代了。他们是中国挣钱最不容易的人。明知钱钞天天在贬值已够忧心忡忡的，一听说各家的血汗钱几乎等于打了水漂儿，又怎么可能不急眼呢？兹事体大，什么“五服”内“五服”外的关系，当时对于拳脚丝毫不是障碍了。第二天王仪离家出走了，以后就再没在村里出现过。他的家人说，连他们也不知他的下落了。各家惶惶地将所剩无几的“股渣”清了仓。

从此，这小村的农民们闻“股”变色，如同真实存在的股市是真真实实的蟒蛇精，专化形成性感异常的美女，生吞活咽幻想“共享富裕”的人。但人们转而一想，也就只有认命。可不嘛，些个农民炒的什么股呢？说到底自己被忽悠了也得怨自己，好比自己割肉喂猛兽了，而且是猛兽并没扑向自己，自己主动割上赶着喂的，疼得要哭叫起来也只能背着人哭到旷野上去叫呀！

有的人，一见到或一想到玉顺嫂，心里还会备受道义的拷问与折磨——大家是都认命清仓了，却唯独玉顺嫂仍蒙在鼓里！仍在做着股票升值的美梦！仍整天沉浸于她当初那八万多元已经涨到了二十多万的幸福感之中。告诉她八万多元已损失到一万多了也赶紧清仓吧，于心不忍，怕死了丈夫不久的她承受不住真话的沉重打击；不告诉呢，又都觉得自己简直不是人了！我的朋友及他的老父母尤其受此折磨，因为他们家与玉顺嫂的关系真的在“五服”之内，是更亲近的。

朋友正讲着，玉顺嫂来了。朋友一反常态，当着玉顺嫂的面一句接一句数落我，极尽讽刺挖苦之能事，无非说我这个人一向不懂装懂，自以为是，由于长期被严重的颈椎病所纠缠，看什么事都变成了不可救药的悲观主义者云云。朋友的老父母也参与演戏，说我也曾炒过股，亏了几次，所以一谈到股市心里就没好气，自然念衰败经。我呢，只有嘿嘿讪笑，尽量表现出承认自己正是那样的。

玉顺嫂是很容易骗的女人。她高兴了，劝我要多住几天。说大冬天的，按摩加上每晚睡热乎乎的火炕，颈椎病会有减轻。

我说是的是的，我感觉痛苦症状减轻多了，这个村简直是我的吉祥地……

玉顺嫂走后，我和朋友互相看看，良久无话。我想苦笑，却连一个苦的笑都没笑成。朋友的老父母则都喃喃自语。一个说：“这算干什么？这算干什么……”另一个说：“往后还咋办？还咋办……”

我跟那礼貌的少年来到玉顺嫂家，见她躺在炕上。她一边坐起来一边说：“还真把你给请来了，我病着，不下炕了，你别见怪啊……”那少年将桌前的一把椅子摆正，我看出那是让我坐的地方，笑笑，坐了下去。我说不知道她病了。如果知道，会主动来探望她的。她叹口气，说她得了风湿性心脏病，一检查出来已很严重，地里的活儿是根本干不了啦，只能慢慢腾腾地自己给自己弄口饭吃了。我心一沉，问她儿子目前在哪儿。她说儿子已从技校毕业，在南方打工。知道家里把钱买成了股票后，跟她吵了一架，赌气又一走，连电话也很少打给她了。我心不但一沉，竟还疼了一下。她望着少年又说，多亏有他这个干儿子，经常来帮她做点儿事。

接着问少年：“是叫的梁先生吗？”我替少年回答是的，夸了他一句。玉顺嫂也夸了他几句，话题一转，说她是请我来写遗嘱的。我一愕，急安慰她不要悲观，不要思虑太多，没必要嘛。玉顺嫂又叹口气，坚决地说：“有必要啊！你别安慰我了，安慰我的话我听多了，没一句能对我起作用的。何况你梁先生是一个悲观的人，悲观的人劝别人不要悲观，那更不起作用了！你来都来了，便耽误你点儿时间，这会儿就替我把遗嘱写完吧……”

那少年从抽屉里取出纸、笔以及印泥盒，一一摆在桌上。在玉顺嫂那种充满信赖的目光的注视之下，我犹犹豫豫地拿起了笔。按照她的遗嘱，子虚乌有的二十二万多元钱，二十万留给她的儿子，一万元捐给村里的小学，一万元办她的葬事，包括修修她丈夫的坟，余下三千多元，归她的干儿子……

我接着替她给儿子写了封遗书，她嘱咐儿子务必用那二十万元给自己修一处农村的家园，说在农村没有了家园的农民的儿子，人生总归是堪忧的。并嘱咐儿子千万不要也炒股，那份儿提心吊胆的滋味实在不好……

我回到朋友家里，将写遗嘱之事一说，朋友长叹道："我的任务总算完成了。希望由你这位作家替她写遗嘱，成了她最大的心愿……"我张张嘴，一个字也没说出来。序、家信、情书、起诉状、辩护书，我都替人写过不少。连悼词，也曾写过几次的。遗嘱却是第一次写，然而是多么不靠谱的一份遗嘱啊！值得欣慰的是，给同时代人写了一封语重心长的遗书，一位母亲留给儿子的遗书，一封对得住作家的文字水平的遗书……

这么一想，我心情稍好了点儿。第二天下起了雨。第三天也是雨天。第四天上午，天终于放晴，朋友正欲陪我回哈尔滨，几个村人匆匆来了，他们说玉顺嫂死在炕上。朋友说："我不能陪你走了……"他眼睛红了。我说："那我也留下来送玉顺嫂入土吧，我毕竟是替她写过遗嘱的人。"

村人们凑钱将玉顺嫂埋在了她自家的地头她丈夫的坟旁，也凑钱替她丈夫修了坟。她儿子没赶回来，唯一能与之联系的手机号码被告知停机了。

没人敢做主取出玉顺嫂的股钱来用，怕被她那脾气不好的儿子回来时问责，惹出麻烦。那是一场极简单的丧事，却还是有人哭了。葬事结束，我见那少年悄悄问我的朋友："叔，干妈留给我的那份儿钱,我该跟谁要呢?"朋友默默看着少年,仿佛聋了,哑了。他求助地将目光望向我。我胸中一大团纠结,郁闷得有些透不过气来,同样不知说什么好。路边草丛之下,遍地死蜻蜓。一场秋雨一场寒……

清名

倘非子诚的缘故，我断不会识得徐阿婆的。

子诚是我的学生，然细说么，也不过算是罢。有段时期，我在北京语言大学开"写作与欣赏"课，别的大学的学子，也有来听的；子诚便是其中的一个。他爱写散文，偶作诗，每请我看。而我，也每在课上点评之。由是，关系近好。

子诚的家，在西南某山区的茶村，小。他已于去年本科毕业，当了京郊一名"村官"。今年清明后，他有几天假，约我去他的老家玩。我总听他说那里风光旖旎，禁不住动员，成行。斯时茶村，远近山廓，美轮多姿。树、竹、茶垄，浑然而不失层次，绿如滴翠。

翌日傍晚，我见到了徐阿婆。那会儿茶农们都背着竹篓或拎着塑料袋子前往茶站交茶。大叶茶装在竹篓，一元一斤；芽茶装在塑料袋里，二十元一斤。一路皆五六十岁男女，络绎不绝。七十岁以上长者约半数，中年男子或妇女，委实不多。尽管勤劳地采茶，好手一年是可以挣下五六千元的，但年轻人还是更愿到大城市去打工。

子诚与一老妪驻足交谈。我见那老妪，一米六七八的个子，腰板挺直，满头白发，不矜而庄。老妪离后，我问子诚她的岁数。

“八十三了。”

“八十三还采茶?!”我不禁向那老妪背影望去，敬意油然而生。

子诚告诉我——新中国成立前，老人家是出了名的美人儿。及嫁龄，镇上乃至县里的富户争娶，或为儿子，或欲纳妾；皆拒，嫁给了镇上一名小学教师。后来，丈夫因为成分问题，回村务农。然知识化了的男人，比不上普通农民那么能耐得住山村的寂寞生活，每年清明前，换长衫游走于各村“说春”。当年当地，农村人都是文盲，连黄历也看不懂的。她丈夫有超强记忆，一部黄历倒背如流。“说春”就是按照黄历的记载，预告一些节气与所谓凶吉日的关系而已。但一般告诉，则不能算是“说春”。“说春人”之“说春”，基本上是以唱代说。不仅要记忆好，还要嗓子好。她的丈夫嗓子也好。还有另一本事，便是脱口成章。“说”得兴浓，别人随意指点什么，竟能就什么唱出一套套合辙押韵的掌故来，百指而难不倒，像是现今的“RAP 歌手”。于是，使人们开心之余，自己也获得一碗小米。在人们，那是享受了娱乐的回报。在他自己，是一种个人价值体现的满足。所谓与人乐，其乐无穷。原本皆大开心之事，不久农村开展“破除迷信”运动，遂成罪过。丈夫进了学习班，“说春人娘子”一急之下，将他们的家卖到了仅剩自己穿着的一身衣服的地步，买了两袋小米，用竹篓一袋袋背着，挨家挨户一碗碗地还。乡亲们过意不去，都批评她未免太过认真。她却说——我丈夫是“学知人”，我是“学知人”的妻子。对我们，清名重要。若失清名，家便也没什么要紧了。理解我的，就请都将小米收回了吧！……

工作组组长了解到那一情况，愕然，继而肃然。对其丈夫谆谆教诲了几句，亲自他送回家，并对当年的阿婆好言安抚……

我问：“现在她家状况如何？为什么还让八十三岁的老人家采茶卖茶呢？”

子诚说：“阿婆得子晚，六十几岁时，三十几岁的独生儿子病故了。媳妇改嫁，带着孙子远走高飞，早已断了音讯。从那以后，她一直一个人过活。七八年前，将名下分的一亩多茶地也退给村里了……”

“这么大岁数，又是孤独一人，连地都没了，可怎么活呢？”

“县里有政策，要求县镇两级领导班子的干部，每人认养一位老村的鳏寡孤独高龄老人，保障他们的一般生活需求，同时两级政府给予一定补贴。”

我不禁感慨：“多好的举措……”

不料子诚却说：“办法是很好，多数干部也算做得比较负责任。只是，阿婆的命太不好，偏偏承担保障她生活责任的县里的一副县长，明面是爱民的典范，背地里贪污受贿，酒色财赌黑，五毒俱全，原来不是个东西，三年前被判了重刑。”

我一时失语，良久才问出一句话是：“‘黑’指什么？”

“就是黑恶势力呀。”

我又失语，不想再问什么，只默默听子诚在说：“阿婆知道后，觉得连自己的名誉也受了玷污，一下子病倒了。病好后，她开始替茶地多的人家采茶，一天采了多少斤，按当日的茶价五五分成。老人家眼力不济了，手指也没了准头，根本采不了芽茶了，只能采大叶茶了，早出晚归，平均下来，一天也就只能挣到五六元钱而已。她一心想要用自己挣的钱，把那副县长助济她的钱给退还清了……”

“可……这……难道就没有人认为应该告诉老人家，她完全不必那样做吗？……”方才仿佛被割掉了舌的我，终于又能说出话来。而且，说得激动。

“许多人都这么劝过的，可老人家她听不进去啊。”子诚的话，却说得异常平静。不待我再说什么，问什么，子诚的一句话，使我顿时又失语了。

他说：“今年年初，老人家患了癌症。”我极愕。“几乎村里所有人都知道了。她自己也知道了。不过，她装作自己一点儿也不知道的样子，就靠自己腌的咸菜，每日喝三四碗糙米粥，仍然早出晚归地采大叶茶。有人说，那是因为她岁数大脏器都老化了，所以不觉得多么疼了……他们的说法有道理么？……”

“我……不太清楚……”我的确不太清楚。我心愀然。进而，怆然。那天晚上，我要求子诚转告老人家，有人愿意替她退还尚未“还”清的一千二三百元钱。子诚说：“转告也是白转告……”我恼了，训道：“明天，你必须那么对她说！”第二天，还是傍晚时，我站在村道旁，望着子诚和老人家说话。

才一两分钟后，他二人的谈话便结束了。老人背着竹篓，尽量，不，是竭力挺直身板，从我眼前默默走过。子诚也沮丧地走到了我跟前，嗫嚅道：“我就料到根本没用的嘛……”“我要听的是她的原话！”“她说，谢了。还说，人的一生，好比流水。可以干，不可以浊……”我不仅失语，竟至于，羞愧了。

以后几日的傍晚，我一再看见徐阿婆往返于送茶路上，背着编补过的竹篓，竭力挺直单薄的身板。然而其步态，是那么的蹒跚，使我联想到衰老又顽强的朝圣者，去向我所不晓的什么圣地。

有一天傍晚下雨，她戴顶破了边沿的草帽，用塑料罩住竹篓，却任雨淋湿衣服……那曾经的草根族群中的美女；那八十三岁的，身患癌症的，竭力挺直身板的茶村老妪；又使我联想到古代的，镇定地赴往生命末端的独行侠……似乎，我倾听到了那老妪的心音：清名、清名……反反复复，二字而已。

不久前，子诚从他当“村官”的那个村子打来电话，告诉我徐阿婆死了。“她，那个……我的意思是……明白我在问什么吗？……”我这个一向要求学生对人说话起码表意明白的教师，那一时刻语无伦次。

“听家里人说，她死前几天才还清那笔钱……老人家认真到极点，还央求村支书为她从县里请去了一名公证员……现在，有关方面都因为那一笔钱而尴尬……”

我不复能说出话来，也不知自己什么时候放下电话的。想到我和子诚口中，都分明地说过“还”这个字，顿觉对那看重自己清名的老人家，无疑已构成了人格的侮辱。

清名、清名……这不实惠反而累人自讨苦吃的“东西”呀，难怪今人都避得远远的，唯恐沾上了它！我之羞惭，因我亦如此……

我与儿子

我曾以为自己是缺少父爱情感的男人。

结婚后,我很怕过早负起父亲的责任,因为我太恋爱安静了。一想到我那十二平方米的家中,响起孩子的哭声,有个三四岁的男孩儿或女孩儿满地爬,我就觉得简直等于受折磨,有点儿毛骨悚然。

妻子初孕,我坚决主张“人流”。为此她倍感委屈,大哭一场——那时我刚开始热衷于写作。哭归哭,她妥协了。妻子第二次怀孕,我郑重地声明:三十五岁之前绝不做父亲,她不但委屈而且愤怒了,我们大吵一架——结果是我妥协了。

儿子还没出生,我早说了无穷无尽的抱怨话。倘他在母腹中就知道,说不定会不想出生了。妻临产的那些日子,我们都惴惴不安,日夜紧张。

那时,妻总在半夜三更觉得要生了。已记不清我们度过了几个不眠之夜,也记不清半夜三更,我搀扶着她去了几次医院。马路上不见人影,从北影到积水潭医院,一往一返慢慢地小心地走,大约三小时。

每次医生都说:“来早了,回家等着吧!”妻子哭,我急,一块儿哀求。哀求也没用。始终是那么一句话——“回家等着，没床位。”

有一夜，妻看上去很痛苦。但她咬紧牙关，一声不吭。她大概因为自己老没个准儿，觉得一次次折腾我，有点儿对不住我。可我看出的确是“刻不容缓”了——妻已不能走。我用自行车将她推到医院。

医生又训斥我：“怎么这时候才来？你以为这是出门旅行，提前五分钟登上火车就行呀！”反正我要当父亲了，当然是没理可讲的事了。

总算妻子生产顺利，一个胖墩墩的儿子出世了。而我半点喜悦也没有，只感到舒了口气，卸下了一种重负。好比一个人被按在水盆里的头，连呛几口之后，终于抬了起来……

儿子一回家，便被移交给一位老阿姨了。我和妻住办公室。一转眼就是两年。两年中我没怎么照看过儿子。待他会叫“爸爸”后，我也发自内心地喜爱过他，时时逗他玩一阵。但那从所谓潜意识来讲是很自私的——为着解闷儿。而我心里总是有种积怨，因为他的出生，使我有家不能归，不得不栖息在办公室。

夏天，我们住的那幢筒子楼，周围环境肮脏。一到晚上，蚊子多得不得了。点蚊香，喷药，也是起不了多大作用的。蚊子似乎对蚊香和蚊药有了很强的抵抗力。

有一天早晨我回家吃早饭，老阿姨说：“几次叫你买蚊帐，你总拖,你看孩了被叮成什么样了? 你真就那么忙?”

我俯身看儿子,见儿子遍身被叮起至少三四十个包,脸肿着。可他还冲我笑,叫“爸……”那段时间我正赶写一篇小说,突然我认识到自己太自私了。我抱起儿子落泪了……

当天我去买了一顶五十多元的尼龙蚊帐。

上海文艺出版社的编辑修晓林初次到我家,没找到我。又到了办公室,才见着我。我挺兴奋地和他谈起我正在构思的一篇小说,他打断我说:“你放下笔,先回家看看你儿子吧,他发高烧呢!”

我一愣,这才想起——我已在办公室废寝忘食地写了两天了。两天内吃妻子送来的饭,没回过家门。

从这些方面讲,我真不是一位好父亲。人们都说儿子是个好儿子,许多人非常喜欢他。我的生活中,已不能没有他了。我欠儿子的责任和义务太多,至今我觉得对儿子很内疚,觉得自己太自私。但正是在那一二年内,我艰难地一步步地向文坛迈进。对儿子的责任和自己的责任,于我,当年确是难以两全之事。

儿子爱画画,我从未指导过他。尽管我也曾爱画画,指导一个十几岁的孩子,那点儿基础还是够用的。

儿子爱下象棋。我给他买了一副象棋,却难得认真陪他“杀一盘”。他常常哀求:“爸爸,和我杀一盘行不行啊?”结果他养成了自己和自己下象棋的习惯。

记得有一次到幼儿园去接儿子，阿姨对我说："你还是作家呢，你儿子连'一'都写不直，回家好好儿下工夫辅导他吧！"

从那以后，我总算对儿子的作业较为关心。但要辅导他每天写完幼儿园的两页作业，差不多也得占去晚上的两个小时。而我尤视晚上的时间为宝贵——白天难得安静，读书写作，全指望晚上的时间。

儿子曾有段时间不愿去幼儿园。每天早晨撒娇耍赖，哭哭啼啼，想留在家里。我终于弄明白，原来他不敢在幼儿园做早操。他太自卑，太难为情，以为他的动作，定是极古怪的，定会引起哄笑。

我便答应他，做早操时，到幼儿园去看他。我说话算话。他在院内做操，我在院外做操。有了我的奉陪，他的胆量壮了。

事后我问他："如果你连当众伸伸胳膊踢踢腿都不敢，将来你还敢干什么？比如看见一个小偷在公共汽车上扒人家腰包，你敢抓住他的手腕吗？"

他沉吟许久，很严肃地回答："要是小偷没带刀，我就敢。"

我笑了，先有这点胆量也行。

我又对他说："只要你认为你是对的，谁也别怕。什么也别怕！"

我希望我的儿子在这一点上将来像我一样。谁知道呢？

总而言之，我不是位尽职的父亲。儿子天天在长大，我深知我对他的责任将更大了。我要学会做一位好父亲，去掉些自私，少写几篇作品，多在他身上花些精力。归根到底，我的作品，也许都微不足道。但我教育出怎样一个人交给社会，那不仅是我对儿子的责任，也是我对社会的责任。

我不希望他多么有出息——这超出我的努力及我的愿望。

我开始告诉儿子……

儿子九岁。明年上四年级。

我想，我有责任告诉他一些事情。

其实我早已这样做了。

儿子爱画画。于是有朋友送来各种纸。儿子若自认为画得不好，哪怕仅仅画一笔，一张纸便作废了。这使我想起童年时的许多往事。有一天我命他坐在对面，郑重地严肃地告诉他——爸爸读小学三年级的时候，从来没见过一张这么好的纸。爸爸小时候也爱画画，但所用的纸，是到商店去捡回来的，包装过东西的，皱巴巴的纸，裁了，自己订了。便是那样的纸，也舍不得画一笔就作废的，因为并不容易捡到。那一种纸是很黑很粗糙的。铅笔道画上看不清。因为那叫“马粪纸”……

“怎么叫‘马粪纸’呢？”

于是我给他讲那是一个怎样的年代。在那样的一个年代，几乎整整一代共和国的孩子们，都用“马粪纸”。一流大学里的教授们的讲义，也是印在“马粪纸”上的。还有书包，还有文具盒，还有彩色笔……哪一位像我这种年龄的父母，当年不得书包补了又补，文具盒一用几年乃至十几年呢？

……

“爸爸，我拿几毛钱好吗？”

“干什么？”

“想买一支雪糕吃。”

我同意了。几毛钱就是七毛钱，因为一支雪糕七毛钱。

于是儿子接连每天吃一支雪糕。

有一天我又命他坐在对面，郑重地、严肃地告诉他——七毛钱等于爸爸或妈妈每天工资的一半。爸爸从小学一年级到六年级，总共吃了还不到三四十支——当然并非雪糕，而是“冰棍”。且是三分钱一支的。舍不得吃五分一支的。更不敢奢望一毛一支的。只能在春游或开运动会时，才认为自己有理由向妈妈要三分钱或六分钱……

我对儿子进行类似的教育，被友人们碰到过几次。当着我儿子的面，友人们自然是不好说什么的。但背过儿子，皆对我大不以为然。觉得我这样做父亲，未免煞有介事。甚至挖苦我是借用“忆苦思甜”的方法。

友人们的“批判”，我是极认真地想过的。然而那很过时的，可能被认为相当迂腐的方法，却至今仍在我家里沿用，也许要一直沿用到儿子长大成人，打算在他干脆将我的话当耳旁风的时候打住。

所幸现今我告诉了他的，竟对他起到了一定的影响。一次，儿子把作业本拿给我看，虔诚地问："爸爸，这一页我没撕掉。我贴得好吗？"那是跟我学的方法——从旧作业本上剪下一条格子，贴在了写错字的一页上。我是从来舍不得浪费一页稿纸的，尽管是从公家领的。那一刻我内心里竟十分地激动，情不自禁地抱住他亲了一下。"爸爸，你为什么哭呀？"儿子困惑了。我说："儿子啊，你学会这样，你不知爸爸多高兴呢！"我常常想，我们这一代人中的绝大多数，都是拉扯着我们父母的破衣襟，跟着共和国趔趄的步子走过来的。怎么，我们的下一代消费起任何东西时的那种似乎理所当然和毫不吝惜的损弃之风，竟比西方富有之国、富有之家的孩子们要甚得多呢？仿佛我们是他们的富有得不得了的爸爸妈妈似的。难道我们自己也荒诞到这么认为了吗？如果不，我们为什么不告诉他们一些他们应该知道的事呢？

我的儿子当然可以用上等的复印纸习画，可以有许多彩色笔，可以不必背补过的书包，可以想吃"紫雪糕"时就吃一支……但他必须明白，这一切的确便是所谓"幸福"之一种了！我可不希望培养出一个从小似乎什么也不缺少，长大了却认为这世界什么什么都没为他准备齐全，因而只会抱怨乃至憎恶的人。无忧无虑和基本上无所不缺，既可向将来的社会提供一个起码身心健康的人，也可"造就"一批少爷。而这个国家这个民族,是再也养不起那么多少爷的。现有的已经够多的了！难道不是吗？少爷小姐型的一代,是对任何一个国家、一个民族最大的报应。而对一个穷国、一个正在觉醒的民族,则简直无异于是报复。

第二部分　生命，何以高贵

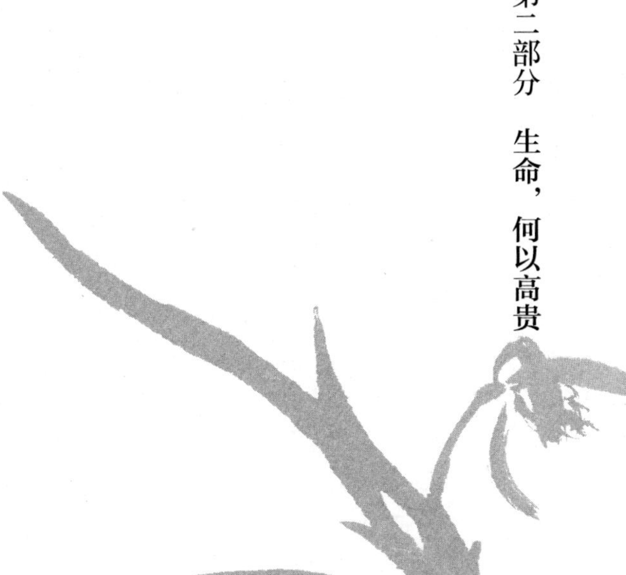

但是儿童一旦成长为少男和少女，他们和她们的目光便开始过早地变得复杂了。

流浪猫，流浪狗

我家所住的院子,临街有一处很大的门洞,终年被两扇对开的铁栅栏门封着。左边那一扇大门上,另有小门供人出入。但不论出者入者,须上下十来级台阶。小门旁,从早到晚有一名保安值勤。看去还是个半大孩子,一脸稚气未褪。

我第一次见到咪妮,是在去年夏天的一个中午。它"岿然不动"地蹲在小保安脚边,沐浴着阳光,漂亮得如同工艺品。它的脸是白色的;自额、眼以上,黄白相间的条纹布满全身。尾巴从后向前盘着,环住爪。看去只有两三个月大。一点儿也不怕人,显得挺孤傲的,大睁着一双仿佛永远宠辱不惊的眼,居高临下地、平静地望着街景。猫的平静,那才叫平静呢。

我问小保安:"你养的?"他说:"我哪儿有心思养啊,是只小野猫。"从楼里出来了一个背书包的女孩儿,她高兴地叫了声"咪妮!"——

旋即俯身爱抚,边说:"咪妮呀,好几天没见到你了。昨天夜里下那么大雨,你躲在哪儿啊?没挨淋吧?"小野猫仍一动不动,只眯了眯眼,表示它对人的爱抚其实蛮享受的。那女孩儿我熟识,她家和我家住同一楼层,上五年级了。我问:"你给它起的名字?”她“嗯”一声,从书包里取出小塑料袋,内装着些猫粮;接着将猫粮倒在咪妮跟前,看它斯文地吃。我又问:“既然这么喜欢,干吗不抱回家养着啊?”她的表情顿时变得失意了,小声说:“妈妈不许,怕影响我学习。”“多漂亮的小猫啊,模样太可爱了!”——不经意间,有位女士也站住在台阶前了。我和她也是认识的,她是某出版社的一位退休编辑,家住另一条街,常到这条街来买东西。女孩儿立刻说:“阿姨,那您把它抱回家养着吧!”

连小保安也忍不住说:“您要是把它抱回家养着,我替它给您鞠一躬!这小猫可有良心了,谁喂过它一次,一叫,它就会过去。”

退休的女编辑为难地说:“可我家已经有一只了呀,而且也是捡的小野猫。”

于是他们三个的目光一齐望向我,我亦为难地说:“几个月前,我家也收养了一只小野猫。”

于是我们四个的目光一齐望向咪妮,它吃饱了,又蹲在小保安脚边,不动声色,神态超然地继续望街景。给我的感觉是,作为一只猫,它似乎懂得自己应该是有尊严的。只要自己时时刻刻不失尊严,那么它和人的关系就接近着平等了。确乎的,它一点儿都不自卑,因为它没被抛弃过……

而和它相比,巴特分明是极其自卑的。

巴特是一条流浪街头的小狐犬,大概一岁多一点儿。小狐犬是长不了太大的,它的体重估计也就七八斤,一只大公鸡也能长到那么重。它的双耳其实比狐耳大,却不如狐耳那么尖那么秀气;全身都是白色的,只有鼻子是褐色的。小狐犬的样子介于狐和犬之间,说不上是一种漂亮的狗。它招人喜欢的方面是它的聪明,它的善解人意。

我第一次见到它,是在离我们这个社区不太远的一条马路的天桥上。我过天桥时,它在天桥上蹿来蹿去,一忽儿从这一端奔下去,一忽儿从那一端奔上来,眼中充满慌恐,偶尔发出令人心疼的哀鸣。奔得精疲力竭了,才终于在天桥上卧下,浑身发抖地望着我和另一个男人;我俩已驻足看它多时了。那男人告诉我——他亲眼所见,一个女人也就是它的主人,趁它在前边撒欢儿,坐入一辆小汽车溜了……

尽管我对它心生怜悯,但一想到家里已经养着一只小野猫了,遂打消了要将它抱回家去的闪念。我试图抚摸抚摸它,那起码足以平复一下它的恐慌心理,不料刚接近一步,它迅速站起,跑下了天桥……

从那一天起,它成了附近街上的流浪狗。有一个雨天,我撑伞去邮局寄信,又见到了它。它当时的情况太糟了,瘦得皮包骨,腹部完全凹下去,分明多日没吃过什么了。白色的毛快变成灰色的毛了,左肩胛还粘着一片泥巴,我猜或是被自行车轮撞了一下,或是被什么人踢了一脚。它摇摇晃晃地过街,不顾泥不顾水的。邮局对面有家包子铺,几名民工在塑料棚下吃包子,它分明想到棚下去寻找点儿吃的。如果不是饿极了,小狐犬断不会向陌生人聚拢的地方凑去的。然而它连走到那里的气力也没有了,四腿一软,倒在水洼中。我赶紧上前将它抱起,否则它会被过往车辆轧死。在我怀里,那小狗的身子抖个不停,比我在天桥上见到它的那次抖得还剧烈。但凡有一点儿挣动之力,它是绝不会允许我抱它的。它眼中满是绝望。我去棚下买了一屉小包子给它吃——有我在眼前看着,它竟不敢吃。我将它放在一处安全的、不湿的地方,将装包子的塑料袋摊开在它嘴边,它却将头一偏。

一名民工朝我喊:“嗨,你守在那儿,它是不会吃的!”我起身离开数步,回头再看,它才狼吞虎咽地吃起来……以后,只要我在街上看见它,总是要买点儿什么东西喂它。渐渐地,它对我比较地信任了。有次吃完,跟着我走。一直将我送到我们那个院子的台阶前。“巴特”是我对它的叫法,我小时候养过一只狗就叫“巴特”。

某日,我在台阶上喂咪妮,巴特出现了。它蹿上台阶,与咪妮争食猫粮,咪妮吓得躲开。我说:“巴特,不许抢,一块儿吃。你看,有很多。够你吃的!”我的声音严厉了点儿,它居然退开了,尽管很不情愿。并发出极低微的喉音,像小孩子委屈时的呢哝,扭头看我,眼神很困惑。当我将咪妮抱过来放在猫粮旁,巴特的头转向了一旁。那一时刻,这无家可归的可怜的流浪狗,表现出了一种令我肃然起敬的良好的教养,一种对于一条饥饿的小狗来说实在难能可贵的绅士风度。多好的小狗啊！我不禁想，这么听话这么乖的一条小狗，它的主人怎么就忍心将它抛弃了呢？我抚摸了它一下，又用温柔的语调说："不是不允许你吃，是希望你谦让点儿。吃吧吃吧，你也吃吧！"它这才又将嘴巴伸向了猫粮。两个小家伙吃饱以后，并没马上分开，而是互相端详，试探地接近对方。当彼此都接受了，咪妮卧在小保安脚边，一下一下舔自己的毛。巴特却不安分，绕着咪妮转，不停地嗅它，还不时用头拱它一下。而咪妮并不想和巴特闹，不理睬巴特的挑逗，闭上了眼睛。巴特倒也识趣，停止骚扰。也在咪妮身旁卧下。不一会儿，两个小家伙都睡着了，咪妮将下颏搁在巴特背上，睡相尤其可爱。

小保安苦笑道："看，我好像成了专在这儿保护它俩的人了！"

傍晚，我碰到了那个经常喂咪妮的女孩儿，她在门洞里玩滑板。她停住滑板，问我："伯伯，你猜它俩躲到哪儿去了？"我反问："谁俩呀？"她说："咪妮和巴特啊，保安叔叔告诉我，你叫那条小流浪狗巴特，我喜欢你给它起的名字。"我说："我也喜欢你给那只小野猫起的名字。""你猜它俩躲哪儿去了？"我摇头。"我知道，您想不想去看？"我犹豫一下，点了点头。在我们那个院子最里边，有一处休闲之地。草坪上，曲折地架起尺许高的木板踏道。在两段木板的转角，女孩儿蹲了下去。她说："它俩在木板底下呢。"仅仅蹲着并不能看到木板底下。女孩儿又说:“您得学我这样。”我便学她那样,将头偏向一旁,并低垂下去,于是看到——咪妮和巴特,正在一块纸板上嬉闹。女孩儿说:“纸板是我为它俩放在那儿的。”两个小家伙发现我和女孩儿在看它们,停止嬉闹,先后钻出,跟我和女孩儿亲热了一阵,复钻入木板底下,继续佯斗。

看着一条被抛弃的心理创伤很深的流浪小狗与一只孤独然而高傲的小野猫成了一对好朋友,我心温暖。比之于人的社会,那一时刻,我忽然觉得,小猫小狗之间建立友爱,则要容易多了。我从那尺许高的木板之下,看到了令我感动并感慨的图景。

自那一天起,两个小家伙形影不离。它们有了一个共同的家,便是那木板踏道的底下。看着它们在一起高兴的人多了,喂它们东西吃的人也多了。小保安不知从哪儿捡了两个旧沙发垫塞到了木板下,还有人将一大块旧地板革铺在踏道上,防止雨漏下去。两个小家伙喜欢相依相偎地睡在“家”里了。据女孩儿说,咪妮睡时,仍将头枕在巴特背上,似乎那样它才睡得舒服,睡得安全……

偶尔,它俩也会跑下台阶,穿过街道,在对面的小铺子间蹶蹶逛逛的。大概它们以为,人都是善良的。而街对面那些开小铺面的外地人,以及他们的孩子,确实都挺善待它们。看到家养的小猫小狗在一起是一回事,看到一条小流浪狗和一只小野猫形影不离是另外一回事:咪妮和巴特,使那一条街上的许多大人和孩子的心，都因它们而变得柔软了。

我出差了数日，返京第二天中午，艳阳高照，然而暑热已过，天气好得令人心旷神怡。吃罢午饭。我带足猫粮狗粮，去到了门洞那儿。

却不见咪妮和巴特。

小保安说："都死了……"

我一愣。

他告诉我——一天下午，咪妮和巴特又跑到街对面去了；偏巧街对面停着一辆"宝马"，车窗摇下一边，内坐一妖艳女郎，怀抱一狮子狗。那狗一发现咪妮和巴特便凶吠不止。咪妮和巴特迅速跑回台阶上，蹲在小保安脚边。那女郎没抱紧狮子狗，狮子狗从车窗蹿了出去，追到了台阶上。咪妮野性一发，挠了狮子狗一爪子；女郎赶到，见她的狮子狗鼻梁上有了道血痕，说是破了她那高贵的狗的狗相，非要打死咪妮不可。小保安及时抱起咪妮，说咪妮不过是一只小野猫，有身份的人何必跟一只小野猫计较？而这时，巴特和那狮子狗，已扑咬作一团。女郎尖叫锐喊，从花店中闯出一彪形大汉，奔上台阶，看准了，狠狠一脚，将小巴特踢得凌空飞起，重重地摔在水泥街面上。咪妮挣脱小保安的怀抱，转身逃入院中。那女郎踏下台阶，也对奄奄一息的巴特狠踢几脚。一切发生在不到一分钟时间内，等人们围向巴特，"宝马"已开走了……

我听得目瞪口呆，良久才问了一句话是："那，那咪妮呢？

……"

"也死了……躲在木板底下,三天不出来,三天不吃东西……怎么叫它也不出来,喂它什么都不吃……活活渴死饿死的……我和几个小朋友把它和巴特埋在一块儿了……"

我一转身,见说完话的女孩儿,无声地哭。

我,将手伸入了衣兜。

无话可说之时,我便只有吸烟。

我三口五口就吸完了一支烟。

何以解恨?唯有香烟。

唯有香烟……

翌日,我终于想好了我要说些什么——在课堂上,在讨论一部爱情电影时,我对我的学生们说:"那种对猫狗也要分出高低贵贱的女人,万勿娶其为妻!那种对小猫小狗心狠意歹的男人,你们女同学记住,不要嫁给他们!"其实我还想说:这处处呈现出冰冷的、病态的、麻木的、凶暴的现实啊,还有救吗?然我自知,这么悲观的话,是不该对学生们说的……

孩子和雁

在北方广袤的大地上，三月像毛手毛脚的小伙子，行色匆匆地奔过去了。几乎没带走任何东西，也几乎没留下明显的足迹。北方的三月总是这样，仿佛是为躲避某种纠缠而来，仿佛是为摆脱被牵挂的情愫而去，仿佛故意不给人留下印象。这使人联想到徐志摩的诗句“我挥一挥衣袖，不带走一片云彩”。北方的三月，天空上一向没有干净的云彩；北方的三月，“衣袖”一挥，西南风逐着西北风。然而大地还是一派融冰残雪处处覆盖的肃杀景象……

现在，四月翩跹而至了。

与三月比起来，四月像一位低调处世的长姐。其实，北方的四月只不过是温情内敛的呀。她把她对大地那份内敛而又庄重的温情，预先储存在她所拥有的每一个日子里。当她的脚步似乎漫不经心地徜徉在北方的大地上，北方的大地就一处处苏醒了。大地嗅着她春意微微的气息，开始了它悄悄的一天比一天生机盎然的变化。天空上仿佛陈旧了整整一年的、三月不爱搭理的、吸灰棉团似的云彩，被四月的风一片一片地抚走了，也不知抚到哪里去了。四月吹送来了崭新的干净的云彩。那可能是四月从南方吹送来的云彩，白而且蓬软似的。又仿佛刚在南方清澈的泉水里洗过，连拧都不曾拧一下就那么松松散散地晾在北方的天空上了。除了山的背阳面，别处的雪是都已经化尽了。凉沁沁亮晶晶的雪水，一汪汪地渗到泥土中去了。河流彻底地解冻了。小草从泥土中钻出来了。柳枝由脆变柔了。树梢变绿了。还有，一队一队的雁，朝飞夕栖，也在四月里不倦地从南方飞回北方来了……

在北方的这一处大地上有一条河，每年的春季都在它折了一个直角弯的地方溢出河床，漫向两岸的草野。于是那河的两岸，在四月里形成了近乎水乡泽国的一景。那儿是北归的雁群喜欢落宿的地方。

离那条河二三里远，有个村子，是普通人家的日子都过得很穷的村子。其中最穷的人家有一个孩子。那孩子特别聪明。那特别聪明的孩子特别爱上学。

他从六七岁起就经常到河边钓鱼。他十四岁那一年，也就是初二的时候，有一天爸爸妈妈又愁又无奈地告诉他——因为家里穷，不能供他继续上学了……

这孩子就也愁起来。他委屈。委屈而又不知该向谁去诉说。于是一个人到他经常去的地方，也就是那条河边去哭。不只大人们愁了委屈了如此，孩子也往往如此。聪明的孩子和刚强的大人一样，只在别人不常去而又似乎仅属于自己的地方独自落泪。

那正是四月里某一天的傍晚。孩子哭着哭着，被一队雁自晚空徐徐滑翔下来的优美情形吸引住了目光。他想他还不如一只雁，小雁不必上学，不是也可以长成一只双翅丰满的大雁吗？他甚至想，他还不如死了的好……

当然，这聪明的孩子没轻生。

他回到家里后，对爸爸妈妈郑重地宣布：他还是要上学读书，争取将来做一个有知识有文化的人。

爸爸妈妈就责备他不懂事。

而他又说："我的学费，我要自己解决。"

爸爸妈妈认为他在说赌气话，并不把他的话放在心上。

但那一年，他却真的继续上学了。而且，学费也真的是自己解决的。也是从那一年开始，最近的一座县城里的某些餐馆，菜单上出现了"雁"字。不是徒有其名的一道菜，而的的确确是雁肉在后厨的肉案上被切被剁，被炸被烹……

雁都是那孩子提供的。

后来《保护野生动物法》宣传到那座县城里了，唯利是图的餐馆的菜单上，不敢公然出现"雁"字了。但狡猾的店主每回悄问顾客："想换换口味儿吗？要是想，我这儿可有雁肉。"倘若顾客反感，板起脸来加以指责，店主就嘻嘻一笑，说开句玩笑嘛，何必当真！倘若顾客闻言眉飞色舞，显出一脸馋相，便有新鲜的或冷冻的雁肉，又在后厨的肉案上被切被剁。四五月间可以吃到新鲜的，以后则只能吃到冷冻的了……

雁仍是那孩子提供的。

斯时,那孩子已经考上了县里的重点高中。他在与餐馆老板们私下交易的过程中,学会了一些他认为对他来说很必要的狡猾。

他的父母当然知道他是靠什么解决自己的学费的。他们曾私下里担心地告诫他:“儿呀,那是违法的啊!”他却说:“违法的事多了。我是一名优秀学生,为解决自己的学费每年春秋两季逮几只雁卖,法律就是追究起来,也会网开一面的。”“但大雁不是家养的鸡鸭鹅,是天地间的灵禽,儿子你做的事罪过呀!”“那叫我怎么办呢?我已经读到高中了。我相信我一定能考上大学,难道现在我该退学吗?”见父母被问得哑口无言,又说:“我也知道我做的事不对,但以后我会以我的方式赎罪的。”

那些与他进行过交易的餐馆老板们,曾千方百计地企图从他嘴里套出“绝招”——他是如何能逮住雁的?

“你没有枪。再说你送来的雁都是活的,从没有一只带枪伤的。所以你不是用枪打的,这是明摆着的事儿吧?”

“是明摆着的事儿。”

“对雁这东西,我也知道一点儿。如果它们在什么地方被枪打过了,哪怕一只也没死伤,那么它们第二年也不会落在同一个地方了,对不?”

“对。”

“何况，别说你没枪，全县谁家都没枪啊。但凡算支枪，都被收缴了。哪儿一响枪声，其后公安机关肯定详细调查。看来用枪打这种念头，也只能是想想罢了。”

“不错，只能是想想罢了。”

“那么用网罩行不行？”

“不行。雁多灵警啊。不等人张着网挨近它们，它们早飞了。”

“下绳套呢？”

“绳粗了雁就发现了。雁的眼很尖。绳细了，即使套住了它，它也能用嘴把绳啄断。”

“那就下铁夹子！”

“雁喜欢落在水里，铁夹子怎么设呢？碰巧夹住一只，一只惊一群，你也别打算以后再逮住雁了。”

“照你这么说就没法子了？”

“怎么没法子，我不是每年没断了送雁给你吗？”

“就是啊。讲讲，你用的是什么法子？”

“不讲。讲了怕被你学去。”

“咱们索性再做一种交易。告诉我给你五百元钱。”

“不。”

“那……一千！一千还打不动你的心吗？”

“打不动。”

“你自己说个数！”

“谁给我多少钱我也不告诉。如果我为钱告诉了贪心的人,那我不是更罪过了吗?”

他的父母也纳闷地问过,他照例不说。

后来,他自然顺利地考上了大学。而且第一志愿就被录取了——农业大学野生禽类研究专业。是他如愿以偿的专业。

再后来,他大学毕业了,没有理想的对口单位可去,便“下海从商”了。他是中国最早“下海从商”的一批大学毕业生之一。

如今,他带着他凭聪明和机遇赚得的五十三万元回到了家乡。他投资改造了那条河流,使河水在北归的雁群长久以来习惯了中途栖息的地方形成一片面积不小的人工湖。不,对北归的雁群来说,那儿已经不是它们中途栖息的地方了,而是它们乐于度夏的一处环境美好的家园了。

他在那地方立了一座碑——碑上刻的字告诉世人,从初中到高中的五年里,他为了上学,共逮住过五十三只雁,都卖给县城的餐馆被人吃掉了。

他还在那地方建了一幢木结构的简陋的“雁馆”,介绍雁的种类、习性、“集体观念”等等一切关于雁的趣事和知识。在“雁馆”不怎么显眼的地方,摆着几只用铁丝编成的漏斗形状的东西。

如今,那儿已成了一处景点。去赏雁的人渐多。

每当有人参观"雁馆",最后他总会将人们引到那几只铁丝编成的漏斗形状的东西前,并且怀着几分罪过感坦率地告诉人们——他当年就是用那几种东西逮雁的。他说,他当年观察到,雁和别的野禽有些不同。大多数野禽,降落以后,翅膀还要张开着片刻才缓缓收拢。雁却不是那样。雁双掌降落和翅膀收拢,几乎是同时的。结果,雁的身体就很容易整个儿落入经过伪装的铁丝"漏斗"里。因为没有什么伤痛感,所以中计的雁一般不至于惶扑,雁群也不会受惊。飞了一天精疲力竭的雁,往往将头朝翅下一插,怀着几分奇怪大意地睡去。但它第二天可就伸展不开翅膀了,只能被雁群忽视地遗弃,继而乖乖就擒……

之后,他又总会这么补充一句:"我希望人的聪明,尤其一个孩子的聪明,不再被贫穷逼得朝这方面发展。"

那时,人们望着他的目光里,便都有着宽恕了……

在四月或十月,在清晨或傍晚,在北方大地上这处景色苍野透着旖旎的地方,常有同一个身影久久伫立于天地之间,仰望长空,看雁队飞来翔去,听雁鸣阵阵入耳,并情不自禁地吟他所喜欢的两句诗:"风翻白浪花千片,雁点青天字一行。"

便是当年那个孩子了。

人们都传说——他将会一辈子驻守那地方的……

狮、人及其他

首先让我们来说狮。狮是凶猛的猎食者，也是非洲原野上的王者。我在一篇关于动物的杂感中，认为狮有“黑社会老大”的粗鄙相，与同样是山林王者的虎一比，只不过是原野恶霸而已。虎却是真有王者之仪的。虎身上还透着“隐”的意味儿。长啸之后，一只虎在山林中神秘地出现，于是仿佛整个山林为之肃穆。虎使人感到是有文化的兽。虎使人觉得是山林文化的魂。栖虎之山林，使人心生敬畏。

狮却往往是成帮结伙的，狮是极少的身上没有花纹的大兽。而且，毛色永远地是那么难看，也永远地没有光泽。我认为在一切颜色中，棕色是无论深浅都会使人眼产生不舒服反应的一种颜色。而狮的毛色接近棕色，有时看去，甚至是很脏的与土色或黑色相混过的那一种棕色。总之，狮往往给人以蓬头垢面、遍身灰尘的印象。

《狂野非洲》的片头是极具视觉冲击力的。一连串飞快变化的每一瞬间都是精彩的。而且，是足以惊心动魄的。喜欢此电视节目的人肯定注意到了，狮在《狂野非洲》片头的两个瞬间出现过。其一，粗树干后，一张狮面鬼祟探出，作贼窥状，使人联想到中外电影中的密探嘴脸，或盯梢者嘴脸。活脱体现了兽王险诈的一面。

其二，一头雌鹿在灌木后凌空一跃（显然，后有猎捕者），几乎与此同时，灌木后也凌空跃起了一头狮。狮遭到鹿的一跃的冲撞，于是腹上背下，仰在半空。而那鹿正中狮的下怀。狮的四爪自下而上紧紧抱住了鹿。爪钩分明地深抓到鹿的皮下了。同时，它锐利而致命的齿，咬进了鹿的颈子……

那狮肯定是预先埋伏在那儿的。它不无谋略。那一动物间的弱肉强食的镜头，堪称珍贵。狮是天生之凶猛的猎食动物，上帝是这么规定它在非洲原野上的角色的。故其猎食情形无论多么血腥，都是符合自然法则的。何况，自然界的弱肉强食，并无哪一种吃法是斯文的。

但一头吃饱了的狮，尤其是雄狮，倘不卧着打盹，倘仍觉精力过剩，它就要干一件很“伤天害理”的事了。

究竟是什么事呢?

它踞立高处，四顾搜寻，企图发现猎豹的家。猎豹的家，往往是“单亲家庭”。儿女一断奶，猎豹父亲们就重做流浪汉，再逐新欢去了。狮一旦发现视野内有猎豹的家存在，便奔过去，将小猎豹一一咬死。它并不吃它们。因为它并不饿。它只不过咬死它们，怀着一种灭门般的仇恨，怀着一种“斩草除根”的快感。倘雌猎豹正守护着小猎豹们，或刚巧从别处赶回来，免不了为保护儿女而与雄狮拼死一搏。但猎豹哪里是雄狮的对手,或遍体鳞伤,眼睁睁地看着儿女惨死,或将自己的性命也搭上。

动物学家们认为,狮的这一种灭绝别的兽种的行径,乃因独霸一方,彻底消除“竞争对手”的本能促使。猎豹也是非洲原野上出色的猎食者。其猎食本领的高强,每使狮们望尘莫及。所以,雄狮以对猎豹实行“斩草除根”为己任,达到自己永远垄断非洲原野生存资源之目的。

在大兽中,包括一切大的猎食猛兽中,除了狮,再没有“思想”如此阴暗歹毒的了。

狮不仅对猎豹那样,对同类也心狠手辣。

《狂野非洲》中有一辑是《母狮辛酸泪》——一头母狮,既肩负着哺养两只幼崽的使命,亦须照料还在“花季”的妹妹。妇幼四只狮相依为命,全由母狮来解决活着的基本问题——吃的问题。

“她们”被一头雄狮跟踪多日了。

因为雄狮看上了母狮。

既然看上了,“他”就要达到占“她”为妻之目的。所以“他”必咬死“她”的儿女,以干干脆脆地结束“她”当年轻母亲的责任,早日在“他”的追求下进入发情期。所以“他”必驱走“她”的妹妹,“他”不愿自己向往的蜜月生活有累赘。而且,“他”干掉“她”的儿女,亦因它们是“前窝”的崽子。

而“他”乃王者。“他”所荫庇的幼狮,必须是“他”的种。

“他”的阴险和歹毒，几番遭到了那母狮舍生忘死的抵抗。而其目的最终还是达到了。当“他”踞立高处，嘴脸上和须上染满鲜血，傲慢又冷酷地俯视着悲怆至极的母狮时，我顿觉狮这一种所谓兽王，不但有“黑社会老大”的粗鄙之相，简直还很流氓。

在自然界，动物间虽有弱肉强食的一面，却也每体现出动人的善性。亲情、友情、爱情，在它们那儿，往往比人类之间还美好。狮的以上行径，除它们而外，几乎另无例子。当然这里指的是大兽。在虫类，比如不同种类的蚁间，也有相互灭门、斩草除根，或掳了对方为奴的现象。

由狮进而联想到了埃及的人面狮身石雕。众所周知，它在希腊神话传说中叫斯芬克斯。它是智慧和邪狞的杂交。当它以谜语考问路人时，它是智慧的；当人答不出，它吃人时，是邪狞的。

它还是王权的象征。是王权不甘消亡而终于消亡了，消亡了以后仍企图在人世间威慑人们精神的一种象征。一切王权皆有邪狞的一面。正如狮有那些流氓的一面。一切具有王权性质的政权，理念上皆必然地具有灭绝异己的本能意识。正如狮对猎豹的灭门和斩草除根的行径。一切王权的最高代表者和高层维权者，骨子里皆必然是自私自利的。正如雄狮为了使自己血脉的王种延续下去，连同类的后代也要咬死。真的，狮的以上本能，在大兽中绝对是独一无二地恶劣的。比如象，比如虎，比如熊，都并不像它们那样。当动物摄影家们将狮性之恶劣的一面展现给我们人类看的时候，实在是对我们人类很有益的教育。归根结底，狮性之恶劣一面，乃是非洲原野上之生存法则决定了的结果。那一法则使每一头狮都变得极端地以自我为中心。改变狮性之恶劣只有一策，那就是在它是幼狮时使它与人接触，获得一点人性的影响。相反，将人性改变得如狮性一般恶劣，也不是多么难的事。只要在人小的时候，将他或她浸泡在恶劣的文化里就够了。

恶劣的文化有一种恶劣又美丽的倾向。那就是极端地宣扬以自我为中心；极端地鼓吹以自我为中心；极端地偏爱以自我为中心——仿佛彻底地以自我为中心才是彻底的个性自由。

于是我的眼看到在现实生活中，不少人尤其是自以为拥有成熟文化的人，人性中都或多或少有着非洲狮的恶劣狮性。他们以非洲雄狮那一种内心里的阴暗和歹毒对待周围的“猎豹”们，也恨不得以非洲雄狮那一种冷酷的方式征服女性。于是我的眼转而向历史去寻找答案，结果发现了一种毒素，那就是认为崇尚恶、欣赏恶、贩卖人性是天经地义的事情。

但是此种文化的流弊是显而易见的。因为它并不能培养一批雄狮般的男人，实际上只不过造就了一群窝里斗有理、窝里横万岁的骨子里的宵小之辈。

我祈祷，如虎一般的男人出现，他们才令我刮目相看……

“十姐妹”出走

且说那一天我在家对面的小树林散步，遇见了几个年轻的民工。其中一个拎着纸盒箱。箱四周扎了许多透气孔。见着我，拎纸盒箱的自言自语：“这么大一个北京，竟没识货的人！”仿佛自言自语，其实说给我听。那模样，那口吻，使我联想到受高衙内指使，诱林冲中计的那个卖刀人……

我问：“什么？”

他们中有人答：“鸟儿……”

“什么鸟儿？”

“十姐妹……”

好悦心的鸟名——我不禁掀开纸箱盖儿一角往里瞅，但见十位“小姐”挤缩一处，十双黑晶晶的小眼睛瞪着我，胆怯而又乞怜。黄嘴边儿还没褪哪，羽毛还没长全哪，毛根间暴露着粉红的肉色，如同一群只扎肚兜儿的光身子小孩儿……

并不雅的些个小东西！

“卖？”“卖！”“多少钱？”“二十元！”“太小哇。”“这您就外行啦，养鸟儿都得从小养起。”“不好看呀，跟麻雀似的！”“毛长全就好看了，不好看能叫‘十姐妹’么？”

于是我一念顿生，成了“十姐妹”的“家长”。

最初养在一个极小的笼子里，用两个瓶盖儿喂它们水和小米。后来妻买回了一个漂亮的够大的笼子，于是它们“迁”入了新居，好比住在小破房里的中国老百姓，一步登天搬进了花园洋房。那一天“她们”显得好高兴噢，叽叽喳喳叫个不停。我们一家三口看着“她们”高兴，各自心里也高兴……

自从阳台上有了“十姐妹”，便热闹起来。“小姐”们一会儿“说”一会儿“唱”。“说”时其音细碎一片，吴侬软语似的，使我联想到一群上海姑娘聚在一起聊悄悄话儿。“唱”时反倒不那么动听了，类乎“喳”的一个单音，此长彼短，自我陶醉。没一个嗓子强点儿或可出息为歌唱家的。于“她们”正应了那句话——“说的比唱的好听。”

那时我正写作，便不免地会有些烦，常到阳台上去冲“她们”喝唬一句。喝唬一句大概能消停五分钟。于是最后只有关上几扇门，隔断“她们”的噪音，将自己关在最里边的小屋。

安定且无忧无虑的生活，使“她们”长大得明显，羽毛日渐丰满了，一个个都出落得非麻雀可比了。秀小的头，鱼形的身，颌下和喙根两侧，以及翅膀和尾翼之间，是洁白的绒羽和翅子。若补充些想象看它们，也还算漂亮。

有天我发现“她们”争争吵吵拥拥挤挤地围住饮水罐儿，衔了水梳理羽毛。我想——哦“小姐”们是该洗次澡了。便将一个饼干盒盖注满清水，将笼底抽下，将笼子置于盒盖上，伫立一旁静观。“她们”不争不吵不拥不挤了,一只只侧着头,矜持地瞪我。我刚一转身离去,阳台上便溅水声大作。水珠竟透过纱门溅入室内。偷窥之,见“她们”洗得那个欢呀!而且相互梳洗……

于是便宠出了“她们”的娇惯毛病。每至中午,倘不为“她们”提供此项服务,阳台上便一片抗议之声,不予理睬简直就不可能。“她们”是很讲“三大纪律八项注意”的。或者可以说很培养我的文明意识——只要我在看着,绝不下水。其实我也不稀罕看。偷窥的行为就那么一次。女人们洗澡的美妙情形我早已司空见惯了,在电影里……

原先,鸟笼是放在一把椅子上的。阳台下半部是砌严的,小时候它们则只能看到一片天空,倒也都甘于做井底之蛙。有一天“她们”就以“她们”的噪音,提出了开阔视野高瞻远瞩的要求。于是中午洗过澡后,我将鸟笼挂在晾衣竿上。第一次透过阳台窗望到外面的广大世界,“她们”真是显得惊奇极了。“说”了一中午,“唱”了一中午。反反复复“唱”的,在我听来,仿佛始终是那么一句——“外面的世界很精彩……”

我听不得“她们”向我传达的那份儿幽怨,干脆启开笼门,将“她们”放飞在阳台上。不消说,从此我更得勤于打扫阳台了……

我常想起买下“她们”时的情形。不知命运如何,“她们”的那份儿胆怯好可怜的。不愁冷暖不愁饥渴了,就产生了对

"居住"条件的高要求。"居住"条件大大改善了,就渐渐滋长了"贵族"习惯,每天还得洗次澡。一旦"贵族"起来了,则又开始向往自由了。给予了"她们"一个阳台的自由范围,最初的喜悦和兴奋过后,又分明地向往起"外面的世界"来……

有天它们一溜儿蹲栖在窗格上,静悄悄的,都很忧伤的样子,仿佛些个囚徒似的。我几经犹豫,开了一扇阳台窗。轻风和爽气扑人,"她们"都扇动起翅膀来……

我说:"小姐们,请吧,我还你们自由……""她们"一只只从敞开的窗子跳进跃出着,不停地扇翅,一会儿侧头看我,一会儿仰望天空,若有依恋之意……

我又说:"想回来时就回来,这扇窗将随时为你们打开……"

我也满怀着对"她们"的依恋,离开了阳台。半小时后,十只鸟儿剩下五只了。一个小时后,阳台上一只鸟儿都不见了,顿时寂静得使人悒郁……

有几只鸟儿飞回来过——吃点儿食,饮点儿水,洗次澡,又飞走……

从此,我在早晚散步时,总能听到"她们"的声音,传出自小树林里。我的"丫头"们的声音,我是听得出来的……

有天我发现一只鹞鹰,在附近的树林上空盘旋。我想——说不定它是被我的"丫头"们的叫声引来的,伺机加害于"她们"。于是我赶快回到家里,找了一根长长的竹竿,挂上彩布，在树林中奔来奔去，挥舞着，大叫着，直至将那残食弱小的枭禽驱逐遁去……

有天我发现别人家养着两只鹦鹉的笼子里，也有一只"十姐妹"。两只鹦鹉都啄"她"，啄得"她"没处藏没处躲。紧缩一隅，尾巴挤出在笼外。见了我，便在笼子里"炸"飞起来，叫个不停，其音哀婉。我想，那一定是我的"丫头"中的一只，想吃食，想饮水，或想洗澡，误入了别人家的阳台……

于是我将"她"讨回，养了几日，又放飞了……

有天早晨，在公园里，我见到一个张网人，一次用粘网粘住了三只"十姐妹"。我想那也肯定是我放飞的鸟儿。我将"她们"再次买下，养了几日，也又放飞……

"外面的世界很精彩，外面的世界很无奈"——在人的城市里，对鸟儿们也是这样的……

自由，在本质上，其实也是人对他人的责任感最完善的摆脱。正如我不可能也不打算每见到别人笼子里的一只"十姐妹"都买下放飞一样。在这么一种社会形态下，若同时没有法的威慑，没有宗教对心灵的影响，大多数人，就只有像我养过的"十姐妹"一样，提高防范的能力，并靠运气活着了……

有天夜里我做了一个梦——梦见老了的自己，被十个女儿围绕着，还有十个女婿侍守一旁——尽管这有悖计划生育法，而且"十姐妹"也并非就全是"丫头"，但仍没妨碍我做了那么一个很幸福的梦……

动物的哲学

如果我的记忆没错的话(我知道,它是一天比一天糟了),那么,这句话应该是契诃夫说的——一个正直的人,在狗的目光的注视下,内心往往会感到害羞的。原话差不多便是这样。但又的确非是原话。所以不敢用引号。但有两个词,却敢断言肯定是原话中的。那就是——“正直”和“害羞”。

为什么契诃夫认为——一个正直的人在狗的目光的注视下内心往往会感到害羞呢?为什么不是“一个善良的人”或“一个忠诚的人”或“一个腼腆的人”呢?

十几年前,第一次从书中读到契诃夫关于狗的目光的话,百思不得其解。至今仍未想明白。狗性单纯于人性。因而狗的忠诚,是没有什么附加条件的,是人性许多情况下所不及的。故人类对狗的忠诚一向毁誉参半。如果说一个自诩对朋友忠诚的人,在狗的目光的注视下内心往往会感到害羞,意思不是更明了么?世界上对朋友像狗对主人那么忠诚的人即或有,也太少太少了。我就做不到。并且,也从来不认为将狗性中那一种忠诚引入交友之道是可取的。恰恰相反,我认为狗性中那一种接近本能的忠诚,一旦体现于人性,反而意味着是人性的扭曲，人性的病态。

某日早晨我散步，在公园里看见一只狗蹲踞林间小径旁，守着一个尼龙绳网兜。那是一只小矮脚狗，估计年龄在二三岁。网兜里也无非就是一棵白菜，一把芹菜，几条黄瓜而已。也许，它的主人在林中练气功，打太极拳；也许，在不远处的一片平地上跳舞……

忽然我想到契诃夫那句话，于是蹲在那小狗对面，研究地看它的眼。它也看我，贴地的尾巴梢摇了几摇，似乎表示对我友好。我以温柔的语调对它说了几句夸奖的话，就是某些大人夸小孩子那些半由衷半不由衷的话。我想，它的主人肯定就是经常以那么一种温柔的语调夸奖它的吧？它显然不是一只聪明到善于理解人话内容的小狗。但又显然对我那一种温柔的语调感到亲近。我抚摸它，它觉得舒服，显出很乖的样子，渐渐趴了下去。我存心试探它的忠诚，佯装要伸手抓取网兜。它立刻站了起来，颈毛乍耸，呜呜发声——分明的，我不放规矩点儿，它就会不客气，咬我没商量了。那一时刻，狗眼中充满了警告意味儿。我赶紧缩回手，它则又对我恢复了友好的样子。如此这般试探三次，它似乎明白了我在成心逗它，又似乎对人的狡猾仍怀有几分防范，于是干脆趴在网兜上。我又夸它，它又摇尾；我又抚摸它，它舔我手。倏忽间我从那小狗的眼中看出了这样的意思——人，请友好待我。难道我对你还不够友好么？只要你不想抢走我看守的东西，我绝不咬你。网兜并不是你的,不是你的东西你怎么可以动念抢走呢？一个好人难道会有这种行为么？

真的,当时我觉得我从那小狗的眼中看出的意思,比我现在写下来的还要多。于是我对契诃夫关于狗眼的话有所领悟——在一切动物中,狗眼是最善于说话的。由于狗性的单纯,狗的目光也是最单纯的。文学作品中形容到人眼,每用“复杂的目光”一句。某些动物,尤其是野生动物,面对人时,目光也会显得较为“复杂”。美国电影《与狼共舞》中有这样一个情节:人独自在山地夜宿,升起篝火,引来了一只狼。那是一只老而病的狼。它也寒冷,它企图趋火取暖。它已丧失了进攻的能力,甚至也丧失了自卫能力,故它畏人。人也怕它,因为它毕竟是一只狼。人并不打算伤害它。人也本能地提防被它所伤害。于是人尝试对狼表示友好,表示和平共处的愿望。方式是割了一条兽肉抛给它。狼叼了即跑,跑远才吃。人为了试探它的狼性和自己的人性究竟能达到怎样程度的和睦,又割了一条肉。这一次不是抛过去,而是拎在手里。狼还饿,于是不得不更向人接近着——狼犹豫,徘徊;狼终于经不住肉的诱惑,小心翼翼地向人走来;狼在距离人几步远处,趴了下去,眈眈地望着人;狼一点儿一点儿地向人匍匐,随时准备一跃而起,掉头便逃……

电影中是一只真的狼,而且不是动物园中的狼,是一只野生的狼。那一情节,又简直可以评价为人性与狼性沟通的实录片断。

那一时刻,那狼的目光就是极其“复杂”的——又警惕,又屈辱;几分显示自己无害的样子,几分卑微可怜的样子……

那一情节,是《与狼共舞》的经典情节,也堪称是电影史上表现人兽关系的经典情节。

那只狼,是“一位”出色的“演员”,本色“演员”。它将一只又老又病的狼在向人乞食时的“心理”,通过经典性的形体“表演”和“复杂”的目光,向观众传达得淋漓尽致。可惜世界上的任何电影奖都不曾专为兽“演员”设奖项。如果设了,那一只狼获奖是当之无愧的。

但狗眼中流露出的目光一般是不“复杂”的。小狗尤其这样。军犬和猎犬也不例外。无非军犬的目光中具有孤傲的成分,猎犬的目光中具有“我是猎犬我怕谁”似的无畏气概。狗性不仅单纯于人性,也单纯于野兽的兽性。在狗与人的关系中,有许多时候人的意思,需要狗去猜。这使狗善于对人察言观色。但狗尽管善于这样,却永远也不会因而变得狡猾。狗领悟了人的意思,狗眼中就会相应地流露出自己的意思。比如主人在忧伤,狗是能从主人脸上的表情看出来的。于是狗每每会望着主人,用目光这么说:“啊,我的主人,你为什么而忧伤呢?不会是由于我的过失吧?我怎样才能解除你的忧伤呢?请吩咐吧主人。”比如主人在愠着,狗也会从主人脸上的表情看得出来。这时狗每每会用目光对主人说:“啊,我的主人,你的样子使我多么不安啊！需要我陪你去散步么?”凡家里养过狗的人都知道,夫妻经常吵架,也会使狗的性情受到不良影响。家长经常严厉地训斥孩子,甚至打骂孩子,日久天长,连他们的狗也会变得郁郁寡欢,甚至会变得智力低下,反应迟钝,对主人的意思懵懂不知所措。狗的目光是永远也不必主人猜测的。主人只要看他的狗一眼,心里就全明白了。狗眼永远只流露一种目光,永远流露得率真又单纯。古今中外,全人类没有一个人被自己的狗的目光所欺骗过。没有一个人犯过这样的错误——他认为他的狗会这样,而狗偏偏那样了。起码还没有过这种文字记载。狗脸与人脸大相径庭,但几乎所有的人都会觉得,狗脸上有与人脸极为相似的东西。那是什么呢?——是狗的眼睛。在一切野生的以及经人驯养过的动物中,除了猴子和猩猩而外,再就算狗的眼睛更像人的眼睛了。但狗的眼中那一种率直、坦白和单纯的目光,是成年的人类所不可能具有的。成年了的人类的眼中,几乎每一种目光都不再单纯。一个人对自己刚刚中了彩券大奖的朋友说:“我真为你高兴死了!”——他的目光中却每有嫉妒的成分。热恋中的情人对情人说:“我爱你海枯石烂不变心,没有你我就活不成。”——而我们都知道,一个果真死了,说“我就活不成”的,将不但继续活下去,不久便会陷入另一场热恋。他或她还要如此解释——因为对方太像自己热恋过的人了。你说容貌并不像,他可说他指的是气质像;你说其实气质也不像,她可说她指的是脾气秉性;你说连脾气秉性也不像,那人又会说指的是生活情趣……只有儿童的眼睛中还有率真、坦白和单纯。但是儿童一旦成长为少男和少女,他们和她们的目光便开始过早地变得复杂了。中国的少男和少女们尤其如此。我们的少男和少女成熟得太早了。中国人的目光也许是世界上最为捉摸不透的。中国人的心思往往太需要自己的同胞费心思去猜。

“他的眼睛告诉了我”或“她的眼睛在说”一类话,在人类大约是越来越靠不住了。在中国尤其靠不住。复杂的靠不住的决不可轻信的目光,像假冒伪劣产品一样多。人与人“目光的交流”简直成为一句荒唐可笑的话。几乎只有人与狗才可能进行值得信赖的“目光的交流”。我想,契诃夫在他所处的那一时代,以及所处的那一阶层,对此早有体会,所以才写出正直的人在狗面前都感到害羞的话吧?……

与狗的眼睛相比,猫的眼睛所能传达的“心思”实在是太少了。我们常能从狗的眼中,甚至常能从小狗的眼中所发现的那种忧郁的目光,从猫的眼中就几乎看不到。如果主人连续几天对自己养的狗态度粗暴,呵斥不断,那狗无论大小,目光就会变得失意和忧郁起来。的确,与猫相比,狗的“心思”未免太重。猫却似乎是少心无肠的。只要吃得饱,吃得好,猫不甚在乎主人对它的态度冷淡不冷淡。在这一点上,猫简直可以说是“宠辱不惊”。猫遭到主人的呵斥,当然也会识相地躲到一边儿去。但它不会因而在一边儿不安。如果一边儿正有着毛线团或球，如果它正有玩儿兴，定会照玩儿不误，并不管主人的心情怎样。倘我们承认狗的眼中能传达出多种类似人的目光，那么猫的眼中连一种近似人的目光都没有。当然也不是绝对的这样。比如陷于灾难之境的猫，眼中也会传达出求助的目光；重病不起的猫，眼中也会传达出乞怜的目光；垂死的猫，眼中也会传达出悲哀绝望的目光。但凡此种种，几乎任何动物都那样，实在更是生命通过眼睛反射出的意识本能。

然而并不能据此便说猫的眼睛大而无神。这么评论是欠公正的。事实上猫的眼睛大而有神。猫的眼睛在猫的脸上呈现着一种近乎完美的组合。猫脸如满月。在这么圆的一张脸上，再生出什么样的一双眼睛才好看呢？换一种说法，倘给我们一个圆，以我们人的美学经验，画上一双什么样的眼睛才觉得好呢？可能我们无论画出多少种眼睛都会觉得不满意。最终我们画出的将必是一双圆圆的眼睛。而那正是猫的眼睛。而只有这时，我们才会觉得好看。的确，在一个大圆的上半部，左右对称地搭配两个小圆，是最符合美学原理的。按照古希腊人的美学思想，圆是无可挑剔的完美的图形。正方形给人的印象太“愣”；长方形给人的印象太“板”；三角形给人的印象是缺损的；菱形给人的印象不稳定；而梯形给人的印象根本是蠢的。圆中有圆，乃美中含美，是美的同类项合并。猫脸生长猫眼，符合的正是这一种美学原理。

人越是细看一只猫，就越是会承认猫脸在一切动物的脸中，几乎是最漂亮的。而同时也会承认，在猫的脸上，猫那一双独特的眼睛是最漂亮的。当猫的瞳孔变得窄长，竖了起来，它的眼睛就显得更加漂亮了。故宝石中名贵的一品叫“猫眼”。早年男孩子们弹的玻璃球中的一种，也叫“猫眼”。是较其他玻璃球备受喜爱的一种，一个可换别种的几个。

狗的忠乃至愚忠以及狗的种种责任感、种种做狗的原则，决定了狗是“入世”太深的动物。狗活得较累，实在是被人的“入世”连累了。相对于狗，猫是极“出世”的动物。猫几乎没有任何责任感。连猫捉老鼠也并非是出于什么责任，而是自己生性喜欢那样。猫也几乎没有任何原则。如果主人家的猫食粗劣，而邻家常以鲜鱼精肉喂它，它是会没商量地背叛主人而做别家宠物的。至于主人从前对它有怎样的豢养之恩，它是不管不顾的。倘主人对猫不好，猫离家出走也是常事。即使主人对它很好，它对主人的家厌倦了，也走。猫为“爱”而私奔更是常事。有的浪漫了一阵子或怀了孕，仍会回到主人家。有的则一去不返，伴“爱人”做逍遥的野猫去了。城市中的野猫，“出身”皆是离家出走的猫。

猫脸上其实断无狡猾之相。人怎么看一只猫的脸，都是看不出狡猾来的。猫脸上很少“表情”，但这一点并不足以使猫的脸显得多么冷漠。事实上猫的脸大多数情况之下是安逸祥和的。任何一只常态下的猫的脸，都给人以温良谦恭的印象。猫天生是那种不动声色的宠物。它的“宠辱不惊”，也许正是由于它脸上那种天生的不动声色的神态。猫的大眼睛中，又天生有一种“看破红尘”似的意味儿。一种超然物外，闲望人间，见怪不怪的意味。但这绝不证明猫城府太深。事实上猫是意识简单的动物。

猫不是好斗的动物。受到同类或异类的威胁，猫便缩颈，躬腰。而这是一种最典型的自卫的姿态。这时猫伸出一只前爪抵挡进攻，并且随时准备向后一纵，主动结束“战斗”。猫不是那种招惹不起的家伙，更不是那种不分胜负誓不罢休的家伙。猫不会为了胜负的面子问题而玩儿命。

模特们表演时的步态叫“猫步”。据我看来，她们脸上的表情，也很像猫脸所常常呈现的“表情”。这么说绝不包含有一丝一毫的贬义和讽刺。只不过认为，无表情的表情，更容易给人静态美的印象。于猫的脸，天生那样。于人的脸，尤其于表情原本比男人丰富的女人的脸，是后天训练有素的结果。那样的女人的脸，叫“冷艳”。“冷艳”之美，别有魅力，也可以称为工艺型的美。猫脸便具有工艺型的美点，但猫脸却是不冷的。通常情况下，猫脸充满温和。通常情况下，猫的眼中总是流露出知足感。

美国有一部儿童电视剧。是由一只猫和一只狗“主演”的。剧中，狗总是那么忧心忡忡，不知究竟该如何表现，才能被公认是一条好狗。而那只猫就总是善意地劝它想开点儿，不必太杞人忧天,不必太自寻烦恼。

狗说:“主人因为丢了一条鱼而又责骂了我一顿!”

猫说:“你所以就不快活,真蠢! 要知道你没到这一人家之前,他们也经常丢鱼的呀!”

狗说:“你怎么知道的呢?”

猫说:“因为每一次都是我偷的。”

“可既然我们是朋友了,你怎么还继续偷我主人家的鱼呢?”

“可难道因为我们是朋友了,我就非得变成一只不喜欢吃鱼的猫了么?”

“可你偷鱼,连累的是我,你的朋友啊!”

“可我不偷鱼,营养不良的是我,你的朋友啊!”

“难道,你为了我们的友谊的巩固性,就不能别再偷鱼了么?”

“难道,你为了我们的友谊的巩固性,就不能对主人的责骂毫不在乎么?”

剧中猫和狗的对话,听来非常有意思,令人忍俊不禁。

狗有狗的理,猫有猫的理——狗的责任感对立于猫的“自我”意识,狗是有理也说不清了。的确,猫是多么的“自我”哦! 难道不是已经“自我”得太自私了么? 一切野生的动物都是“自我”的,都是自私的。野狗亦如此。狗性中的责任感,是人性强加的结果。于人这方面,肯定为一种狗性的进步;于野狗们那方面,必视为自己同类们狗性的扭曲吧?但猫与人亲近的历史,和狗与人亲近的历史一样悠久漫长。为什么猫就能始终那么的“自我”呢?

站在动物的立场而不是站在人的立场一想,猫的“自我”意识的不变,不是倒也难能可贵么?人已经将多少动物驯化了呀!狮、虎、豹、熊、猴、羊、狗、马、象、鲸、海狮、海豹、海豚、鹰,甚至鹦鹉、鸽子、小鸟儿……不是都曾被人驯化到善于为人表演的地步么?

但是唯独猫很少在马戏场上为人表演过节目。

据说许多世界著名的驯兽大师曾尝试过对猫进行表演训练,都以失望告终。是因为猫太笨?难道猫是笨的动物?!结论只能是这样的——猫性中有拒绝人的意识强加于己的天性。人稍一强加,它就叛人而去。人若以为加大驯化力度必可达到目的,猫就死给人看。猫的生命,不能承受被驯化之重。

猫的这一种天性,是受我尊敬的。众所周知,鲁迅是特别不喜欢猫的。他指猫而骂过一些他特别不喜欢的人。一个人如果比猫还“自我”,我也不喜欢。但就猫论猫,我认为,猫性中其实有诸条人应该学习的优点。“一个中心,两个基本点”,有民间新解——曰:“以健康为中心,活得潇洒一点儿,想得开一点儿。”我以为,一切的猫,差不多一向就是这么活着的。端详猫脸,人定会从猫的眼中,看出一种仿佛散漫澹然,自甘闲适无为的意味儿。永远没什么“心思”的猫眼中，似乎永远流露着知足的、心旷神怡的达观。猫有隐士气质。都市里的猫，统有第一流隐士的气质。不是说“大隐隐于市”么？

无人不讨厌老鼠，我也讨厌。故我们对某些自己讨厌的人，形容为“獐头鼠目”、“贼眉鼠眼”。其实，单就老鼠的眼睛而论，挺好看的。推论开去，几乎一切的鼠类，皆生有一双挺好看的眼睛。比如小花鼠的眼睛，尤其松鼠的眼睛，就很俏。

老鼠的讨厌，并非由于它们的眼睛。首先是由于它们的毛色。老鼠即使较肥，其皮毛也无光泽可言。这一点是很奇怪的，不知动物学家们有什么道理可讲。没有光泽的，肮脏棉片似的那一种土灰色——老鼠的毛色，是人眼最讨厌见到的颜色。那颜色作用于人眼，条件反射直达我们脑中最敏感的情绪神经区域，使我们心中顿时产生强烈的厌恶。人眼可以接受黑色，但是对土灰色具有一种视觉上的本能排斥。所以人不能忍受土灰色的任何东西出现在自己的视线内。外国科学家半个世纪前曾做过一次调查，结果证明五年以上的大工厂的锅炉工人，脾气比同样工龄的矿工要坏得多。因为矿工在井上井下时时面对的毕竟是闪闪发光的煤，而锅炉工时时面对的是煤渣。如果他终日陷入的是由煤渣四周形成的“山丘”，他的心情和脾气根本没法儿好。而煤渣的苍灰色与鼠毛的土灰色，是同一类讨厌的颜色。试想，如果鼠不是土灰色，而是漆黑色的，并且，亮油油的有光泽，老鼠给我们人的印象恐怕是会多少好一点儿的吧？

我们对老鼠的讨厌，其实还由于它的尾。毛茸茸的尾巴毕竟比光溜溜的尾巴看着舒服些，干脆光溜溜的一毛不生的尾巴也还则罢了，偏偏鼠尾两种都不是。老鼠的尾巴长着非常稀疏的毛。尾上的毛同样是土灰色的，通常比体毛的土灰色浅。稀疏得有谁如果想数数，逮住了一只老鼠是一会儿就数得清的，比一条毛虫身上的毛要少得多。而尾的本色，与干尸一色。

那样的毛色，加上那样的尾，猝然从我们眼前窜过，使人由厌恶而惊恐就丝毫也不奇怪了。女人在这种情况下不但会被吓得失声尖叫，出一身冷汗，有时甚至会被吓昏过去……

何况老鼠经常出没于最肮脏的地方……

何况老鼠啃东西，破坏我们的居家生活……

但，无论老鼠多么的令人讨厌，我仍想说，其实老鼠的那一双小眼睛确实是挺好看的。鼠眼如豆，圆圆的、黑黑的、亮晶晶的。眼神儿怯怯的，似乎还闪烁着聪明。老鼠的视力也绝不像人们说的那么差。“鼠目寸光”是以讹传讹。事实上老鼠避开危险的迅速反应，不但靠敏感的听觉，也靠敏锐的视觉。

有些动物通体是美的。比如虎和豹——从头到尾，从毛色到斑纹，完美得无可挑剔。还比如仙鹤、天鹅、蜂鸟等等。有些动物通体是丑的，比如鳄、蜥蜴、蛇……而有些动物只有一点不美,有些动物又只有一点不丑……

丑陋的令人厌恶的老鼠,只有那双小眼睛其实并不丑。

我之所以要煞费苦心地指出鼠目的不丑,基于这样一种思想——对于人类,有许多时候要承认某一事实那是非常不情愿的。倘某一事实引起我们强烈的反感,我们就以百倍的轻蔑对待它。倘我们觉得仅仅这样还不够,我们就会调遣所谓“文化”的势力为我们助威。

故我认为,人类的“文化”发展至今,既功不可没地推动了社会的进步,也掩盖了许多事实的真相。就如老鼠难看的毛色和它丑陋的尾巴影响了我们对老鼠眼睛的看法的客观性一样。我们仅仅对老鼠这样其实也大可不必有什么不安——但我们往往对人和对人间的某些事件也持相同的态度。

故前人留给我们的历史,以及我们将留给后人的历史,包藏着种种的暧昧不明和种种的主观误区。

所以在今天,人的思想的独立性,应该格外地受到鼓励、提倡、支持和爱护。

牛大体上可分为三类吧?——野牛和畜牛,畜牛又可分为奶牛和使役牛;还有那种在斗牛场上与斗牛士们一决胜负的雄牛。

总体而言,牛的“出身”虽颇为不同,但命运都是类似的。尤其“出身”一样的牛,彼此间的命运,绝无高低贵贱之分。不像狗和猫,有的过着比人的生活水平还要高许多的贵族狗和贵族猫的生活,有的饥一顿饱一顿,生存完全没有保障。

野牛以“籍贯”非洲的最为强壮凶猛。它们中顶大的,体重达一吨半。猎豹是不敢惹它们的了。单独的一头狮子,也是不敢挑衅于它们的。狮子扑食单独的野公牛,必须发动一场集体围攻的“战役”。否则就休想吃到一口野牛肉。因为单独的野牛,性情暴烈,面对任何强敌,都有种“拼命三郎”的劲头儿。

在一切动物中,只有三种急了就红眼的。那就是牛、狮子、野狗。虎、豹、狼虽然也凶猛,但是急了并不红眼,只不过更加的张牙舞爪罢了。非洲草原上的野狗,急了也是并不红眼的。倒是家犬一旦沦为野狗,而且,一旦吃过人尸,就变成红眼的野狗了。那时它们就接近着是疯狗了。

成群的野牛,眼中都有一种散漫的,得过且过的,“事不关己,高高挂起”似的目光。人类中也常有这样一些个家伙,哪怕面前有别人正于血泊中呻吟求救,他们照样悠闲地嗑着瓜子,嚼着口香糖,或吸着烟,神情麻木地瞧着。那是除了象以外一切集群游走的食草类动物惯常的目光。个体明明具有的防卫能力,彻底被集体的相互依赖所抵消了。狮子袭来,野牛群一阵奔逃。只要狮子扑倒了同类中的一头,集体的奔逃就停止了。于是,似乎都松了一口气。望着同类被活活分尸,似乎都在这么想:感激上帝,现在危险终于过去了。我是多么幸运啊,它不幸与我何干!

民族意识涣散的某一部分人类，之所以受外敌的欺辱，也是由于这一点。

试想，野牛并非弱小的动物啊！几十头甚至几百头野牛低下它们的头，挺着它们长矛似的双角冲踏过去，几只狮子算什么啊？

野牛由于集群而首先从心理上发生相互间的不良影响，忘记了自己们非同小可的强大。

单独的野牛就不一样了。

单独的野牛眼中有一种凛然。它们在草原上高傲地走着，不时举目四眺。那眼神儿中有种意思似乎是——“阳光之下每一种动物都是平等的，勿犯我！”还有另一种意思似乎是——“人不犯我，我不犯人；人若犯我，我必犯人！”

但是，它虽然强壮凶猛，虽然颇有天不怕地不怕的孤胆英雄的气概，最终往往还是会成为狮子的口粮。因为狮子在对付它时是全家族总动员，张牙舞爪一齐上。它却没有家族后盾。也没有什么朋友“路见不平一声吼”，赶来相援。狮子的进攻又是有战术、讲策略的，而它的自卫却仅凭红了眼睛拼命，所谓“匹夫之勇”。拼乏了，也就只有停止自卫，气喘吁吁地但求速死了……

奶牛的目光与单独的野牛截然相反。它们的目光总是流露着母性的温柔。仿佛在自己个儿默默地寻思——我的乳汁多充足啊，可我的孩子们都在哪儿呢？怎么都不来吮我的奶呢？

那些无怨无悔的，甘做贤妻良母的女性的眼中，就常流露着奶牛眼中那一种温柔的目光。

现如今的中国男人，不是都互相起劲儿地批评甚至攻击“浮躁”么？“浮躁”的确是一个不争的事实。我也每每的有点儿。“浮躁”起来了怎么办呢？喝个一醉方休？郊游？钓鱼？泡妞？服镇定药？到什么有色情消费的地方去堕落一夜？……我承认这都是抑制“浮躁”的方式。但之后呢？“浮躁”是灵魂的“皮肤病”，常犯的呀！

我自己克服轻微“浮躁”的方式是闭门谢客，关了电话，静静地在家里看书。而且，当然要躺着看。

如果我觉得自己染上了重症“浮躁”，那就去逛动物园。不隐瞒，我是个常逛动物园的男人，是北京动物园的常客。水族馆离我家太远，否则我也会喜欢去。

我常想——动物园里为什么没有奶牛呢？

如果动物园里也有奶牛，我在这里不揣冒昧，建议染上了重症“浮躁”的男人到动物园里去看奶牛。

我确信奶牛的目光是完全可以医好“浮躁”症的。起码可以医好一阵子。一定比喝醉酒、泡妞、服镇定药和堕落的效果强。

我确信奶牛具有这样一种“特异功能”。

因为，当年我是知青时，从生活中总结出了这样一条真理——奶牛是最不“浮躁”的畜类。你想方设法使它们“浮躁”都不容易。当年我们连分出二十几名知青调往奶牛场,多是被连领导认为不太服从管理的男知青。于是奇迹发生了,那些事实上也属于性情“浮躁”型的男知青,由被管理者而成为奶牛们的管理者以后,一个个都发生了明显的变化,都似乎被奶牛的性情同化了。

自然,奶牛因为是奶牛,性情就有些像羊。但羊虽本分,眼神里更多的却是怯意。是承认自己是羊的那一种乖乖的,一点儿也不敢冒犯谁的驯服。

奶牛的目光里可没有什么怯意。

奶牛的目光不但流露温柔,而且流露平和,流露彬彬有礼的宽宏大度。

有次我到奶牛场去看望从我们连调去的知青朋友,问他性情怎么变好了?

他说:“我现在交了许多好性情的朋友啊!”

我问他那些朋友都是谁?

他就带我去到牛棚里,指着奶牛们说:“就是它们啊!”

又说:“你看它们的眼睛!它们眼里有种好女人的目光不是么?它们仿佛总用目光教诲我——改改性情吧,脾气那么糟像什么样子呢!”

我久久地注视着奶牛们的眼睛,倏忽间,内心竟如我的知青朋友一样涌起一片感动。

奶牛的温柔，奶牛眼中那一种平和那一种宽宏大度，据我看来，显示着一种涵养很高的内心定力似的。

奶牛看人时的目光中，似乎有这么一种意味儿——你们的孩子和你们自己，大抵都是喝我的奶长大的。你们对你们的父母你们的祖父母外祖父母的健康表示关心，也总是要为他们订份儿牛奶。我并不希图你们的报答，只要你们过得比我好，只要你们过得比我好……

从前，养奶牛的中国人家，当奶牛岁数大了，产奶越来越少了，就把它们杀了，卖它们的肉，还卖它们的皮……为什么非说是"中国人家"才这样呢？因为的确的，欧洲人，哪怕很穷很穷的人家，一般也是不宰杀自己家养了多年的奶牛的。欧洲的农民，传统心理上是很感激奶牛的。他们的宗教情感，在这一点上体现得较虔诚。相比而言，中国人宰杀奶牛耕牛，那是很忍心，很下得去屠刀，也很心安理得的。这么想——反正在这头牛身上，我能多赚多少，就应该多赚多少！不赚白不赚，对头牛讲什么仁慈呀！

不知现如今奶牛场的奶牛老了都怎么处置？

而我总觉得，对奶牛和使役牛，以及一切使役牲畜，比如马、骡、驴，其实都应该落实人道政策，实行"退休制"。试想，一头奶牛为人天天产奶，直至老了，产不出奶了；一头使役牲畜为人天天干活，直至老了，再也干不动了，也可谓"无私奉献"一生了吧？也可谓"鞠躬尽瘁"了吧？人怎么可以在这种情况之下还要把它们宰杀了，吃它们的肉，熬它们的骨，剥它们的皮呢？——人这么做，是不是太唯利是图了呢？

依我想，人将来应该开辟几处“福利草场”专供“退休”后的老奶牛和其他一切老使役牲畜们“安度晚年”，自然而终才对。否则，大讲人道主义的人类，真是愧对奶牛，愧对一切被人类使役尽了最后力气的牲畜啊！

说到使役牛，无论是南方的水牛，还是北方的黄牛、花牛，在劳动态度方面，在干起活儿来不偷懒、不耍猾、不怕苦、不怕累方面，真真是人的榜样呢！人是承认这一点的，表现了人的难能可贵。

要不怎么会有“老黄牛精神”的说法呢？

我们感到一个人很傲，就说他“牛劲儿的”或“牛气什么呀”！

牛身上的确有股子傲，有时甚至显得目中无人，但牛的傲不是由于它明白它具有什么强大的进攻性，而是由于它自信于它的劳动能力。所以中国话中，又有“使出了牛劲儿”的说法。役马干活儿有时犯懒，驴子干活儿有时耍奸，而骡子如果一股劲儿不能将车拉上坡，主人再怎么挥鞭子抽它往往也无济于事了。那时骡子首先放弃了自信。而牛不像它们那样。牛拉不动时，比主人还急，还躁，那时它就会跟陡坡较上了劲儿。它低下头，瞪起一双牛眼，仿佛在说：“今天我拉不上去，我就不是一头牛！”牛往往拉断了套绳。爱自己牛的主人，其实此际是绝不鞭牛的。怕牛硬拼牛劲儿累伤了。他也许反而会拍拍牛脑门，牛脖子，使他的牛平息平息牛脾气。牛如果“罢工”了，那么无非是由于两种原因，或者是劳动强度确实超过了牛的最大体能极限，或者是人使役的不得法，牛犯脾气了。

牛脾气是倔脾气，倔起来，往往使人无可奈何。我见过那样的情形——人暴跳如雷地挥鞭抽牛，而牛就是岿然不动，四蹄仿佛生根了。鞭子落在身上，眼睛都不眨一下，好像鞭子没抽在它身上，抽在一头石牛身上似的……

牛一旦被惹急眼了，那可不得了，会发生惊心动魄的事。

我也亲眼见过这样的情形——一个人不知怎么把一头牛惹急眼了，或者，是那头牛看着那人别扭，不顺眼，于是竟拉着一车草向那人冲去。那人逃向草甸子，牛拉着一车草追往草甸子。草甸子里有一片塔头。人跑过塔头地带站住了，转身望牛，那意思是——不信你还会拉着一车草追过塔头来！牛偏追了过去。草捆子掉了一路，车轮也被塔头颠脱轴了。最后，连那辆车也快被牛拖散了……

还有一件事，发生在与我们连一河之隔的另一个连——一头发情期的高大种牛，恋上了一头年轻的小花牛，而人却偏要逼使它去配另一头母牛。这下它急眼了，追着去顶那人。那人一时急迫，侧身藏入了两幢砖房之间的缝隙，牛就坦克似的，一头头朝那缝隙冲撞，直撞得断了角，血染牛头。最终，那头牛自己把自己撞死了。而那人，也被吓得大病了一场。以后就别人谈牛他变色，畏牛如畏虎了……

我们连杀过一头牛，那是很残忍的场面。先将牛拴牢在木桩上。起初牛不知人要对它怎样，老老实实地被人拴。它们被拴惯了，并不觉得有什么不对劲儿。待到从人们的表情中看出不对劲儿了，晚了。于是牛预感到自己活不成了，牛眼中扑扑落下一串串泪来。牛此刻并不挣扎，只是悲哀而已。人举起八磅十磅的大铁锤，抡圆了，照准牛的脑门心就是一锤。于是牛发出"哞"的一声悲叫。一锤，牛的身子一抖；两锤，牛的身子又一抖。总要五六锤后，牛的两条前腿跪下了。它已不再叫，只默默流泪。某些男知青，为了显示他们的勇气，争夺铁锤，抡圆了朝牛的脑门心砸。再接着就有人取来了钐刀头，也就是两尺多长的大镰刀头，锯木段似的，从牛的颈下往上"锯"，于是血如泉涌……

我一直想不明白，非是职业屠夫的一个人，为什么会对亲自参与血腥的宰杀之事，表现出那么大的亢奋那么大的兴趣那么大的快感呢？我们人类从古代就有屠夫这一职业，不正是为了大多数人可以远避血腥的刺激么？连队里虽然没有专职的屠夫，可是出现些个知青争先恐后人人摩拳擦掌跃跃欲试的情形，也是多么的不正常呢？细一思想，那又是青年人心理中多么可怕的一面呢？这可怕的一面，分明与"文革"中的红卫兵暴行有直接关系……

那么，该说到斗牛场上的雄牛了——在古西班牙的斗牛场上，雄牛注定是要死的。而且，在身上被“助理”斗牛士们的矛刺得血流如注之后，才由主斗牛士一剑结果性命。倘竟不能一剑致死，那就算是斗牛士的无能，看台上的老爷、夫人和少爷小姐们，必大喝倒彩。

斗牛场上的雄牛，被斗到终了之前，眼中皆喷“士可杀不可辱”的怒火。所以它明知牺牲的时刻是到了，还是要勇猛地向前做最后的一冲。牛皮是多么的厚？再锋利的剑，再威武的斗牛士，也不见得要着花架子一下能将剑刺入牛的体内直抵剑柄。在我看来，那似乎更是牛的自杀。好比对方仗剑向己，自己已然失去了继续决斗的力量，与其等待对方的伤害，莫如自己索性扑向剑端。正是借着雄牛那一股巨大的冲力，斗牛士才达到了目的。斗牛士在喝彩声欢呼声中向看台上抛送飞吻时，牛不屈的两条前腿跪下了。而此前，任何威胁，任何利诱，任何鞭打和沉重的劳役，都是不能使牛跪下的。牛一生只跪两次，是小牛吮母奶时和死前。牛死前的跪，似乎更是一种诀别的仪式，向世界诀别的仪式……

人性中冷酷残忍的一面，其实是比任何猛兽有过之而无不及的。动物并不将异类间的弱肉强食当成种热闹观看。它们虽也麻木地目睹，但也仅仅是麻木罢了，绝不至于看得激动，看得兴奋，看得喝彩欢呼。而且，几乎任何动物，倘让它们隔着铁笼看人带有表演性地杀它们的同类，它们都会产生恐惧。连狮虎豹这等猛兽也不例外。

而人不但惯于将人杀动物当成种刺激的热闹看，有时更甚至将人杀人当成种热闹看。并且往往以此自夸或互夸胆量。

我常想，倘我是一头牛，又不幸被选为斗牛，那么我一定要寻找一个机会冲到看台上去，在自己死之前，先用利角豁死七八个丑陋的人再说……

我常想，那前腿跪倒在斗牛场地上的牛，如果也能人一样地喊，那么它一定会喊："人，我憎恨你！"并接着用一百种毒咒来诅咒人类吧？

我常想，假如我是上帝，我不让人类的胆量如此之大，而要人的胆量小些，再小些。人类既希望要和平，要太平盛世，那么，还要很大的胆量干什么呢？更准确地说，我的意思是——除了表现在探险和营救以及自卫战争方面，人的胆量再表现于其他任何方面，几乎都谈不上是什么勇敢。有时则只表现为残忍。

我常想，人作为人，最好是别被逼到如同斗牛场上的牛那一种境况。真到了那一种地步，我们人对人的仇恨，定会比牛对人的仇恨还强烈十倍！

我常想，人作为人，也千万别像斗牛士将牛逼到绝境一样，以将自己的同胞逼上绝境为能事为快事。死于牛蹄之下牛角之下的斗牛士也是不少的。人应引以为戒。人应有这种起码的明智……

而遗憾的是,恰恰是在人和人之间,一部分人类和另一部分人类之间,一方将另一方逼上绝境之事比人对待动物,比动物对待动物的同类现象多得多。古今中外,不胜枚举。而且阴谋种种,险恶种种,歹毒种种,幸灾乐祸旁观取娱的丑陋种种……

故人类将永远需要一种自我教育,那就是——人性的世世代代的自我教育……

羊的眼睛里,有一种迷惘而又惴惴不安的目光。这种目光使羊的眼睛显得有几分呆。羊的眼睛是不怎么好看的。它们的眼里太缺少动物眼里几乎皆有的灵性和机警,这大概是被人类代代牧养的结果。

羊羔的眼睛也是很好看的,像未满周岁的小孩子的眼睛,对什么都反应出惊奇。羊一长大,那一种迷惘而又惴惴不安的目光,就开始一天比一天更加显现在它们眼里了。

这乃因为,只要是一只羊,它从小长到大的过程中,总是会多次见到自己的同类如何被人宰杀的情形。

人杀羊,像杀鸡和杀鸭一样,并不避着它们的同类。人一般是不在猪圈旁杀猪的,怕惊吓了其他的猪。猪其实并不像人以为的那么蠢,猪也是相当敏感的。人杀猪的血腥情形如果被猪看到了,猪也许会接连几天反常,懒得吃,懒得喝,睡得也不酣了。人一接近圈,它就躲在圈角,用它那双小眼睛恐惧地瞪着人。考虑周到的人，也不当着牛群宰牛。如果那么一来，牛群往往会围着屠宰场地举头长哞。它们用蹄刨地，用角掘地，皆欲狂躁起来。那时它们眼中便会流露出对人的敌意和愤怒……

故有经验的人宰牛，总是佯装若无其事地将一头牛牵走，牵到避开牛群的地方去下手。如果那地方离牛群并不太远，又是阴天，牛血的腥气受低气压的笼罩，不能迅速消散，牛群闻到了，也还是会寻着腥气纷纷围向宰牛的现场。

但人往往在羊群前杀羊。往往是，人想杀羊了，就走到羊群那儿，放眼挑选一只够肥的，于是将其拖出羊群，扯腿放翻，一刀就杀了。接着，又往往就在原地剥皮，开膛，剔肉剁骨……

羊是比鸡鸭高等的畜。羊见人杀羊的次数多了，对人要杀羊前的表情、举动，就有经验了。所以，要杀羊的人一走近羊群，它们就不由自主地往一起挤，都企图躲在别的羊的后面。

羊渐渐地就有了心事。它的心事是——哪一天会轮到杀我呢？

而几乎每一天，都可能是某一头羊被杀的日子。羊怀着一种惶恐度日，对自己的命运时常处在一种惴惴不安的预感中，故羊的目光便不会是别种样的了。

将要被杀的羊几乎不反抗，它只不过是不情愿被杀，只不过蹬住四腿，不情愿被拖走。但那又只不过是对死的象征性的表态，在几秒钟最长也不过一分钟的不情愿之后，它也就索性任由人摆布了……

杀羊一般是不必捆绑的。羊没见别的羊被杀时反抗过，它自己也就不会反抗，何况，它没有尖牙利爪，反抗也无济于事。羊在被杀时都省了人的事。那时羊眼中就有一种极其认命的目光，仿佛是在默默地对自己说——既然上帝安排我是这种命运，那么我又有什么办法呢？这时羊的眼中仿佛有一种宗教意味儿……

如果人有四条不同的命，那么，我愿第二条命选择是马；第三条命选择是牛；第四条命么，是狗也行。但须是军犬、猎犬、雪橇犬或牧羊犬。但绝不做宠犬。如果上帝非决定了我是，我宁可干脆放弃一条命。当然，也是不做羊的。非决定了我是，也放弃不悔。

在象那巨大的头上，它的眼睛小得不成比例。

这是一种相当有趣的普遍性——即所有陆地和海洋中的动物，身躯庞大的，眼睛反而显得越小。除了象，还有比如骆驼、犀牛、河马、鳄、鲨、鲸，都同样是小眼睛的家伙。

为什么？说明了什么进化规则？至今还没有一位动物学家向我们解释过。但事实的确是——某些小小的动物，鸟儿、鱼儿，却生有美丽的大大的眼睛。

象在陆地动物的王国里是所向无敌的。但人却将“兽中之王”的桂冠戴在狮和虎的头上。人为什么不说象是“兽中之王”呢？分明的，由于象虽然是陆地上最大的动物，但却非是最凶猛的动物。通常情况下，象是温和的，具有老绅士风度的。象从不攻击任何其他动物，仿佛动物界的可敬长者。

狮和虎，在象的眼里又算得上什么“王”呢？如果它们不自量力，惹恼了象，象是可以用鼻子将它们卷起，抛出去摔死的，也可以用脚将它们踏死。一头象或一群象来了，狮虎往往识趣地退避三舍。

故我们发现了我们人类自己的意识特点——那就是，人是特别地习惯于将威猛作为“王”的资格。

凡人惧怕的，人便慑服之，视为“王”。

“王”这个字，与“领袖”“首脑”是有区别的。“领袖”和“首脑”，是因号召力和业绩而获拥戴的。但“王”非是这样，“王”的地位是征服的结果。凡为“王”者，必先称霸一方。故从前的中国，也将啸聚山林的强盗头子称为“山大王”。

帝王们或曰君王们，倘非世袭的，而是“打”来的江山，无一不是先为王，其后才是“帝”是“君”的。

象既不屑于称霸为王，象身上也就毫无霸气。

大草原遇到了干旱之年，仅剩下了一片水洼，是动物维持生命的水源。

瞧，狮子来了。其他动物一发现狮子，都迅速逃开了。狮子来得大摇大摆。仿佛它或它们是在回家，那水洼一向是它或它们的神圣领地。如果干旱的时日很久,狮群就往往会将水洼霸占了,昼夜凶踞周围,不许别的动物靠近。

倘象或象群接着来了,狮子的“王”者模样就不自然了。它也想发出慑吼,但又明白自己的吼声对象不起什么作用,也就没吼。它实在不情愿因象的到来而离开,大概觉得那是很失“王”者风度的。但它内心里又很怕象,没勇气继续凶踞在那儿。几经犹豫,最终还是讪不搭地起身,装出一副从容不迫的样子离开了……

象来了,其他的动物纷纷又回来了。它们知道象不是霸气的动物,没有霸占欲,不会伤害它们。

在动物的王国里,如果说其他动物对狮虎是惧怕的,那么对象的态度则体现着一种尊的意味。它们也会躲开象群,但那可以认为是“礼让”。与躲开狮群不一样,后种情况,显然意味着怯避。

当然,象也有大失风度的时候。比如它饮足了水之后,往往还会踏入水洼,轰嗵一躺,打几个滚儿,搅得水洼成了泥浆一片,别的动物想饮也没法儿饮了……

而更多的情况是,象群总是比其他动物走出得更远,不辞疲劳地去寻找新的水源。它们仿佛明白,一小片水洼,对于解决一群象的热渴问题是不够的。与其影响了别的动物的利益,莫如自己辛苦点儿,另去发现更充分的水源。所以某些食草类动物的群体,往往也尾随在象群的后面。它们信任象,明白象能将它们引领到水源更充足的地方……

在当前的中国,讲原则的人是越来越少了。或者进一步这么说,人类所剩的原则似乎已经越来越少了。人类关系中,似乎已经只剩下一种原则了——那就是,交易的原则。我给予了你一件你急需的皮袄,但我需要从你那里获得到价值比皮袄更多的东西……

象却是原则性极强的动物。在象群中,这种原则性体现得特别突出。一旦预感到什么威胁,强壮的雄象自动在前,排成阵势;小象和病象、老象居中;母象卫后……

一头象落入了陷阱,其他象会不遗余力地进行搭救。有的象为了搭救同类,往往抻裂了自己的鼻子。搭救不成,它们又往往会四处卷回许多食物,送入陷阱。集体扬鼻悲鸣,而后恋恋不舍地离去……

一头幼象受到狮子的攻击,公象或母象发现了,定会冲过去加以保护。不管幼象是不是自己的孩子,都那样。它们这样做不是为了感激,而是遵循一种群体的原则。数千年来,这原则几乎不曾变过。数千年来,人类在人性的原则方面究竟有多大可引以为荣的进步呢?在中国人中越来越被讥为“傻帽”的人性原则,在象群中却得到着永远的继承……

在人类中,有不少人的本性似动物。比如我们可以说“猪一样懒的人”,“狐一样狡猾的人”,“兔一样胆小的人”,“叭儿狗一样善于作媚的人”,“猫一样自我中心的人”,“蛇蟒一样贪婪的人”,等等。

可什么样的人似象呢?

象那么强大,可做“王中王”,可征服、可雄霸一方,可统治、可藐视一切其他动物,最有资格自尊自大。但象从来也不那样。真的,在人类中,哪种人具有如象一样的原则呢?我越想,越是说不出来……

狮的霸气是动物中最突出的。狮一脸的傲慢,满目凶残。狮虽为“兽中之王”,但据我看来,实在没有什么“王”者气质。

狮像动物王国中的黑社会头子。

与狮相比,虎倒是颇有“王”者威仪的。细看虎脸,除了威仪之外,你肯定还会觉得,虎有一种特殊的“文化”气质。在山林中深居简出,昼伏夜出的生活规律,使虎成为甘于孤独甘于寂寞的动物。虎从来也不愿在其他动物群前大模大样地招摇过市,而狮动辄如此。山林似乎是一种有玄机深蕴其中的自然环境。故无论人还是动物,在山林中居久了,就受此环境的影响,性情中显示出一种出世般的沉稳。山林中的老人,脸上几乎都有此气质。这气质使没有文化的人脸上也同时没有被文化负面作用污染的迹象,一脸澄净,那是一种人性趋于自然的澄净。

山林仿佛是有“幕”的。虎是“幕”后的动物,它自己宁愿那样。它“亮相”于“幕”前往往是被迫的。虎脸上也有一种沉稳。而草原是开放的“舞台”。动物很多的草原是热闹的,草原上的弱肉强食是公开化的，草原上的生存竞争也是公开化的。

在这样的环境中，狮性很难沉稳。公开化的弱肉强食对狮的诱惑太大。所以狮往往刚吃完上顿，立刻就眼盯在别的动物身上，想象着下一顿该换换胃口了……

而虎，据我所知，一个月内才捕食二三次。虎的捕食，以维持生存为原则。虎吃饱了就隐蔽起来。虎的深居简出是为了降低消耗。狮总在捕食，故总在消耗，似乎总处于饥饿状态。狮简直可以说只不过是一台食肉“机器”。故狮满脸留下俗气的躁戾的痕迹。如果说虎脸上有山林的“文化”气质，那么，也可以说，狮脸上有历史——草原上弱肉强食，王者通吃的血腥史。

豹——“夺命杀手”！在与家眷相处时，这个“杀手”并不冷。作为动物界的“杀手”，豹是最“专业”的。从山林到草原，无在其上者。谁若不幸轮回为比它弱小的动物，那么就祈祷自己千万别被豹盯住吧！但我并不格外欣赏豹作为“杀手”的出色。我敬它对“王”威那一种不卑不亢的态度，也就是敬它在狮虎面前那一种不卑不亢的态度。无论在草原上还是在山林中，豹与狮虎近距离遭遇，眈眈相视的情况时有发生。

这时的豹，很有些像江湖独侠士遭遇到了“王”者。艺高胆大的侠士们，那种情况下往往也是不卑不亢的，体现出侠士们藐视王权王威的英雄气概。不鞠不跪，不畏不逃，随时准备为了维护自己侠士的尊严抽剑出招……

豹遭遇狮虎时，也往往表现出不惜决一死战的侠士气概。它仿佛在宣言：我知道你是王，但你只是别的动物的王，不是豹的。如果你欲将你的王威强加于我，那么就请进招吧！情况每是，各自不失尊严地调头而去。在中国，在王权面前，历史上是很有一些不卑不亢之士的。现在，我就不知还有没有了。认为有的，请告诉我是谁们，我愿视为榜样……

熊——陆地动物中，除了象、犀牛、河马，它几乎是最大的。棕熊的体重，有达到六百公斤以上的，与一头大公牛的体重差不多。相对于狮虎而言，它也称得上是“魁梧”的。

人怎么不说熊是“兽中之王”呢？因为它身上永远也不可能具有“王”的“气质”。它大大咧咧，我行我素，偷蜂蜜，逮鱼，溜到农民的苞米地里掰苞米，甚至还到伐木工们的伙房里大快朵颐……熊是天生乐观而喜玩耍的动物。像它那么大的家伙，有时还企图小猫似的捉到一只蝴蝶呢！人怎么会将“王”字封给它呢！从前，东北深山老林的伐木工人代代相传的一种说法是——谁如果遭遇到了熊，千万别惊慌。趁它正瞪着你，还没决定怎么对付你，你就开始傻笑。于是熊便困惑。从这一点来看，熊是思维较高级的动物。否则它不会因人的傻笑而犯寻思，干脆就张牙舞爪扑了过来。熊越困惑，你就越发笑得响亮，笑得手舞足蹈，浑身乱颤才对。你甚至还可以一边傻笑，一边扭大秧歌。你笑啊笑，扭啊扭，熊终于觉得你好玩儿极了。熊一开始这样觉得,你就有救了。因为熊一般不“弄坏”自己觉得好玩儿的“东西”。熊甚至会被你逗得躺在地上打滚儿,发出快活的叫声,仿佛也在笑。于是你可趁机逃跑……

我是知青时上山伐过木,伐木工人们关于熊的话题可多啦!那些人与熊之间发生的怪事一点儿也不恐怖,听来使人忍俊不禁。

说有一个人碰到了熊,一时紧张,忘了别人相传的那经验是笑还是哭。他想,人在这种情况之下,哪里还能笑得起来呢?于是按人的逻辑,选择了哭。结果熊大怒,把他折腾得半死不活才悻悻离去。他被救了后,逢人便说:“幸亏我当时号啕大哭,要不没命了!”

别人就挖苦他:“你要不哭,也不至于落个残废的下场!记住,熊讨厌哭哭啼啼的人!”

说还有谁谁,平素是“活宝”一个,没个正经。也遇到了熊,于是使出浑身解数,怪模怪样,媚态百种,尽显“熊大哥”眼前。结果,熊喜欢上他这个人了。他反而更脱不了身了。一想逃,熊就生气,吼。终于钻个空子跑回伐木工人住的木房子,而熊也跟至。围着木房子转,着急,盼他出来,继续跟他耍……

都是传说,不能信以为真的。

但熊身上有“童稚”之气,倒是确确实实的。小熊顽皮。

长成了大熊，仍难免“老夫常作少年狂”。对人而言，有“童稚”之气的动物，虽属猛兽，危险性总会相对的少些。

一个童心不泯的人，纵有千般缺点，在我看来，也必是可交为朋友的。

不过，人世间，真正童心不泯之人，却是越来越少了。都市里尤其少。都市里，人“单位”化了，“行业”化了，为着各自利益，明争暗斗。仿佛被关在一个大笼子里，彼此难亲难和，躲又躲不开，人心里城府便深。仅只在个人爱好上，可能还有童趣的表现。在对待自己同类方面，比赛着圆滑。崇拜英雄的中国人似乎越来越少，膜拜奸雄理论的似乎越来越多。人人都成了“厚黑学”博士或专家的时候，那就不是熊要跟人玩儿，而是人只有到深山老林里去找熊做知交了……

猴——一种相当能引起人类观赏趣味的动物。人类养猴取娱的历史久矣，仅次于养猫养犬的历史。而人类逮住它们的方式，据说是又容易又五花八门。所利用的也正是它们善于模仿人类行为的习性和它们的自作聪明。

猴一旦被关入动物园的铁笼或围在“猴山”，似乎很快就会忘了林中的自由，渐渐乐不思蜀。它们仿佛对人类“识时务者为俊杰”的哲学大彻大悟，而这是几乎其他一切动物都不能自慰的。有些动物最初甚至会生病，拒绝进食，恹恹而卧，满目忧郁。猴却不会这样。猴以它们仍然的活跃表示这样的猴性——只要有吃的，在哪儿我都一样。而人因此欣赏它们。

一块糖、半截香蕉、几枚果子,足以使猴显出种种乞儿之相。猴似乎总在用它们那狡狯的目光问人:还给我点儿什么?也似乎总在用同样的目光对人说:但凡给我点儿什么,我就愿逗你一笑。改革开放以来,某些中国人对外国人,尤其对西方人,就常作这么一种猴子似的媚态。

小孩儿喜欢猴子是自然的。因为小孩儿将一点儿食物抛给猴子时,既满足着施予者的愉快心情,也能从猴子眼中看出巴结自己的眼神儿。并且,这种关系毫无危险。于是,小孩儿感到自己是“人”的优越。

女人喜欢猴子也是可以理解的。因为是姐姐或是母亲的女人,几乎总是喜欢小孩儿所喜欢的东西。依我看来,那实在是母性对儿童的爱心体现,而不见得是对猴的特殊好感。

如果让儿童和女人在小猫、小狗、小兔、小鹿、小鸟和猴之间选择,大多数儿童和女人其实未必一定选择猴为宠物。因为猴气中有得寸进尺的劣点。除了耍猴谋生的江湖杂耍艺人,以及杂技团的驯猴师,我不喜欢另外某些特别喜欢猴子的男人。一个男人特别喜欢猴子,依我想来,他的心理也许是成问题的。因为他所特别喜欢的,除了猴子可由他耍弄或捉弄这一点,不可能再是别的方面。

自己假装吃一大口辣椒,并假装津津有味的样子,然后将辣椒丢给猴,见猴吃了,上一大当,辣得龇牙咧嘴吱吱乱叫,于是开心大笑——这样的事女人一向是不屑于做的,是某些男人们的行径。孩子也这么干，则肯定是向男人们学的，或受男人们唆使。

要弄或捉弄猴子获得快感的男人，内心深处、潜意识里，大抵也时时萌生要弄或捉弄别人一番的念头。他们还不曾那么干过，也许只因为还没机会。并且，明白同类比异类不好惹。一有机会或条件他们准那么干。故人类之间有句话是——“你把我当猴要啊?!”

这一般是男人之间的话语。

或是男孩子们之间的。

“文革”中，一些男人便公然地、肆无忌惮地将别人“当猴要”，尽显凌辱别人之能事。因为“文革”是空前的机会，条件不但“成熟”，而且“理由”符合“革命”。“文革”中人“要”人的“程序”比当今一切事的程序都简单，首先以“革命”的名义宣布一部分人为“异类”，于是一部分人成了“牛鬼”、成了“蛇神”，于是似乎比猴还低等。既不但可以“要”，可以捉弄，也可以大打出手……

真的，我不喜欢特别喜欢猴子的男人。

但，心态上像猴的中国男人，或像要猴者的中国男人，依我看，现在挺多挺多的……

猩猩——比猴智商更高，但同时也比猴有自尊。

猩猩看人的目光中，几乎没有狡狯，没有卑贱。

猴和猩猩的不同在于——猴善于从人身上学劣点；而猩

猩善于从人性中接受“正面影响”。猩猩认为人对它真好,猩猩就会以一种近乎“友谊”的感情回报人。这种“友谊”一旦建立,猩猩方面绝不首先背叛它。人若生病了,猩猩会守在病床边,会用非常温柔的目光望着人。有时,甚至会用自己的“手”抚摸人,用自己的唇去吻吻人……

猩猩和狗一样,在感情上是人靠得住的“朋友”。它对人的感情,能表达得非常人性化。

以猩猩做医学上的“牺牲品”实验,实在是让人不好受的事……

“巴顿”的荣耀

“就是这一只?”

“对。就是它。您瞧它多漂亮多威风啊!我能替您找到这样一只公鸡可真费尽了心思,先是通过我的一位表妹认识了她在农村的一位堂兄……”

“得啦得啦,别啰唆了,也别炫功了!……”电影导演打断了剧务的话,围着公鸡走了一圈儿,又走了一圈儿。

的确,那是一只既漂亮且威风的公鸡。正如童谣唱的——“大红冠子绿尾巴”。两只眼睛亮晶晶的,透着一股高傲的、凛然的神气。从颈至背的羽毛是黄色的,每一枚都是完美的,每一枚都镶着清晰的黑色的边,仿佛紧裹着一件黄绸滚绣黑色鳞状图案的披风。双腿笔直,对于鸡而言,尤其对于一只公鸡而言,那意味着身体素质的健康。两只爪子像鹰爪一般擒物而起,还很干净。从腿到爪尖的角质纹不疏不密,一环环排列均匀,如同雕塑家细致地刻出来的。

五十多岁的老剧务请导演来对它进行“面试”之前,为它洗了一次澡。比之于为小孩儿或为猫为狗洗澡,那可不是一件容易的事,因为即使高贵如它这样的一只公鸡,一被浸到水里,那也还是会惊慌失措乱扑双翅的。老剧务几次都没能给它洗成。最后逼出了一个主意,将一片安眠药捣碎,拌在食里喂它吃了。趁它"不省鸡事"才洗成的。它的腿和爪子,是用牙刷刷过的。在鸡和人的悠久的历史关系中,很少有鸡享受过来自于人的那么煞费苦心的服务。

现在,它不但漂亮,不但威风,还简直也可以说是一只"崭新"的公鸡。现在它的药劲儿还没彻底过去。它还觉得有些晕眩。世界在它眼前还微微有些晃动不止,包括是电影导演和剧务的两个人。因而它有些愤怒。本能告诉它,一定是人对它搞了什么鬼。它也非常之恐惧。经验告诉它,倘若人端详一只鸡,那么鸡的末日就来临了。它却只能一动不动地站立着,防范地转动着它的头,随时准备以嘴当武器,顽强自卫直至最后一刻。因为它的两只爪子被一段尼龙绳绊着。由于愤怒,由于恐惧,还由于晕眩,使它的样子看上去敏感多疑,而且凶……

导演对它挺觉满意地点点头。

老剧务不失时机地掏出一叠票据,笑容可掬地说:"导演,那这些……"

导演皱眉道:"别找我签字。我只对艺术负责,其他的一概不管。报销的事儿归制片主任。"老剧务愣了愣,只得讪讪地将票据揣起。

导演问:"它嘴怎么回事儿?"

老剧务装糊涂:"嘴?嘴嘛……那是很正常的鸡的嘴呀!"

"我问它的嘴怎么那么红?!"导演瞪着老剧务。

"这……为它涂唇膏了……也就是,刷了遍红漆……"

老剧务惴惴不安,他怕导演冷不丁再来一句不满意的话,将这只公鸡的"演员"资格给否定了!导演对公鸡不满意,影片就明摆着不能开拍啊!公鸡在影片中的戏份儿甭提有多重了。不是主角,胜似主角啊!倘要求他另找一只比这只公鸡更出色的公鸡,那他就只有离开剧组了。中国电影不景气,对于他,上任何一部片子的机会都是难得的。他所在的电影厂已名存实亡了。他每年须交超过自己工资一倍的劳务费呀!倘交不成,下一年的工资就停发了。连续两年交不成,他退休后的养老金就不知该到哪儿领了。"改革"是冷漠无情的事,也是一般人们没处讲理去的事。他今年的劳务费,就指望这一只公鸡了……

导演没好气地训斥他:"唇膏?鸡有唇吗?你指给我看,哪儿是鸡的唇?"

"导演,导演,您千万别生气。您听我解释……"

他赶紧又赔笑脸,话也说得格外赔着小心。

"你甭解释!我没工夫听你解释。鸡嘴太红了,弄巧成拙!想法子恢复原色。就是它了!……"

"一定,一定恢复原色!"

老剧务如释重负,咧嘴笑了。导演转身一走,他就将公鸡抱在怀里了。如当爸的抱起自己心爱的儿女。

导演扭回头望着他又说:“该怎么调教,不必我交代了吧?给你三天时间。三天后这只公鸡如果还进入不了角色,要么你走人,要么我走人!”

那话的意思太明白了。导演若要走,全剧组的人一定苦苦挽留,皆说“老九不能走”。而他一名剧务惭愧地离开剧组,谁会挽留他呢?他心里十分清楚这一点。

那一刻,五十多岁的这一名电影厂的老剧务,怀抱着“众里寻‘它’千百度”的这一只公鸡,鼻子一酸,想哭。三十年间,他经历了中国电影由“样板戏”一枝独秀到再度繁荣到今天的夕阳境况,感受多多,亦感慨多多。承受改革的压力,对于普通的人们,起码需要年龄的资本。因为年轻,毕竟还有预支希望的前提。而他已经五十多岁了。双腿间绊了一段尼龙绳的公鸡,将他的手啄破了……

恢复公鸡的嘴的原色,已超出了他个人的能力。那是一桩接近于“仿旧”的活儿,有一定的专业技术要求。幸而制景师挺同情他的,帮他用汽油将鸡嘴“洗”了一番。未能恢复原色,反而红迹斑驳了。于是再用砂纸细细地打磨一番。于是再由制景师反复调色,亲自替他勾描鸡嘴。不消说,公鸡也着实被摆布得够受……

以后的三天里,对那只公鸡严格得近于残酷的训练,每天都在不懈地进行着。按照剧情的要求,那只公鸡是一个农村孩子的宠物，正如城市里的孩子有小猫小狗小鸟做宠物。片中要求那只公鸡做三次非鸡所能的飞翔。高度一次比一次高。最后一次是从城市的摩天大楼顶上起飞，飞过一片片楼群，飞翔着的剪影，定格在彤红的旭日的中央。在片中，农村的孩子叫那只公鸡“喔喔”，而城市的孩子叫它“巴顿”……

此前已有三“位”以身殉职的“巴顿”被剧组的男人们佐酒了。

那确乎是近于残酷的训练。以身殉职的“巴顿”们无不是百里挑一择优“录取”的。训练者也就是那五十多岁的老剧务，曾企图使第一位“巴顿”站在一幢楼顶的护栏上，然后用长棍捅它起飞。但那“巴顿”又哪里肯乖乖地容他将它往护栏上放呢？它吓得紧紧勾起腿爪，双翅也像粘在身体两边了似的。而且吓得拉了剧务一襟稀屎。他请别人帮着硬抻那“巴顿”的双翅，结果情急之下将它的一只翅弄折了。而那幢楼却只不过才六层，低于剧情要求的高度的一半。“巴顿”第二刚一被带到楼顶上就似乎预感到了大事不妙，从人怀里扑啦啦挣飞开去。于是还没开始训练，几乎全剧组的人便都听命奔上楼顶，乱乱哄哄地演了一幕集体捉鸡的现代舞。那种兴师动众的情形，比样板芭蕾舞剧《沂蒙颂》的场面可大多了。当然不足以审美。导演一怒，一道令下，悻悻然的众人用乱砖将那只歇斯底里大发作的公鸡活活砸死。吸取了前两番训练失败的教训，“巴顿”第三在楼顶被罩上了眼睛。这一招倒真的使公鸡变得特别的乖。然而乖是够乖的了,放鸽子似的朝空中一抛,那公鸡乖得连翅膀都不张开了,死鸡似的掉下去,结果就真的死了。招招失败,全剧组被动员了,人人开动脑筋,苦思冥想。最终由有智慧的人献计献策,在两幢楼之间拉了一道钢丝,特制了一个有可遥控机关的木盒,将"巴顿"第四关在盒里,靠滑轮送到钢丝中间,好比武打片里动辄便用的"威亚"技巧。木盒子设计得很好。一按遥控器,盒底分开,公鸡凌空现形。并且,也着实地奋飞了一阵。正当人们在楼顶上跳跃着欢呼成功时,那公鸡没劲儿飞了,往一幢楼的阳台上落下去。那人家的女主人受惊,大呼小叫。男主人拎着拖把赶到阳台上,只一下便将"巴顿"第四结果了性命,白白供给那人家做着吃了。剧组方面自知理亏,无人敢去讨个说法……

这一只公鸡,算来已是"巴顿"第五了。它有着从前相当著名的血统。中国民间将它们那一品种的鸡叫"九斤黄"。它们中最大的公鸡可长到九斤。"巴顿"第五只不过是一只两岁多点儿的公鸡,却也快长到六斤重了。鸡之对于人,吃起来还是母鸡肉嫩而香。当今之时代,"成年"的公鸡是极少见的了。竟长到两岁以上,可算是特别的侥幸了。它们大抵在是"童子鸡"的年龄,就被变着法儿吃掉了。这一只公鸡之所以能成为"巴顿"第五,乃因养大它的那位农村小学校的校长,是一位业余的摄影爱好者。他希望拍下一张"雄鸡报晓"参加省教育系统的摄影大赛。他拍了一组,并且获得了三等奖。他觉得他获得的荣誉也有他养大的公鸡的一半,故总不忍杀,一直庇护着它的生存。直至老剧务拐弯抹角地寻找到他家,说明要高价买下的诚意,遂爽快地达成了交易。在他想来,能出现在一部电影里,对他的公鸡不啻是“鸡生”中的一次辉煌记载啊……

按说物色演员是副导演的职责。但副导演说,她只从人中选过演员,没从鸡中选过。副导演是导演的妻妹,谁都拿她没奈何。任务又指派给道具员。道具员火了,说一只活公鸡算的哪门子道具！他是制片主任带入剧组的人,也是惹不起的主儿。最后任务落在了我们这位老剧务身上。他是托人情才进入剧组的,岂有拒不执行的道理?何况他也想证明自己的能力给全剧组看。所以作了定能胜任愉快的保证。真的完成起来才感到是那么不容易。前四次得而复失的过程,于这一个男人好比四次经历婚姻的夭折,已是身心疲惫了。“巴顿”第五对于他何等的重要,其实是不言自明之事。

他不敢再在城市里调教“巴顿”第五。带着它去往郊区“单兵散练”。一次次登上废弃的水塔,一番番失败且执著地放飞。“巴顿”第五也不过只是一只公鸡,畏高惧险和前四只公鸡没什么两样。起初它本能地在空中急转身,企图落回到水塔上。落不成,两只爪子便往塔体上抓,而双翅又不能停止扑扇。那情形像悬飞的蜂鸟,看了使人感到触目惊心。爪子将风雨蚀酥了的塔体抓出一道道爪沟。它的爪子第一天训练下来便已鲜血淋淋。剧务很是心疼它,然而再心疼也得狠下心来……

到了开拍那一天,导演问:“行了吗?”

五十余岁的老剧务默默点头。他暗自祈祷上帝保佑“巴顿”第五,也保佑他自己。那时他忽然相信上帝肯定是存在着的。

“预备!……开拍!……”“巴顿”第五被从一幢摩天大厦的顶层放飞了。

它是世界上迄今为止唯一在那么高的空中飞过的鸡。

斯时一轮光辉灿烂的旭日冉冉东升。“巴顿”第五奋击双翅,飞得如雄鹰一般矫健和自信。它直朝着旭日飞去。它的影子终于叠在旭日当中了,也被摄在胶片上了……

摄影师大叫:“好!”

导演竖起了拇指。

“巴顿”第五竟落在了电视塔上!它抖抖羽毛,突然地,朝着旭日引颈长啼——“喔喔喔!……”

导演一指摄影师:“不许停机!……”摄影师当然不会错过那么难得的画面……

谁都没注意到,五十余岁的老剧务蹲在一个角落,双手捂脸,无声地哭了……

影片获奖了。

评委们都说,片中的公鸡为影片增添了许多艺术光彩。

老剧务也获了一项“评委会特别奖”。那是他获得的唯一一次奖，也是中国诸电影奖向剧务这一行颁发的唯一一次奖。此前，剧务在任何电影奖中都决然没有获奖的先例……

如今，老剧务退休了。他累了，干不动剧务了。倘中国电影业仍繁荣着，那么他其实还想干几年的。可是……

他获得的奖项，使他具有了提前退休的资格，也使他有可能交纳了当年的劳务和预交了下一年的劳务。最重要的是——使他有资格领取退休金了……

在电影厂附近的小树林里，倘天气晴好，人们常见一个瘦小的男人，牵着一只漂亮且高傲的大公鸡散步。他叫那公鸡“将军”，叫时，语调流露着敬意……

他们便是老剧务和“巴顿”第五……

爱丽丝的自由

"爱丽丝!"

"这儿呢!"

"睡得好吗?"

"很好。"

"用早餐了吗?"

"吃着呢。"

"需要什么关照吗?"

"谢啦!"

这是女孩儿和爱丽丝每天早晨照例的对话。女孩儿其实已经二十六岁了。科学家说地球还很年轻,所以年轻的地球上的男人们,忽一日似乎就都有理由认为三十岁以下的女性还皆是女孩儿了。她们喜欢男人们将她们仍看成女孩儿。男人们在这一点上不讨好她们,会显得男人太不懂事儿。我是个挺懂事儿的男人,故我不讳言在此有讨好的动机。讨好她们总不至于比讨好达官富贾更没出息。何况,我们这位女孩儿尚未结婚,人也标致,不讨好白不讨好。她在一家外企公司供职,年薪颇丰。眼下住的房子是租的,几年后就必定买得起房子买得起车了……

而爱丽丝，是一只聪明的鹦鹉。女孩儿不清楚它的性别。我当然也不清楚。女孩儿是在鸟市上花高价买下它的。当时关着它的笼子很小，很旧。卖主说笼子白送给她了。女孩儿暗想，这么聪明可爱的鹦鹉，关在这么小、这么旧的一只笼子里，真委屈死它了！几天以后，女孩儿为它换了一只大笼子。用镀铬铁丝编的那一种。编出了飞檐耸脊，笼门也编得非常美观，看上去像一座金灿灿的宫殿似的。

于是这鸟儿对它的新主人满怀感激。感激使它更聪明了。更聪明了的鹦鹉，学主人的话也就学得更快了。甚至连主人的语调都能模仿七分。新主人便更喜欢它了，觉得花高价买下它是值得的。

这鸟儿原先并没名字。它的旧主是鸟贩子。鸟贩子也是爱它的。但说到底是爱它所值的高价。鸟贩子教它说话，目的和旧中国的老鸨花心思教妓女学琴棋书画是一样的。它每学会了一句人话，身价就又在鸟市上抬高了些。这与女孩儿对它的喜欢是颇不同的。女孩儿刚刚改变了自己的命运不久，还未改变过任何别人的命运。能改变一只鹦鹉的命运，使女孩儿从心理上获得了一种优胜感。女孩儿教它说话时，每每将它视为孩子，而宁愿暂时从自己是女孩儿的时代角色中摆脱出来。因为二十六岁的这个女孩，已本能地有母性的情愫在内心里涌动着了；女孩儿也将它视为小弟弟小妹妹，因为女孩儿在她的家庭里是备受关爱的小妹妹，希望能有机会充当长姐;女孩儿也将那鸟儿视为男孩儿,也就是想象中的情人想象中的白马王子帅哥酷小伙儿。这是女孩儿们最为普遍的想象,实在不足为怪。

于是,那改变了命运的聪明的鸟儿,就学会了不少乖孩子的话语;学会了不少听起来善解人意的小弟弟小妹妹的话语;自然的,还学会了说一些多情种子常说的那类通俗诗句和一般的示爱昵语。其实呢,女孩儿若想听男人们对她说那类话,那么几乎她所认识的每一个男人,都早就在内心里储备好了能连绵不断地对她说上几个钟头的那类话。事实上一有机会,他们无不见缝插针地对她说上几句那类话。不少男人或女人都患着一种病,据说叫“肌肤饥饿症”。又据说这原本应属于儿科病,而且主要体现为对母体肌肤的饥饿状态。不知怎么着后来就传染给了不少男人女人。由这一种病人又发现自己还患着一种类似的病,或可叫“情话缺失症”,好比身体里缺钙缺碘一样。这一种病比前一种病疗治起来简单多了,便当多了,只需互相动动嘴,病症就明显减轻。好比低血糖患者嚼块糖马上头就不那么晕了。但是女孩儿听男人们对她说那类话早就听腻了,产生抗“药”力了。听鹦鹉说那类话却极为愉悦。因为鹦鹉似乎尤其善于将那类话说得很纯洁,很真诚似的。因为鹦鹉说那类话时别无企图。鹦鹉饿了食钵里没食了,它一定大叫“添食!添食!”而绝不会假惺惺地说什么“心肝儿宝贝儿”。男人们那么叫她时,眼里的内容往往挺复杂的。她也讨厌男人们看着她时眯起他们的眼睛。鹦鹉看着她时就从不眯眼睛。它歪着头,大瞪着一双无比坦白的眼睛看她。那时它如果说:“没有你我可怎么活?”——她就高兴得心花怒放。恨不得将它抓在手里,举在面前,猛亲一阵……

宠物之所以是宠物,盖因其聪明。纵然是一条蛇成了某人宠物,那也必是一条专善解某人之意的蛇。否则人断不会宠它。而普遍的规律是,宠物一经被宠,原本超过于同类的聪明便往往“发扬光大”。对于低级的宠物,比如蜥蜴吧,它的更加聪明是由于条件反射。它知道它若怎样,便会获得什么。它本能地明白它与宠它的人之间的关系是一种相互承诺的契约关系。它明白只要它做出人喜欢的样子,人就会一直保障它在人的荫庇之下无忧无虑的生存。鹦鹉自然是高级于蜥蜴的宠物。鹦鹉善于学人说话这一点,又简直高级于一切的宠物。自从它的新主人使它领悟“爱丽丝”就是它以后,它对它的名字分外敏感。只要女孩儿一叫“爱丽丝”,那鸟儿就会对女孩儿说出一套套的甜言蜜语,直说得她眉开眼笑——尽管那都是她教它说的,半句也不是它自己天生就会说的。那鸟儿的聪明,不但使它住进了宫殿一般的宽敞的鸟笼,而且食钵水钵里一向是满的……那鸟儿的聪明确实是异乎寻常的。它能够根据主人的语调,听出自己应该扮演乖孩子,小弟弟小妹妹还是情人的角色。

一天,女孩儿突发奇想,打算试探那鸟儿对她的依恋有多深。她将鸟笼放在窗台上,开了笼门,怂恿地说:“飞吧!如果你觉得外边比笼子里好,那么我赐给你自由。”

这只鹦鹉是在笼中孵出的一代。它从没离开过笼子。它首先仅仅将头探出笼门,并且立刻就缩了回去。笼外的世界对它太陌生了。人对陌生的事物往往是缺乏信任的。在这一点上动物尤甚于人。我们人在陌生的自然环境里,特别是在深山老林里,往往会以为危险四伏。掬一捧溪水洗把脸,那动作也会比在家里洗脸快速得多,因为害怕前边不远处溪水积成的深潭里,会冷不丁地蹿出一匹狰狞的怪物;背靠大树吸支烟,会担心头顶上是不是正盘着一条蟒蛇;躺在平滑的石面上歇息,一阵风吹过,会联想到景阳冈那一只锦毛吊睛白额大虫……这只鹦鹉对笼外世界的胆怯也是如此。幸而笼外的世界当时天高云淡,阳光明媚,这使它终于有勇气站立在笼门上了。它歪头看它的主人,她也正任之由之地看它。人的泰然,使那鸟儿更加大胆了。终于,它扇翅飞去了。但它只在主人家窗前的天空盘旋了一小圈,之后赶紧落回窗台,蹦进笼子里去了……

从那一天起,女孩儿索性将笼子固定在窗台上了。

从那一天起,笼门一直是开着的。

从那一天起,“爱丽丝”不但享受着充足的饮食,而且得以享受着飞翔的自由……它胆子越来越大了,它飞离得越来越远了,它对自由的感觉越来越好了……但它自由够了的时候,还是要回到笼子里去吃食饮水。鱼与熊掌“爱丽丝”都要，而且都有了。它备觉自己是一只既幸运又幸福的鹦鹉了。由是它说女孩儿爱听的话说得更来劲了。

“爱丽丝”交上了两位朋友——一只喜鹊和一只麻雀。它们经常栖在同一株树上聊天。

“爱丽丝，你爱过吗？”

“爱？当然的！”

“那，它是一只怎样的鹦鹉呢？”

“鹦鹉？嘻，我怎么会爱一只鹦鹉呢？我爱的是一个人。我的主人！她使我幸福，所以我爱她！”

问它的是麻雀。麻雀困惑了，仰起头望上面树枝的喜鹊。那意思是——我们该如何理解鹦鹉的话呢？

喜鹊于是也问：“爱丽丝，那么你究竟是一只雄鹦鹉呢？还是一只雌鹦鹉呢？”

“爱丽丝”回答：“这我可不知道。我想我的主人从不在乎这一点。那么我也不在乎。只要我永远是我主人的宠物，性别对我有什么重要呢？”

结果连见多识广的喜鹊听了它的话不但也困惑，而且大为愕异了。一只鸟儿连自己究竟是雄的还是雌的都不知道，它怎么竟那么自信自己在幸福着呢？

喜鹊和麻雀也有令“爱丽丝”吃惊的地方。

“爱丽丝”连续几天不见喜鹊的踪影，颇觉寂寞。终于见着后,奇怪地问为什么。喜鹊喜滋滋地说:“我和我的丈夫又有了一窝小宝宝了,我们不能让它们饿着呀!几张小嘴儿每天都等着喂东西呢。”

喜鹊刚一说完便匆匆地飞走了。“爱丽丝”望着喜鹊的空中身姿,同情地自言自语:“唉,活得可真累。活得这么累怎么还被叫做喜鹊呢?”

“爱丽丝”也困惑。

有一次“爱丽丝”看见麻雀在一个小水坑里扑腾,有些不安地从高枝上俯视它,问它在干什么?

麻雀说在洗浴。

“哦,天呀,天呀,多脏的水啊,你还好意思说在洗浴!”

麻雀却说:“脏是脏了点儿,但附近的麻雀几乎都在这儿洗浴。我有什么资格例外呢?例外,也得在这儿洗浴啊!我爸爸妈妈都一辈子在这儿洗浴的……”

麻雀说完,抬头望天。麻雀告诉“爱丽丝”,它盼着快下一场大雨。再不下雨,水坑就要干了。那么它们麻雀不仅洗浴成了问题,连饮一口水也不得不飞到很远的地方去了……

听了麻雀忧虑的话。“爱丽丝”万分地庆幸自己不是一只其貌不扬的麻雀,而是一只羽毛鲜艳美丽的鹦鹉。还是一只比许许多多鹦鹉都更善于学人话的鹦鹉……

秋季的一个日子里,“爱丽丝”好说歹说,总算说服它的两位朋友跟随着它参观参观它高级的笼子了。它一直期待着向两位朋友炫耀幸福的机会,那机会使它得到炫耀者的大满足。

“难道不像是一座金灿灿的宫殿吗?”

喜鹊和麻雀都同意地说,那的确是一只美观的鸟笼子。

“瞧,我爱吃的小米是盛在这么高级的东西里的!”——“爱丽丝”一边以优越感极强的语调说着,一边从敞开的笼门蹦入到它的“宫殿”中去了。它在笼中啄了几口食后,得意地又说:“我爱吃的小米也是今年收获的新小米,而且拌了鸡蛋黄儿!”

它蹦到“宫殿”另一端,饮了几口水接着说:“我和主人一样,一向饮的是纯净水。”

笼中的食钵、水钵,乃是正宗景德镇的烧制品,小巧精致。细腻光洁的白瓷上,绘着蓝色的古典风格的图案。喜鹊和麻雀隔笼欣赏,啧啧赞叹那两个它们从没见过的东西的高级。

笼的上方吊着一个亮晶晶的圆环。

“爱丽丝”轻轻一蹦,蹦到了环上,于是那环悠荡起来。

“这是我的秋千!定日为主人打扫房间的小时工,也负责为我清洁笼子。所以我的笼子永远如此干净。我的笼子底是可以抽开去的。下边是我专用的浴缸。我洗浴那是一定要用温水的,还要滴几滴洗浴液。我洗一次澡要换两次水,洗完后舒服极了!这就是我的羽毛为什么如此艳泽的原因。也就是你们为什么觉得我身上散发香味儿的秘密……”

喜鹊和麻雀,便都飞落到下一层的别人家的阳台上,引颈仰视,以便能欣赏到“爱丽丝”的“浴缸”。那“浴缸”当然更是它们从没见过的高级的东西。其实呢,也只不过就是一个美观的月饼盒子。

“两位朋友,为什么不进来体验体验住宫殿的感觉呢?为什么不进来享受一番今年的新小米和纯净水呢?”

于是喜鹊和麻雀又飞了上来。那笼子虽然美观,那笼子的一应配制虽然都特别高级(在鸟儿们看来),但却并不是喜鹊和麻雀特别渴望一概拥有的东西。而今年的新小米和纯净水,对它们却产生了难以抗拒的诱惑力。别说拌了鸡蛋黄的小米了,就是一般的小米,隔了许多年的小米,这两只城市里的野鸟也没吃到过呀!什么又是纯净水呢?饮一口,一定像人喝琼浆玉液一样润肺沁腑吧?

然而笼门太小,喜鹊太大,它试了几次,钻不进去。麻雀蹦进笼中,啄了几口小米,连说:“好香!好香!”饮了几口纯净水,不禁叹道:“这才是水呀!”麻雀没忘笼外的喜鹊,隔着笼子,啄了满满一嘴小米哺吐给喜鹊。喜鹊吃了,由衷地承认,那不但是它自己,肯定也是所有的喜鹊从未享受过的美食。麻雀以同样的方法使喜鹊也享受到了几口纯净水。喜鹊又由衷地承认,那水对于它简直如同甘露。

在笼中,还有一个专为“爱丽丝”睡觉用的同样美观的窝。那可算是“爱丽丝”的笼中“卧房”。“爱丽丝”趴在“卧房”里,只将头探在外,看着喜鹊和麻雀一个笼内一个笼外受用它的食水,陶醉于虚荣心和满足感之中。它慷慨大方是因为它从不为饮食而忧。反正它们吃光了饮光了,主人还会给它添满的。

但是麻雀一不小心碰了笼门,笼门就落下来了。结果麻雀也成了笼中鸟了。于是麻雀惊惶万状。它在笼中东扑西撞,恐惧得大叫:“喜鹊救我!喜鹊救我!”

它竟搞得自己羽毛纷落。“爱丽丝”是在笼中“居”惯了的,麻雀那种仿佛大祸临头的样子使它看着很开心。它哈哈大笑起来。

喜鹊及时用它的爪子和尖嘴从外面将笼门打开了。麻雀扑撞而出,像一架被击中了的飞机,昏头晕脑地在空中倏上倏下了好一阵才掌握住平衡……

当三只鸟儿重新聚在小树林中的一棵树上,麻雀惊魂甫定,不无羞愧和自我懊恼地说:“上帝,上帝,我再也不会为了拌蛋黄儿的小米和纯净水而进入一只鸟笼中去了!如果没有喜鹊救我,我岂不是永无自由了吗?太可怕了!太可怕了!”

喜鹊说:“你的教训,也提醒我今后要远离一切的笼子。要么选择自由,要么选择笼子,对于一切的鸟儿,这两者是无法同时拥有的。”

“爱丽丝”听了,不悦地反驳道:“那么我连一只鸟儿都不算是了吗?”

喜鹊说:“你的幸运和幸福,根本不可能是一切别的鸟儿的追求。如果竟是了,那么鸟儿们就太理想主义了。而理想主义对鸟儿们来说,也许是最迷幻也是最危险的陷阱啊!”

“爱丽丝”极其反感喜鹊的话,它哼了一声,忽地飞走了……

麻雀说:“它生气了。”

喜鹊说:“那我也没必要追上它去请求原谅。我们和它是太不同的两类鸟儿了。而这一点决定了我们很难长久地成为朋友。我们和它的交往该结束了……”

麻雀感伤地说:“是啊,我们不会像它一样学人说话。所以我们没资格用我们的活法和它的活法比。”

喜鹊又说:“但它除了自我感觉未免太好,本质上还是一只可爱的鸟儿。让我们祝福它永远那么幸运那么幸福吧!”……

女孩儿出差了。

女孩儿出差的第二天,冬季提前来临的第一股寒流猝至。

“爱丽丝!”

三天后女孩儿回到家里,习惯地这么叫时,没听到鹦鹉的回应。

她奇怪地走到阳台上。她所见的情形令她大吃一惊——在狂风中,笼门落下了,“爱丽丝”被关在了笼外。饥渴和寒冷,以及对于季节骤变的惶悸,使它极欲往它安全的笼子里钻。但那是一件根本不可能的事,笼门不会因它的惶悸自行打开。笼中的鸟儿对于外面的世界最普遍的无知是——它们从没想到过自由是要经受季节骤变的严峻考验的。那考验对于“爱丽丝”是严峻的，对于喜鹊和麻雀，却又实在不算什么。因为它们都曾经历过最凛冽的严寒。“爱丽丝”由于一心想钻到它安全的笼中它温暖的“卧室”里去，结果头被两根笼条夹在笼内了。这聪明的，可怜的，曾经幸运而又幸福的鹦鹉，两只翅膀伸展在笼外，两条腿朝后僵直着，就那么死去了。

食钵里拌了蛋黄儿的小米还剩不少，水钵里的纯净水也几乎仍满着……

女孩儿用手指轻轻触了它一下，看出它有一只翅骨折断了。它曾多么痛苦无助地挣扎可想而知……

喜欢女孩儿的某一个男人，又为女孩儿买了一只鹦鹉。那也是一只灵舌巧嘴特别聪明的鹦鹉。女孩儿仍叫它“爱丽丝”。当然的，它拥有了前一只“爱丽丝”所拥有的高级的一切。只是自从它入笼那一天起，就决定了它没有自由。女孩儿总结经验了。那经验就是——成为宠物的一只鸟儿，是不必再多此一举地赐给它什么自由的……

“爱丽丝！”

“这儿呢！”

女孩儿与鹦鹉每天早晨的对话一如既往……

猎熊

老伦吉善骑马伫立在山巅。他忠实的猎犬翁卡伊四腿插在深雪中，像主人一样岿然不动，像主人一样鸟瞰远处灰苍的大森林。

血红的落日滞留在两山之间峡谷的上空。峡谷中被风暴扫荡得波状重叠的积雪，在落日余晖的映耀下，如缓缓流动着的岩浆流。落日以其瑰丽的超过初升时刻的彤光燃烧着峡谷，金橘色的夕照从峡谷间辐射向暮霭渐垂的天穹。

"啊咳……嗬……嗬！……"

老伦吉善突然举起一只手臂，五指叉开的手掌仿佛力托着一座大山，从胸膛爆发出一声喝喊。这喝喊声如虎啸狮吼，震荡在峡谷间，回音经久不消。

翁卡伊受到主人这种豪壮情绪的感染，盲目地一阵狂吠。它仿佛在向大山林中的一切生物发出威胁——我是伦吉善的狗！

狗的吠声刚落，白马也昂头长嘶。

老伦吉善放下手臂，脸上浮现出冷笑。那张脸，像风化了百年以上的岩石雕成。纵横的皱纹切割碎了当年的无畏气概，只显示出惆怅的威仪。那冷笑蓄含着一种主宰者的傲岸，仿佛意味着——我是森林大帝，我是百兽之王，我是鄂伦春之魂，因为我千载不朽的英名——伦吉善。

整个山林世界在人的喝喊之后，在狗的狂吠之后，在马的长嘶之后，异常沉寂。仿佛在胆怯地瞻望他们，仿佛屏息敛气地匍匐在这"三位一体"所形成的威慑力量面前，仿佛在沉寂中表示卑微的屈服——你是森林大帝，你是百兽之王，你是鄂伦春之魂，因为你是伦吉善。

主宰者凛峻的冷笑，渐渐变为一种自信的睥睨一切的微笑。夕照的最后的残辉投射在他脸上，投射在他身上。他脸上的每一条皱纹，都洋溢出老英豪的风采。他身体微微后倾，骑姿更加雄武。他终于调转了马头，放松嚼口，穿着"奇哈密"的两脚突然一磕马腹，纵马驰下了山巅……

月亮占据了落日在峡谷上空的位置。清冽的月光洒在峡谷中人迹罕绝的雪地上，雪地被映成了淡蓝色。一人多高的灌莽的暗影在雪地上组成神符般的古怪图形，像一堵堵残垣断壁。老伦吉善对这个夜宿地点很满意。这个地点是他在山上鸟瞰周围时选择的。峡谷口就是原始森林。此刻，听不到林涛声，也没有呼啸的山风从峡谷中穿过。除了在不得已的情况下，他是不愿在森林中夜宿的。在森林中夜宿，望不见月亮神"别亚"，也望不见北斗星神"奥伦"。"别亚"和"奥伦"，同是他在诸神之中最为虔诚崇拜的保佑之神。他视"别亚"为母，视“奥伦”为父。他在夜宿时仰望着他的保佑之神，心中常感到像孩子依偎着慈祥的父母一样安宁。

他从马鞍上卸下了一只冻得硬挺挺的狍子，下山时打到的。用了三颗子弹。只有一颗子弹打在狍子身上，打断了它的左后腿。它拖着断腿逃入了茂密的柞树林中。翁卡伊追入柞树林中扑倒了它，咬透了它的颈子。真是一条出色的猎犬。虽然也像他自己一样老了。

他心底忽然产生了一种悲哀，一种由于意识到老而自怜的悲哀，一种对老的恐惧。这种不可名状的恐惧感使他生平第一次自己对自己那么茫然。难道我伦吉善也会老吗？不，这是不可能的！即使我老了，我也仍是森林大帝。因为我是伦吉善！伦吉善是不会老的！“别亚”和“奥伦”保佑我，衰老也绝不能够从我身上夺去勇敢和强悍。他心底又忽然产生了一种自己对自己的崇拜，那是一种巩固的崇拜，一种超过对任何图腾的崇拜。甚至可以说是超过对“别亚”和“奥伦”的崇拜。这老鄂伦春人毕生都是在对自己的崇拜中度过的。丧失了这种崇拜，他是无法生存的。

可他毕竟用了三颗子弹才打到一只狍子，而且是打在一条腿上！按照鄂伦春猎人的说法，是“狍子自杀”。耻辱啊！近千只狍子丧生在他的枪下，他何曾用过两颗子弹打死一只狍子？可是今天却用了三颗子弹！大乌斯力村的年轻的鄂伦春猎手们若是知道此事将会发些什么议论，他是完全预想得到的。在他内心里,对于这一类议论的恐惧,是强大于意识到自己毕竟老了的恐惧的。

白马打了一阵疲惫的响鼻。他不禁扭过头去,目光忧郁地望着它。它也老了。老得连一匹猎马的尊严都不能维持了,此刻也像翁卡伊似的卧倒在雪地上,无精打采地舔着雪。从山顶奔驰到这里,对任何一匹猎马都该不算回事。可是它身上的汗却弄湿了他的皮裤。还两次失蹄,险些把他从鞍上摔下来。它已不再能像过去那样,在失蹄的情况下一眨眼便站立起来,继续奔跑。今天它失蹄后,站了数次都没能站起。他不得不离鞍对它大吼一声。

老伦吉善忧郁地望着它,他心中对它充满了怜悯。难道我伦吉善的白猎马也老到不中用的地步了吗?可当年它曾是一匹多么耐苦耐劳的优良猎马啊!有人用三匹马,两条狗,外加一支崭新的双筒猎枪要与他交换这匹马,被他干脆地拒绝了。如今它分明是老了,分明是不中用了。他心中默默祈祷:"'别亚'啊,'奥伦'啊,保佑我的白马吧,保佑我忠实的猎犬翁卡伊吧,不要让它们衰老,不要让它们变得可悲而可怜。失去了它们,我伦吉善也就不再是伦吉善了,不再是森林大帝了……"

他其实也在为自己向"别亚"和"奥伦"虔诚地祈祷。

他抽出匕首,熟练地剥下狍皮,割下两块狍肉,在火上烤软,一块扔给了白马,一块扔给了翁卡伊。翁卡伊默默地不慌不忙地吞食着。白马却对狍肉无动于衷，用嘴唇触了一下，继续舔雪。他不由得叹了口气。他知道，白马已经老得牙齿松动，无法咀嚼兽肉了。他很后悔，在打死这只狍子的当时，没有放出它的血让白马痛饮。他叹了口气，将狍肉架在火堆上烤起来。

他忽然感到很寂寞很孤独。他已经很久很久没有单枪匹马地深入大兴安岭的腹地了。自从鄂伦春人定居后，大兴安岭中早已不常见到单独的狩猎者了。

篝火的蓝舌头贪婪地舔着狍肉。狍肉散发出一阵比一阵诱人的香味。他凝视着篝火，又习惯地回忆起了自己一生中一件件一桩桩英雄而光彩的事迹。这种回忆似烈酒，对他来说同属享受。

他的遥远的祖先属于白依尔氏族。他所知道名字的每一位先人，都是氏族中的领袖或勇士。他深信自己血管里流动的是不同于任何一个鄂伦春人的血液，是神明恩赐给他的家族的可以像法宝一样世代相承的东西，并且深信自己的血液是蓝色的。蓝色的血液使他的家族中的每一个男人都必定成为英雄或勇士。没有人能够说服他改变这一偏执的看法。因为他从小到老，一次也没有受伤流血，这一点更加使他对自己的看法坚信不疑。如果没有神明的保佑，哪一个鄂伦春人能够一生一次也不受伤流血？蓝色的血液，即使哪一天会从他身上的伤口流出，落在地上也一定变为蓝色的宝石！

他在九岁的时候,就能够用弓矢射中飞雁。十二岁的时候,就用父亲的猎枪打死过一头巨熊,救了一位猎人的命。十八岁,他成了全部落数第一的百发百中的神枪手。有一次,一股土匪偷袭了部落,杀死了七个鄂伦春妇女和孩子,夺走了二十多匹猎马和大量皮货。他一人单骑追踪了土匪三天三夜,在黑瞎子沟将十几名土匪全部消灭。日本"山林队"糟蹋并杀死了他的妹妹,他刀劈了"山林队"少校队长和五名日本兵,将"山林队"的住所一把火烧了个精光。从此他隐迹于大兴安岭的密林之中,而他的名字则传遍每一个鄂伦春部落……

在加尔敦山麓,在诺敏河畔,在建国后出现的新集镇小二沟,在鄂伦春定居日那一天,在鄂伦春族的第一个旗长白斯古郎向来自甘河、奎勒河、多布库尔河、讷门河、托扎敏河、阿木牛河流域乃至瑷珲、呼玛一带的鄂伦春人宣布"几百年来被人耻笑为野人的我们,已不再是一个被侮辱被欺压的民族,现在完全站起来了"的时候,他奇迹般地出现在人们面前,英武而豪勇,和旗长并立一处。旗长向人们讲出他的名字,人们顿时狂热地对他欢呼:"鄂伦春——伦吉善!伦吉善——鄂伦春!……"

旗长当众授予他一面锦旗,上面用金线绣着五个字——"鄂伦春之魂"。

以后,他的名字便经常同"鄂伦春"三个字联系在一起了。他所获得的崇拜和尊敬,远远超过他的任何一位先人。

不久,他又因其丰富的狩猎经验和百发百中的枪法,被旗长授予另一面锦旗,上面绣着四个字——“森林大帝”,也是用金线绣成。

……

可是如今人们却不再像过去那般崇拜他了。虽然依然尊敬他,那也不过是一种对老年人的尊敬而已。选举旗人民代表,已不再有很多人投他的票。旗里召开什么会议,自然也不再有人通知他去参加。就连进山打猎这样平凡的事,也不再需要他来出面组织。年轻人甚至公然劝他偌大的年纪不要再摆弄猎枪了。

他们对他说:“阿达玛,您如今应该做的是在家抱孙子,或者到鹿场去养鹿。”

他们对他说:“你和我们一起进山去打猎,那只会给我们添麻烦。”

他们对他说:“现在山里黑熊多起来了……”他们竟拿黑熊来恫吓他!连他的儿子也对他说这话!这是无法忍受的!

于是他三天前没有向任何人告别便深入到大兴安岭腹地来了。

他要打死一头黑熊。

他要证明自己并没老,也永远不会老。

三天内他发现过两头熊,没打。那两头熊在他看来都不够巨大。他要打死一头巨熊。只要算得上巨熊,发现几头,他将打死几头。他要把熊掌带回村里去，扔在那些年轻人脚下……

此刻，他将烤熟的狍肉一刀刀片尽了，便开始做他临睡前最重要的一件事。他在雪地上用树枝画了一个圆圈。圆圈象征盆，圈内的雪象征水。他在“盆”边双膝跪下，上身匍匐于地，额头贴在手背上，开始向他的保佑之神月亮神“别亚”祈祷。祈祷他明天会在“盆”里发现一撮熊毛。那便证明“别亚”向他预示，他可以如愿地打死一头巨熊。之后，他便铺开皮褥，躺了下去。他很快就酣然入睡，不时发出呓语：“我是伦吉善，我是……”

狩猎者总是比山林醒得更早。当残留的夜幕和初现的曙色交织在峡谷尽头时，老伦吉善已经跨上了马背。他并没有在“盆”中发现熊毛。他心中因此对“别亚”充满了抱怨。他阴沉着脸，苍老的面皮仿佛被昨夜的寒冷所冻结，每一条最细小的皱纹都凝聚着严峻的愠怒。善于像人一样察言观色的翁卡伊，马前马后欢跃着，企图逗引主人开心，却遭到了主人一声粗暴的呵斥。

老伦吉善策马上路之后，竟放声唱了起来。

“鄂乎蓝德乎蓝，

喂！我的白马飞驰起来吧！

鄂乎蓝德乎蓝，

喂！我的猎犬紧跟我吧！……”

按照鄂伦春人的习俗，进山狩猎是不能歌唱的，认为是对一切神明的冒犯。他放声大唱之后，心中产生了一种快感。这种快感纯粹由于自己敢冒犯神明而产生。他盲目地感到一切都因他老了而对他怀有敌意，整个大兴安岭，包括神明。他本能地要对这种虚幻出来的敌意进行挑战！

他纵马向峡谷口疾驰狂奔！

受一种突发的、连他自己也感到朦胧的、不能控制的兴奋情绪的驱使，他口中不断发出怪异的叫喊，拳头一下接一下狠擂在马脖子上。像是有种魔力从他身上传达到马身上，白马也呈现出亢奋状态，四蹄翻飞，不避障碍，宛如惊马脱缰。只有翁卡伊还保持着一点狗的清醒。它一边跟在白马后面顽强地穷追不舍，一边发出警示危险的吠叫。

突然，白马一头栽倒了。翁卡伊看到主人的身子离开了马鞍，在空中翻了一个斤斗，重重地摔在地上。

老伦吉善虽然摔得有些昏眩，但并没有受伤。他慢慢地爬起来后，见白马绝望地挣扎着，却不能够四腿同时站立。他走近它，才发现它折断了一条后腿。一截劈裂的白森森的腿骨刺穿皮肉，插在雪中。

他的心立刻被罪过感笼罩了。他悔恨莫及。它已经是一匹老马了呀！他明明知道的。可是他还驱使它狂奔不止！那马的玉石眼中充满巨大的痛苦，哀而含怨地望着他。他跪下，双臂搂抱住马的脖子，伤感地喃喃低语着："哦！白马，白马，我可怜的马……”两行老泪夺眶而出，沿着他脸面上的皱纹扑簌簌滚落。

翁卡伊似乎预知白马遭到了怎样的不幸。似乎不忍走过去目睹可怕的惨状。它远远地站立着，呆呆地望着主人和白马。它见主人终于离开了白马，低垂着头一步步走了。似乎要遗弃白马，也同时遗弃它。它犹豫着，不知是应该发出吠叫，还是应该默默地跟在主人身后。就在这时，老伦吉善站住了。他缓缓地转过了身。他缓缓地举起了枪，枪口瞄准着白马。

白马已不再徒劳无益地挣扎，白马昂着头，镇定地，甚至可以说是期待地注视着主人，注视着举在主人手中的猎枪的枪口。

一种恐惧遍布了那对杀戮司空见惯的狗的全身。它竖起了颈毛，呜呜低吠，发抖不止。

砰！

枪响了。白马的头仍昂立了一秒钟，软弱地一下子触进了雪中。翁卡伊立刻从空气中嗅到了一股新鲜的血腥气。它的忠实的本性被白马的无辜和主人的无情动摇了。它悲吠一声，朝相反的方向箭一般地奔逃而去。

“翁卡伊！翁卡伊！……”

老伦吉善大声呼唤着它。它却在他的视野中渐渐消失了。他意识到，翁卡伊对他失去了信任，背叛了他。

他感到了一种真正的孤独。一种有生以来从未体验过的孤独。一种悲凉,一种凄哀。

就在这时,他听到了一声熊吼,一声被枪响所惊扰的熊吼,从不远的密林中可怕地传出来,令人心战胆寒。

他怔了一刻,毅然地向密林走去。

……

在林隙间的雪地上,老伦吉善发现了熊迹。大而深的熊掌印的跨度告诉他,如他所愿,是头巨熊。

他的每一根神经都兴奋而紧张起来。

他跟踪熊迹向前走了还不到二十米,便站住了——巨熊从一棵合围粗的义气松的树身后闪出来。这是一头老奸巨猾的熊。它不甘于在被追踪的情况下做猎人枪口下可悲的牺牲品,它分明想采取主动较量的方式拯救自己。它人立着,站在离老伦吉善五六步远处。它的两只前掌高举着,如投降的姿势,也如拳击场上获胜后的拳击手向观众致意的姿势。他凭经验知道,那是熊的一种随时预备拼死进击的姿势。它是那么高大,那么强壮,胛骨处浑圆的肌肉在熊皮下凸着。然而他看出,它是一头老熊。两绺熊毛生长在熊面上,垂下来遮住了熊眼。熊的心窝儿处,有一片半月状的白毛。这特殊的标记使他认出了它。他想起自己曾和这头熊有过一次遭遇。是几年前?还是十几年前?他回忆不清了。有一点他是很清楚地记得的——那时它还不是一头老熊,他自己也还没开始被视为老人。那一次他和它也是这么突然地彼此发现了，也是距离这么近，也是像今天这般对峙着。所不同的是，他当时非常镇定，一点没有心慌意乱，几乎不是用一个猎人的眼光，而是用一种惊诧和赏识的眼光看着它。他和它对峙了半天，它似乎觉得无趣了，似乎并不把他放在眼里，终于不屑理睬地转过身，迈着杂技式的从容的熊步踱到密林深处去了……

他当时可以打死它，但他没有向它开枪。他当时是被它的强悍无畏征服了。

可是这时，他不禁倒吸了一口冷气。他生平第一次，在猛兽面前产生了一种潜伏的畏惧。他几乎想转身逃跑。理智警告他那是最大的危险，他才没有逃。但他是完全地呆住了。熊，用一只前掌像女人撩发一样撩起了遮眼的长毛。熊眼眈眈地瞪着他。它似乎在判断处境对猎人还是对它自己有利。

也许是由于他的老态，他的呆状，使熊感到他实际上并不能对它构成危害，它和他对峙了一刻，像当年一样缓缓地转过身去，迈着和当年一样的杂技式的从容的熊步，朝密林深处回避。

老伦吉善清醒了过来。他想到必须带回熊掌扔在村里的年轻人脚下，他毫不迟疑地举起了枪……砰！……巨熊高大的身躯抖了一下。它像一个遭到卑鄙的暗算的人一样，又转过了身来。它再一次撩起眼上方的长毛，愤怒地盯着他。他持枪的手颤抖了。熊向他迈出了一步。砰……它心窝儿那片半月状的白毛被染成了红色。可是它并没有倒下去。它发出了一声使整个山林都惊悸的狂吼。猎枪从老伦吉善的手中失落在地上。一声猎狗的勇敢的吠叫。翁卡伊突然不知从何处窜出。这忠实的猎犬并没有背叛主人。在这险恶的情况下,它凶猛地扑向巨熊。熊掌在空中划了一道弧,翁卡伊被击出数米远,撞在一棵树上,头骨碎裂,躯体落地便不再动弹。老伦吉善趁机拔出了匕首。熊已经扑到了他跟前。在他的匕首刺进熊腹的同时,一只熊掌击在他脸上。世界变成了红色的。紧接着,巨熊的前肢搂抱住了他的身体。他清楚地听到了自己的肋骨折断的声音。"哦!'别亚'……'奥伦'……蓝……""森林大帝"只来得及呻吟出这几个字,便同巨熊一块颓然倒下了……

第三部分 思想不曾远行

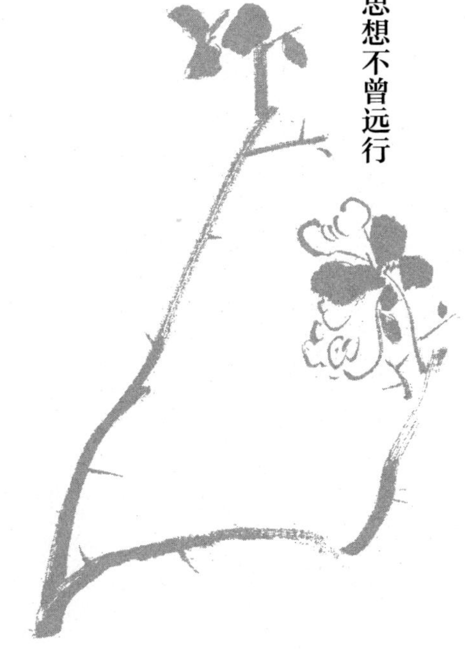

在中国，我以为，一位当代知识分子，

无论其学问渊博到什么程度，

无论其思想高深到什么境界，

无论其精神的世界自以为纯洁超俗到多高的高处，

一旦目[illegible]，[illegible]。

禅及其他

友人欲授我禅道，赠禅书数类。

我自知乃一辈子难悟之人，骨头里血液里的凡夫俗子。灵性浅肤，慧根断残，只怕是无论怎样的一心向佛，也没法儿突破红尘缘，达到禅界，就很畏缩。

何况禅讲究“顿悟”。境界的升华，全在于“虚空”之彻底。“虚空”而彻底，那是什么什么与愿与望沾边的观念，都违背禅宗的。一以授之，一以受之，便在一开始，就离禅十万八千里了！

想我那友人，市场上也曾面红耳赤地讨价还价过；评职称的时候也曾激头掰脸地大吵大闹过；分房子的时候也曾恨过也曾悲过，上告下求，了无结果，直至住进了医院——分明并没悟到多少禅的真谛，不免怀疑其门外汉。恐姑妄从之，走火入魔，未获正果，倒跨进了左道旁门……

然而那友人循循善诱，诲人不倦，说禅么，乃亦虚亦实的人生方面的学问。有所空有所不空。空起来什么什么都毫无意义毫无价值，任尔虚掉。实起来什么什么都很有意义很有价值，任尔执着。他不过是以不空击悟空，以实而图虚。一切都不空了，岂不是则便一切都空将起来了么？

总之他说得很辩证，辩证了，也就怎么说怎么有理了。何况禅的确是学问，起码是学问。友人的动机善良，起码是善良。于是偶得余暇，踟踟蹰蹰的，徜徉于禅界门外，作管窥之徒。好比“文革”时期的“红外围”，明知成不了“红五类”，却总比被划入“黑五类”灵魂感到安妥些。我不信天堂之说，也不信地狱之说。既无我不升天堂谁升天堂的幻想，也无我不入地狱谁入地狱的觉悟。但灵魂这东西，天生的是个极易损坏的东西，安妥些总比不安妥好。

又想那禅学渊深，无边无际，上统天，下囊地，怎敢凭一时之乖趣，而跃汪洋之智海！

所幸友人赠书中，有三联书店出版发行的台湾蔡志忠先生的漫画集《庄子说》《老子说》《世说新语》《禅说》《六祖坛经》等等。据言十分畅销，常常一售而空。便当成是慎涉禅学的“入门”教材……

蔡志忠先生的漫画风格，我喜欢。文字阐释也好。可谓增一字则多，删一字则少。典自文言，“译”自偈语。或深入浅出，或浅出深入。既白且雅，亦庄亦谐。道理亲和，比喻机敏。妙语如珠，联想纵横。看着开心，读着明智。遂成案头之书，常持之卷。

由禅我想到蝉。

唐人虞世南有咏蝉文曰：

垂緌饮清露，流响出疏桐。

居高声自远，非是藉秋风。

这一首诗，抒发了一种"清"何须"贵"，"清"高于"贵"的思想。也有着一种禅意在其中的。足见禅对中国古代知识分子灵魂的熏染，是标高脱界的。

不知禅祖列宗当初确立禅为禅而非其他，与蝉这种形俗而性高的小生命，有没有什么关系？

进而又想到那蔡志忠先生，比起达摩佛祖所有高徒弟子，对于推广和普及禅说，功德都要大得多呢！

但我断言，蔡先生是无意修成一位禅门弟子的。他不是因他的系列漫画很发了一笔财么？不是还因此，获选台湾十大杰出青年之荣耀么？他的初衷，显然是受"市场信息"的指导。也算是一种"顿悟"么？

由此可见，"虚空"二字，凡人尽可着迷，却都是不打算实践的。该所谓"叶公好龙"。

我无调侃蔡先生之心。也无轻慢禅说之意。只是以一个凡夫俗子的人生观来看，世界本不是"空"的。人心也很难达到真正意义上的"空"。如果真能达到那一种"空"，连禅都是应从内心里空掉的。

禅的境界，也许是世界上最忌"认真"二字的思维方式。

是的,禅几乎是不能稍微认真探索的。哪怕稍微认真,禅的境界便遭破坏,而不“完美”了。所以禅祖列宗,无一不向弟子们强调——禅是不能用语言文字来表述的。

于是禅等于不可思议。而我天生又是一个凡事认真之人。于是我觉得自己看出了渊深的禅学也是那么的难以彻底脱俗,有着故弄玄虚的一面。比如五祖弘忍的那位颇受青睐的弟子神秀上座,写了一首偈诗:“身是菩提树,心如明镜台。朝朝勤拂拭,莫使惹尘埃。”其中“修心”的意思,一目了然。但弘忍的另一弟子慧能亦写了一首嘲神秀:“菩提本无树,明镜亦非台。本来无一物,何处惹尘埃?”其中“虚”而且“空”的意思,真是彻底到家了。于是弘忍深夜将衣钵传给了慧能,并当面立慧能为禅学的六祖。在弘忍看来,慧能的心性达到的涅槃,远非神秀所能相比。然而像我这样的凡夫俗子的疑问来了:慧能的彻悟,真的高于神秀么?如果慧能的心性,真的已“空虚”至极,那么神秀的偈诗,他不是该视而不见听而不闻么?就算神秀很肤浅吧,具有禅祖潜质的慧能,头脑中也不该产生纠正他的冲动啊!一念既生,那一瞬间,其心性不是已惹上了一点“尘埃”,背禅驰去了么?更何况,真的“虚空”,连衣钵也是应视为粪土,虽师傅亲授而不受的。不但受了,且连夜逃奔,引起众禅门弟子的嫉妒和愤怒,乘快马穷追,分明惹上的并不是一点“尘埃”,而是很大的风波了。禅门弟子不是遁世的么?搅入了世俗和矛盾,足见灵魂不“空虚”啊!

不知那六祖慧能，倘一直活到今天，该做何解释才能自圆其说？练气功而健身，为的是延年益寿。遁禅门而修心，不该是为了有朝一日继承衣钵当上祖宗吧？

禅学所主张的，对于“修”成一个真实的自我之态度，毫无疑问，这原则的宗旨便是“自然”二字。

禅祖列宗是人类最早思考关于“自我”和“生命价值”问题的先哲。仅仅这一点，禅学是也伟大的。

禅祖列宗是人类最早对宇宙万物的存在及彼此之间的关系提出合乎“自然”规律“自然”法则的大智慧者。仅仅这一点，禅学也是值得中国人骄傲的。

但禅学中那些玄谈玄论玄争玄辩一言以蔽之曰“玄学”的部分，除了显示某种思维的机敏和对答的机智，其实并没有什么太了不起的令人肃然的深奥。我们纵观禅的历史，看到了朴素的唯物论和透彻的辩证法与意在哗众取宠的玄学，像两根藤一样扭缠在一起。

禅祖列宗之中，大概很有几位一半是哲人一半是“侃圣”吧？历史上众多的禅门弟子中，大概很有一些不过是徒有虚名的“侃爷”吧？

下面的一个例子，最说明禅矫揉造作的一面——南阳慧忠是六祖慧能门下的五大弟子之一，被肃宗皇帝邀请到京城，尊为国师。在一次法会上，肃宗向他提出很多题，他却连瞧也不瞧肃宗一眼。肃宗发怒了。他却反问肃宗——皇上可曾看到虚空？

肃宗回答，看到了啊。他这才似乎深不可测地说出一句话是——那么“虚空”可曾对你眨过眼？肃宗哑然怔住。慧忠此时的得意之状是可想而知的。

慧忠自比“虚空”，也要别人视他为“虚空”。

但是这一位已然达到了“虚空”境界的高等禅门弟子，被邀请到京城却是肯的。被尊为国师也是肯的。只不过是不肯瞧一眼向他请教问题的对方罢了。

古代士大夫和知识分子阶层，曾相当崇尚过清谈玄论之风，不能不说和禅学，或曰伪禅学，有着一定的关系。这一点乃是中国知识分子久远的心理历程的一部分。可以说是一种基因，遗传至今。

禅并非如宇宙的存在那么不可思议。

禅的普遍的真谛，即它所涵盖的朴素的唯物论观点和辩证的思维方法，每一个人都是可以领悟的。不过领悟了的人是否都肯遵循着去生活罢了……

禅的所谓不可思议，不过是一些矫揉造作的禅门弟子借以抬高身价的妄言罢了。有真，便有伪。有指导出真理的哲人，便有将真理推向绝谬的伪哲人。有实践出科学的学者，便有将科学弄到诡秘地步的伪科学者。

人类的科学、知识、文化的历史，正是这样发展过来的。

真与伪，有时简直就像一对一模一样的孪生姐妹。你爱的是姐姐，很可能你娶的是妹妹……一休也是一位小禅师。一休之所以可爱，在于他的机智和智慧，并无玄的倾向，而具真的本质。他的机智和智慧，既用以助人，亦用以解脱自己的困境，或用以自省。否则，像那位慧忠一样的话，一休将是个多么乐于伪装的孩子啊！

的确，智慧不是知识。智慧根本不可能像知识一样互相传授。但智慧可以互相启迪的。而一切过分炫耀出来的智慧，都是在不同程度上贬值了的智慧。炫耀一旦是目的，智慧也就在闪光的同时死灭了……

禅学列祖列宗，几乎每一位都是能言善辩之人。按今天的说法，每一位都是杰出的辩论家。（但他们绝不是演说家。他们鄙弃演说。尽管他们都具备同样的演说才华。）他们推广禅宗的方式是“启迪式”，反对灌输的方式。他们向他们的弟子们提出的问题，大概远比他们所回答的问题要多。而他们是很忌正面回答问题的。他们旁敲侧击，将问题的答案，留给弟子们自己去悟。他们的这一种“治学”经验，对今天的一切治学领域，都有积极的难能可贵的借鉴意义。

禅学列祖列宗，在选拔和重点栽培“接班人”方面，是相当注重考察口才的。

十三岁的禅门弟子神会参拜六祖慧能的时候，六祖问：

你千里跋涉而来，是否带着最根本的东西？如果带来了那么它的主体是什么？

神会答：

这东西是无住，它的主体说是开眼即看。

慧能于是夸奖他道：

你这小和尚，词锋倒也敏利。

遂纳神会为弟子。

一方面，禅学的列祖列宗认为，禅宗是不可能靠语言和文字去发扬光大的。另一方面，他们十分清楚，离开了语言和文字，尤其若连语言都摈弃了，禅学的命脉也就会断了。

这是一个矛盾。

语言是人类一切活动得以延续的最基本的方式。

禅学绝不是完美的。更非无懈可击的。

禅学给现代人的启示恰恰在于——人类倘执迷于追求其一种完美，寻求所谓彻底的“超界”，便会走向谬误。

正是一切宗教自身的矛盾，导演了一切宗教兴衰的历史。

到了唐武宗的年代，终于发生了由“当局”采取的大规模的灭佛行动。武宗从发展经济的理由提出——有一人不耕，便有人挨饿。有一女不织，便有人受冻。他谴责寺庙中的僧尼不耕不织，寺庙富丽和宫殿争美，六朝因而衰败……

于是拆毁四万四千六百余所寺庙，迫使二十六万五百余僧尼还俗……

对于唐武宗的做法，仅仅以秦始皇“焚书坑儒”去归类而论，只怕也是欠公正的。

人类不可能在不耕不织的情况之下，集体悟出什么人类自身存在意义，从而大同大统到一个什么完美的绝对合乎自然规律境界。

恰恰相反，不耕不织，进而不发明创造，泯灭了人类在一切方面应有所作为的冲动，对于人类来说，是最不合乎自然规律的。

禅的“虚空”之说，走向极端，既使禅学由自身的矛盾而陷于窘地，对于人类社会的发展，也必起到消极的作用。

然而在唐武宗灭佛的行动中，唯禅宗却得以幸存。因为禅门和尚都亲自劳作，自给自足，并不寄生于社会。这要归功于百丈和尚。他改革了禅宗原先和其他佛派一样靠乞食的寄生生活。他指出——为什么一个身心健全的和尚，要像寄生虫一样，靠吸取俗人的血汁活着呢？他认为，天地间的万物，应日日作业，自强不息。并且他身体力行，九十四岁高龄时，仍与弟子们一样劳作。弟子们将他的工具藏了，他就不吃饭，言“一日不作，一日不食”。直至弟子们不得不将他的工具还给他……

我认为百丈才真真是禅之列祖列宗中最大的一位。以今天的说法，是伟大的“改革家”。归根到底，禅不过是启导人自觉地选择一种与世间万物融为一体，达成自由而和谐的状态的活法，百丈对于禅门弟子应自食其力的倡导，使禅主张人的活法成为一种积极的活法。而非足以使禅门以外的人大加指责的“闲混温饱”的不劳而获的活法……

人间可以供养得起几位十几位几十位光“悟”而不“作”的禅祖，但任何一个国家一个民族一个社会，大概也是很难供养得起几万几十万千百万光“悟”而不“作”的禅门弟子的！一个“作”字，首先使那些夸夸其谈而懒于劳动的人，被阻在禅门之外。并且，使禅门弟子，不至于成为社会的包袱。使禅的宗旨，不至于成为拖扯社会进步的惰性。

百丈给予我们现代人的启示是——宇宙间一切事物的发展，几乎不可避免地经受着走向反面的考验。走向反面，几乎是世间一切事物兴衰的必然规律。好比果树上的一只果子，由青涩到成熟的过程，乃“兴”的过程；由成熟到落地的过程，乃“衰”的过程。谁也没有任何办法使一只成熟了的果子不腐烂。怀有这种幻想的人，必和成熟了的果子一样走向果子的反面。聪明的办法，是切开果，剔出种，栽培果树。改革是防止一切事物走向反面的唯一途径。而一切事物总是在不停顿地走向反面。一切事物中都隐含有使得自身走向反面的内因。一切事物中的这一种或几种内因，都具有在适应了改革，适应了内部条件结构发生逆转和变化之后，继续走向反面的趋向性。因为世间一切事物都是有生命的。因为生命二字的含义，简直就可以理解为走向反面。所以改革也只能是不可间断的“行动”。它伴随着“兴”走向“衰”，伴随着“衰”走向“兴”。兴兴衰衰，衰衰兴兴，自然规律也。

试想，若非百丈对于禅宗的改革，无须乎唐武宗发起什么灭佛的行动，禅门弟子由几十万而百万而千万，不耕不作，也就统统饿死了。还悟的什么“虚空”呢？

以禅和西方宗教相比，是很有些意思的。西方诸教，大抵开宗明义，直言不讳其抚慰世人灵魂的旨意。而禅却强调——它不对“世俗”之人灵魂负有任何抚慰的义务。它甚至不对禅门弟子们的灵魂负有任何抚慰的义务。一个感到灵魂痛苦的人，禅门对他是关闭的。而西方诸教，却大抵为灵魂感到痛苦的人敞开教门。西方诸教，正视人间的一切不平等现象。它许诺给穷人以天堂。它敬告恶人以地狱。它提醒一切人，人间终究有着一个最后的公正——那就是“最后审判日”。而禅漠视人间的一切不平等现象。用禅祖们的话说——“不是旗动，也不是风动，而是人自己的心在动”。似乎人心岿然不动，则旗也未动，风也未动了。基督对于人类的种种不幸，尤其对于人间穷困现象的同情和怜悯，乃是体恤入微的。新旧约书中甚至谈到对穷人孩子的教育问题，对麻风病人如何医治的问题，对农民怎样度过饥荒之年的问题之措施。在上帝和耶稣眼中，人间是有着种种灾难和不幸的。而在禅学列祖列宗们看来，超脱这一切“苦海”，只要人自己去努力达到“虚空”的境界就行了。似乎灾难和不幸也就不存在了，不成其为灾难和不幸了。

一言以蔽之——上帝和基督代表的更是穷人的宗教。新旧约书分明地最初乃是为穷人和一切不幸的人而写的。禅学似乎更是,或者说,起码是中产阶级才可能去彻“悟”的宗教。禅学似乎关注的是人的纯精神烦恼。这也许与禅宗昌盛时期的年代背景有关——那些年代还算是普通的老百姓活得过去的年代。而基督教创教的年代背景,则要悲惨黑暗多了……

什么样的年代产生什么样的宗教。

就大多数世人而言,习惯于选择对自己最具亲和力的宗教信仰。

在中国,在目前,一个非常奇怪的现象是——禅似乎更热衷于青年及中年知识分子之间。在一切有知识分子存在的地方,禅都是儒雅的话题,似乎连参与这一话题的各种各样的人,都统统变得儒雅了起来。既不但儒雅,仿佛还相当高深,相当渊深,相当散淡。好像不少的人,已看破红尘,悟彻“虚空”。都准备有朝一日,青布纳,托体空门,鱼板梵磬,去做云水高僧……

只不过现如今中华大地上设了那么多的寺庙,一个个想去“出家”也出不成罢了。

于是我看到了中国当代中青年知识分子内心深处极大的苦闷状态。

并且我认为,光靠了禅学三昧,哪怕是囿于其中,朝夕漫卷,庶几回徨,瑜亮一时,也是灵魂难以获得解脱的。

而另一方面,我认为,老年人,似乎是更应“禅化”一些的。

正如老年人比起中青年,应有更多的时间和精力学太极、练气功、推八卦。

人的生命,本应是一个由务实到“虚空”的过程。每人都有义务为这社会做出一份或大或小的贡献。道理是那么简单,因这社会,每时每刻都在许多方面义务于每一个人。中青年,乃是为社会尽义务的最好年华。到了晚年,人的生命越接近终点,生命也就越应更充分地属于人自己,恢复生命原本的自然和庄严。一个合乎自然规律的社会,难道不应该是这样子的么?

一个有着太多的老年人热衷于务实的社会,肯定是出了某一方面毛病的社会。

热衷于务实的老年人该修的是心,却大抵又只不过是在修身。修身是为了延年益寿。延年益寿是为了继续务实。生命不息,务实不止。按照马克思主义的观点,操权握柄乃是为人民服务的方式。所以适时隐退最符合为人民服务的公仆思想。

该“虚”的不肯“虚”。该“空”的不肯“空”。不该“虚”的一代,则很是“虚”了起来。不该“空”的一代,则似乎很是“空”了起来。

常听年轻的人们这么交谈:“最近干什么呐?”“没干什么。无非读读《老》《庄》,悟悟禅道。”“有什么体会?”“想退休。”“退了休又干什么?”“养花,养鸟,养鱼……”

常听年老的人们这么交谈:“最近怎么不常见啊?”“忙呗!”“还没退么?”“退?少不了我呀!”“彼此彼此,我也很忙!”……

由这两种倾斜的心态,我分明看清楚了这社会本身在倾斜。两代人甚至三代人争夺社会舞台!索然无憾,躬身而退的竟更多是青年人!能出国的出国,不能出国的参禅悟道……这究竟是怎么了呢?毛病究竟出在何处呢?伟大的哲学味儿十足的禅,在西方影响人心,在它产生的本土,怎么适得其反了呢?留下给国人的难道仅是它的不可思议么?我敬仰禅之列祖列宗所倡导的那一种豁达乐观的生命风格。因为它对我们每一个人最起码的益处是——帮助我们解开心结,消除胸中种种块垒,透过自我的改善,净化我们灵魂中的一切有碍于我们生命良好状态的污染、束缚、浮躁、动乱、阴暗的念头和膨胀的欲望,“使我们找到真实、本有、光明的自我”。

但我绝不会去出家当和尚。我不愿做彻底的禅门弟子。也不相信彻底的“虚”和“空”竟真能够是彻悟的。

生命对人毕竟只有一次。在它旺盛的时候,尽其所能发光发热才更符合生命的自然。若生命是一朵花就应自然地开放,散发一缕芬芳于人间。若生命是一棵草就应自然地生长,不因是一棵草而自卑自叹。若生命不过是一阵风则便送爽。若生命好比一只蝶何不翩翩飞舞?……

我觉得禅离我并不很近。我觉得禅离我并不很远。重要的在于,我明白了我一步步走向的终结,正有一个较明智的境界在向我招手……

而我为自己高兴的是——在我四十一岁的时候,便清楚地知道了自己将来应该做一个怎样的人……

我们四十多岁三十来岁二十来岁做过的事,后来都会比我们做得更好,起码不见得会比我们当年做得糟到哪儿去……

中国“尼采综合征”批判

二十世纪八十年代之初，一个幽灵悄悄潜入中国。最先是学理的现象，后来是出版的现象，再后来是校园的现象，再再后来是食洋不化的盲目的思想追随乃至思想崇拜现象——并且，终于，相互浸润混淆，推波助澜，呈现为实难分清归类的文化状态。

因而，从当时的中国学界，到大学校园，甚至，到某些高中生初中生们，言必谈尼采者众。似乎皆以不读尼采为耻。

是的，那一个幽灵，便是尼采的幽灵。“思想巨人”“上一个世纪最伟大的哲学家”“大师”“悲剧哲学家”“站在人类思想山峰上的思想家”“存在主义之父”“诗性哲学之父”……

中国人曾将一切能想得到的精神桂冠戴在尼采幽灵的头上。刚刚与“造神”历史告别的中国人，几乎是那么习以为常地又恭迎着一位“洋神”了。

时至今日我也分不大清，哪些赞誉是源于真诚，而哪些推崇只不过是出版业的炒作惯伎。

然而我对中国学界在八十年代之初“引进”尼采是持肯定态度的。因为在渴望思想解放的激情还没有彻底溶化“个人迷信”的坚冰的情况下，尼采是一剂猛药。

尼采“哲学”的最锐利的部分，乃在于对几乎一切崇拜一切神圣的凶猛而痛快的颠覆。所以尼采的中国“思想之旅”又几乎可说是适逢其时的。

十几年过去了，我的眼看到了一个真相，那就是——当年的“尼采疟疾”，在中国留下了几种思想方面的后遗症。如结核病在肺叶上形成黑斑，如肝炎使肝脏出现疤癞。

这是我忽然想说说尼采的动机。

在哲学方面，我连小学三年级的水平都达不到。但是我想，也许这并不妨碍我指出被中国的“尼采迷”们“疏忽”了的事实：尼采在西方从来不曾像在中国一样被推崇到“热发昏”的程度。

“如果没有尼采，那么雅斯培、海德格尔和萨特是不可思议的，并且，加缪的《西西弗斯的神话》的结论，听来也像是尼采的遥远的回音。”

这几乎是一切盛赞尼采的中国人写的书中，一而再，再而三地引用过的话——普林斯顿大学考夫曼教授的话。

然而有一点我们的知识者同胞们似乎成心地知而不谈——存在主义也不过就是哲学诸多主义中的一种主义而已，并非什么哲学的最伟大的思想成果。占着它的“中心席位”，并不能顺理成章地成为“思想天才”或“巨人”。

又，尼采两次爱情均告失败，心灵受伤，终生未娶；英年早逝，逝前贫病交加，完全不被他所处的时代理解，尤其不被德国知识界理解。这种命运，使他如同思想者中的梵高。此点最能引起中国学界和知识者的同情。其同情有同病相怜的成分，每导致中国学界人士及知识分子群体，在学理讨论和对知识者思想者的评述方面，过分热忱地以太浓的情感色彩包装客观的评价。

这在目前仍是一种流行的通病。

“上帝”不是被尼采的思想子弹“击毙”的。在尼采所处的时代，“上帝”已然在普遍之人们的心里渐渐地寿终正寝了。

尼采只不过指出了这一事实。

在西方，没有任何一位可敬的哲学家认为是尼采“杀死”了人类的“上帝”。只不过尼采自己那样认为那样觉得罢了。

而指出上帝“死”了这一事实，与在上帝无比强大的时候宣告上帝并不存在，甚或以思想武器“行刺”上帝，是意义决然不同的。尼采并没有遭到宗教法庭的任何敌视或判决，再清楚不过地说明了二者的截然不同。

上帝是在人类文明的进程中自然“老”死的。

一、关于尼采的断想

好在尼采的著述并非多么的浩瀚。任何人只要想读，几天就可以读完。十天内细读两遍也不成问题。他的理论也不是多么晦涩玄奥的那一种。与他以前的一般哲学家们的哲学著述相比，理解起来绝不吃力。对于他深恶痛绝些什么，主张什么，一读之下，便不难明了七八分的。

我还是比较地能接受尼采是近代世界哲学史上的一位哲学家这一说法的。但——他对“哲学”二字并无什么切实的贡献。这样的哲学家全世界很多。名字聒耳的不是最好的。

尼采自诩是一位“悲剧哲学家”。

他在他的自传《瞧，这个人》中，声称“我是第一个悲剧哲学家”。大有前无古人的意思。

这我也一并接受。尽管我对“悲剧哲学家”百思不得其解。好比已承认一个人是演员，至于他声称自己是本色演员还是性格演员，对我则不怎么重要了。

在中国知识界第一次提到尼采之名的是梁启超，而且是与马克思之名同时第一次提到的。这是一九〇二年，尼采死后两年的事。

梁氏认为，马克思的社会主义和尼采的个人主义，是当时德国“最占势力之两大思想”。

再二年后，王国维在《叔本华和尼采》一文中，亦对尼采倍加推崇，所予颂词，令人肃然。如：“以强烈之意见而辅以极伟大之智力，其高瞻远瞩于精神界。”讴歌尼采的“工作”在于“破坏旧文化而创造新文化”。

又三年后鲁迅也撰文推崇尼采。

“向旧有之文明，而加之掊击扫荡焉”；“然其为将来新思想之朕兆，亦新生活之先驱”。一向以文化批判社会批判为己任的鲁迅，对尼采所予的推崇，在其一生的文字中几乎是独一无二的。可谓“英雄所见略同”，一东一西，各自为战却不谋而合。

到一九一五年，陈独秀在《新青年》创刊号上发表文章，再次向中国青年知识分子“引荐”尼采，那正是中国新文化运动兴起之时，需要从西方借来一面思想解放的旗帜。比之于马克思的社会主义，尼采的个人主义更合那时中国青年知识分子的胃口，也更见容于当局。倘若中国的知识分子特别喜欢鼓吹文化的运动，而又能自觉谨慎地将文化运动限定在文化的半径内进行，中国的一概当局，向来是颇愿表现出宽谅的开明的。因为文化的运动，不过是新旧文化势力，这种那种文化帮派之间的混战和厮杀。即使“人仰马翻”，对于统治却是安全的。对于文化人，也不至于有真的凶险。

而一个事实是，无论尼采在世的时候，还是从他死后的一九〇〇年到一九一五年中国新文化运动兴起之时，其在德国、法国，扩而论之在整个欧洲所获的评价，远不及在中国所获的评价那么神圣和光荣。事实上从他的《查拉图斯特拉如是说》问世到他病逝，其在西方哲学史上一直是一个争议不休的人物。只有在中国，才由最优秀的大知识分子们一次次交口称赞并隆重推出。这是为什么呢？

二、关于中国知识分子的角色想象

中国之封建统治的历史，比大日耳曼帝国之形成并延续其统治的历史要悠久得多。在“五四”前，中国是没有“知识分子”一词的。有的只不过是类似的译词，“智识分子”便是。正如马克思曾被译为“麦喀士”、尼采曾被译为“尼至埃”。

早期中国文人即早期中国知识分子。

早期中国文人对自身作为的最高愿望是“服官政”。而“服官政”的顶尖级别是“相”，位如一国之总理。倘官运不通，于是沦为“布衣”。倘虽已沦为“布衣”，而仍偏要追求作为，那么只有充当“士”这一社会角色了。反之，曰“隐士”。“士”与“隐士”，在中国，一向是相互大不以为然的两类文人。至近代，亦然。至当代，亦亦然。“士”们批评“隐士”们的全无时代使命感，以“隐”作消极逃遁的体面的盾。或“假隐”，其实巴望着张显的时机到来。“隐士”们嘲讽“士”们的担当责任是唐·吉诃德式的自我表演。用时下流行的说法是“作秀”。或那句适用于任何人的话——“你以为你是谁?”无论“士”或“隐士”中，都曾涌现过最优秀的中国文人，也都有伪隐者和冒牌的“士”。

在当今，中国的文人型知识分子，依然喜欢两件事——或在客厅里悬挂一幅古代的“士”们的词联；或给自己的书房起一个“隐”的意味十足的名。但是当今之中国，其实已没有像那么回子事的“隐士”，正如已缺少真正意义上的“士”。

然而，我认为，新文化运动是中国近代的“士”们的时代，不是“隐士”们获尊的时代。

中国的知识分子们，准切地说，中国的文人知识分子们，确乎的被封建王权、被封建王权所支持的封建文化压抑得太久也太苦闷了。他们深感靠一己的思想的“锐”和“力”，实难一举划开几千年封建文化形成的质地绵紧的厚度。正如小鸡封在恐龙的坚硬蛋壳里，只从内部啄，是难以出生的。何况，那是一次中国的门户开放时代，普遍的中国知识分子，尤其中青年知识分子，急切希望思想的借鉴和精神的依傍。马克思的社会主义学说有煽动造反的嫌疑，何况当时以暴力推翻旧世界为己任的中国共产党还没成立。于是尼采著述中否定一切的文化批判主张，成为当时中国社会思想者们借来的一把利刃。由于他们是文化人，他们首先要推翻的，必然只能是文化压迫的“大山”。马克思与尼采的不同在于，马克思主义认为，更新了一种政权的性质，人类的新文化才有前提。马克思主义否定其以前的一切政权模式，但对文化却持尊重历史遗产的态度；尼采则认为，创造了一种新文化，则解决了人类的一切问题。

尼采的哲学，其成分一言以蔽之，不过是“文化至上”的哲学，或曰“惟文化论”的哲学。再进一步说，是“惟哲学论”的哲学，也是“惟尼采的哲学论”的哲学。

“借着这一本书(指他的《查拉图斯特拉如是说》),我给予我的同类人一种为他们所获得的最大赠予。”

“这本书不但是世界上最傲慢的书,是真正属于高山空气的书——一切现象,人类都是躺在他足下一个难以估计的遥远地方——而且也是最深刻的书,是从真理的最深处诞生出来的;像一个取之不尽的源泉,任何盛器放下去无不满载而归的。”

语句的不连贯难道不像一名妄想症患者的嘟哝么?“(我)用十句话说出别人用一本书说出的东西,说出别人用一本书没说出的东西。”“这种东西(指他的书)只是给那些经过严格挑选的人的。能在这里作一个听者乃是无上的特权……”“我觉得,接受我著作中的一本书,那是一个人所能给予他自己的最高荣誉。”“能够了解那本书(指《查拉图斯特拉如是说》)中的六句话——也就是说,在生命中体验了它们,会把一个人提升到一个比‘现代’人在人类中所到达的更高的境界。”

以上是尼采对他的哲学的自我评价。在他一生的文字中,类似的,或比以上话语还令人瞠目结舌的强烈自恋式的自我评价比比皆是。而对于他自己,尼采是这么宣言的:“我允诺去完成的最后一件事是‘改良’人类。”“这个事实将我事业的伟大性和我同时代人的渺小性之间的悬殊,明白地表现出来了。”当我得以完整地阅读尼采,我不禁为那些我非常敬仰的，中国现代史中极为优秀的知识分子感到难堪。因为，我无论如何不能得出这样的结论——他们之所以优秀和值得后人敬仰，乃由于读懂了尼采的一本散文诗体的小册子中的六句话。我只能这么理解——中国历史上那一场新文化运动，需要一位外国的“战友”；正如中国后来的革命，需要一位外国的导师。于是自恋到极点的尼采，名字一次次出现在中国新文化运动的文论中。这其实是尼采的殊荣。尼采死前决想不到这一点。如果他生前便获知了这一点，那么他也许不会是四十五岁才住进耶拿大学的精神病院，而一定会因为与中国“战友”们的精神的“交近”更早地住进去……

在中国，我以为，一位当代知识分子，无论其学问渊博到什么程度，无论其思想高深到什么境界，无论其精神的世界自以为纯洁超俗到多高的高处，一旦自恋起来，紧接着便会矮小。

三、关于鲁迅与尼采

排除别人不提，鲁迅确乎是将尼采视为果敢无畏地向旧文化冲锋陷阵的战士（或用鲁迅习惯的说法，称为“斗士”、“猛士”）才推崇他的。

对比鲁迅的文字和尼采的文字中相似的某些话语，给人以很有意思的印象。

尼采：“我根本上就是一个战士，攻击是我的本能。”“我的事业不是压服一般的对抗者，而是压服那些必须集中力量、才智和豪气以对抗的人——也就是可以成为敌手的那些对抗者……成为敌人的对手，这是一个光荣决斗的第一条件。”“我只攻击那些胜利的东西——如果必要的话，我会等它们变成这样时才攻击它们。”“我只攻击那些我在攻击时找不到盟友的东西。”“我不是一个普通的人，我是炸药。”总而言之，尼采认为自己的“攻击”，是这个世界上唯一一种“超人”式的“攻击”。因而是他的“敌人”的自豪。

鲁迅：“要有这样的一种战士——已不是蒙昧如非洲土人而背着雪亮的毛瑟枪的；也并不疲惫如中国绿营兵而佩着盒子炮。他毫无乞灵于牛皮和废铁的甲胄；他只有自己，但拿着蛮人所用的，脱手一掷的投枪。”这样的战士将谁们视为“敌人”呢？“那些头上有各种旗帜，绣出各样好名称：慈善家，学者，文士，长者，青年，雅人，君子……头下有各样外套，绣出各式好花样：学问，道德，国粹，民意，逻辑，公义，东方文明……”“但他举起了投枪。”即使“敌人”们发誓其实自己有益无害或并无大害也不行。“他微笑，偏侧一掷，却正中了他们的心窝。”纵使“敌人”们友好点头也不行。因为那战士“知道这点头就是敌人的武器，是杀人不见血的武器，许多战士都在此灭亡，正如炮弹一般，使猛士无所用其力”。于是战士一次次举起投枪。战士是一定要挑战那虚假的“太平”的。“但他举起了投枪！”那样的战士，他是“真的猛士，敢于直面惨淡的人生，敢于正视淋漓的鲜血”。

鲁迅一生都在呼唤“这样的一种战士”,然而于他似乎终不可得。事实上“这样的一种战士”是要求太过苛刻的战士,因为几乎等于要求他视其以前的所有文化如粪土。因而鲁迅只有孤独而悲怆地,自己始终充当着这样的战士。他“于浩歌狂热之际中寒;于天上看见深渊。于一切眼中看见无所有;于无所希望中得救”。他想到自己的死并确信:“待我成尘时,你将见我的微笑!”这都由于鲁迅对他所处的时代深恶痛绝。而那一个时代,也确乎地腐朽到了如是田地。然而尼采真的是鲁迅所期望诞生的那一种战士么?今天倘我们细细研读尼采,便会发现,写过一篇杂文提醒世人不要“看错了人”的鲁迅,自己也难免有看错了人的时候。鲁迅认为他以前的中国文化只不过是“瞒和骗”的文化,认为他所处的那个时代的文化,只不过是“瞒和骗”的继续,认为中国五千年文化的真相,只不过是“吃人”二字。鲁迅要从精神上唤醒的是自己的同胞。尼采要从人性上“改良”的是全人类。尼采认为在他以前,地球上的人类除少数智者,其余一概虚伪而又卑鄙,根本无可救药地活着。

因而慈悲者、说教者、道德家、知名的智者、学者、诗人,乃至贱氓(即穷愁而麻木的芸芸众生),一概都是不获他的“改良”,便该从地球上彻底消灭干净的东西。纵然少数他认为还算配活在地球上的人,也应接受一番他的思想(或曰哲学)的洗礼。

他唯一抱好感的是士兵,真正参与战争的士兵。他鼓励一切士兵都要成为他理想之中的战士:“你们当得这样,你们的眼睛永远追求一个仇敌——你们的仇敌。你们中有许多人且要一见面就起憎恨。”“你们要寻找你们的仇敌,你们要挑动你们的战争。”“你们当爱和平,以和平为对于新的战争的手段——并爱短期的和平甚于爱长期的和平。”这句话的另一种说法是——为了发动更大的战争你们需有短暂的和平时期储备你们再战的锐气。“战争和勇敢比博爱做着更伟大的事情。”“你们问:‘什么是善?’能勇敢便是善。”“你们必骄傲你们能有仇敌。”“所以这样过着你们的服从和战斗的生活吧!长生算什么呢?战士谁愿受人怜惜?”所以,希特勒向墨索里尼祝寿时,以尼采文集之精装本作为礼物相赠也就毫不奇怪。

所以,第二次世界大战中,德军向士兵分发尼采那《查拉图斯特拉如是说》的小册子,命他们的士兵满怀着“比博爱做着更伟大的事情”的冷酷意志去征服别的国家和人民,也就毫不奇怪。

所以,当德国士兵那么灭绝人性地屠杀别国人尤其是犹太人时,可以像进行日常工作一样不受良知的谴责。因为“查拉图斯特拉”说:“仇恨就是你们的工作。你们永远不要停止工作。”当然,法西斯主义的罪恶不能归于尼采。但,一种自称旨在“改良”人类的思想,或一种所谓哲学,竟被世界上最反动最恐怖的行为所利用,其本身的价值显然便是大打折扣了。鲁迅却又终究是与尼采不同的。鲁迅并不自视为中国人的,更不自视为全人类的思想的上帝。

鲁迅固然无怨无悔地做着与中国旧文化孤身奋战的战士,但他也不过就视自己是那样的一个战士而已。并且,在很多时候,很多情况之下,他十分清醒地知道,自己却连那样的战士也不是的,只不过是这俗世间的一分子。鲁迅自己曾在一篇文字中这样形容自己:"(我)有一种自害的脾气,是有时不免呐喊几声,想给人们去添点热闹。譬如一匹疲牛罢,明知不堪大用的了,但废物何妨利用呢,所以张家要我耕一弓地,可以的;李家要我挨一转磨,也可以的;赵家要我在他店前站一刻,在我背上贴出广告道:敝店备有肥牛,出售上等消毒滋养牛乳。我虽深知自己是怎样瘦,又是公的,并没有乳,然而想到他们为张罗生意起见,情有可原,只要出售的不是毒药,也就不说什么了。但倘若用得我太苦,是不行的,我还要自己觅草吃,要喘气的工夫;要专指我为某家的牛,将我关在他的牛牢内,也是不行的,我有时也许还要给别家挨几转磨。如果连肉都要出卖,那自然更不行。理由自明,无须细说……"

鲁迅这一种自知之明,与尼采的病态的狂妄自大,截然相反。鲁迅有很自谦的一面。尼采则完全没有。非但没有,尼采甚而认为自谦是被异化了的道德,奴性的德道。他认为那一种狂妄自大才是人性真和美的体现。鲁迅是时常自省的。

尼采则认为自省之于人也是虚伪丑陋的。仿佛,因为他拒绝自省,所以他才成为世界上独一无二的精神完人。并且一再地声明自己的身体也是健康强壮的。所以他,只有他,才有资格这样写书:《我为什么这样智慧》《我为什么这样聪明》《我为什么会写出如此优秀的书》,我的书是——“一部给一切人看而无人能看懂的书”……

鲁迅是悲悯大众的。尼采不但蔑视大众,并简直可以说仇视大众。他叫他们为“贱氓”。他说:“生命是一派快乐之源泉;但贱氓所饮的地方,一切泉水都中毒了。”他说:“许多人避人避地即是要逃避了贱氓;他憎恨和他们分享泉水、火焰和果实。”

他说:“许多人走到了沙漠与猛兽一同感到了焦渴,只是不愿同污脏的赶骆驼人坐在水槽的旁边。”他甚至无法容忍“贱氓”也有精神。“当我看出了贱氓也有精神,我即常常倦怠于精神。”“我的兄弟们,我觅到了它了!这里在最高迈的高处,快乐之源泉为我而迸涌!这里生命之杯没有一个贱氓和我共饮!”“真的,我们这里没有预备不净者的住处!我们的快乐当是他们的肉体与精神的一个冰窖!”即使今天,读着这样的文字,如果谁是“贱氓”中的一员,或仅仅是体恤他们的人,都不禁会内心战栗的吧?我感到这仿佛是以日耳曼民族的血统为世界上最高贵的血统的纳粹军官在大喊大叫。

尼采若是中国人,尼采若活在鲁迅的时代;或反过来说,鲁迅若能像我们今人一样得以全面地“拜读”尼采，那么，我想——尼采将是鲁迅的一个死敌吧？怎么可能不是?！鲁迅对尼采的推崇——一个由于不全面的了解而“看错了人”的历史误会，一位深刻的中国思想者对一个思想花里胡哨虚张声势的“德国病人”的过分的抬举。

鲁迅是一次中国严重的时代危机的报警者。而尼采则不过是一种德国的精神危机暴发之后形成的新型病毒。

四、关于尼采的“超人”哲学

在尼采杂乱无章的、以热病般的亢奋状况所进行的思想或曰他的哲学妄语中，“超人”乃是他彻底否定一切前提之下创造出来的一种“东西”。用尼采自己的话说——他们是“高迈的人”，“最高的高人”。尼采自己则似乎是他们的“精神之父”。

“超人”究竟是怎样的人？

迄今为止，一切研究尼采的人，都不能得出结论。

因为尼采一切关于他的“超人”的文字，都未提供得出任何较为明晰的结论的根据。

他不无愤怒地反对人们将他的“超人”与迄今为止世界上存在过的这一种人或那一种人相提并论。哪怕那是些堪称伟大的人，尼采也还是感到倘与他的“超人”混为一论，是对他可爱而高贵的“超人”孩子们的侮辱。

故我们只能认为那是迄今为止在地球上不曾出现过的人,是仅仅受精在尼采思想子宫里的人。既然业已受精成胎了,那么尼采自己是否能说明白他们的形态呢?尼采自己也从没说明白过。他只强调“超人”非是这种人,非是那种人;他似乎极清楚他的“超人”们究竟是什么样的一种人类,但就是不告诉世人。因为世人不是卑鄙虚伪的人,便是该被咒死光光的贱氓。“超人就是大地的意义。”尼采如是说。“他就是大海。”尼采如是说。“诚然,人是条污秽的川流。一个人必须成为一个大海,可以容纳污秽的川流而不失其洁净。”这话也说得极好。“人是要超越自身的某种东西……一切生存者都能从他们自身的种类中创造出较优越的来。”这个道理也是极对的道理,但并非尼采发现的道理,几千年以前的稍有思想的人便懂得这个道理了。“上帝死了!——现在,是该由高人来支配世界的时候了!”然而这一句话却是令人惊悸的了。原来否定了一个上帝只为制造另一个上帝。这“上帝”如是呐喊:“你们更渺小了,你们渺小了的人民哟!你们破碎吧,你们舒服的人们!时候到了,你们将毁灭了!”“毁灭于你们的渺小的道德,毁灭于你们的渺小的怠慢(对尼采的哲学及尼采的‘超人’孩子们的怠慢),毁灭于你们的渺小的‘乐天安命’!”

这个上帝比“死了”的上帝更加严厉,“他”连渺小的人民乐天安命的渺小的权利都将予以毁灭予以剥夺。“不久他们当变成干草和枯枝!”“那一时刻就要到了,它已逼近了,那伟大的日午。”读来不禁使人毛骨悚然。尼采赋予他的“超人”们两种“性格”——优种的傲慢和征服者的勇猛。这两种性格也是尼采极其自我欣赏的“性格”。后来它们成为从将军到士兵的一切纳粹军人的集体精神，体现于纳粹军队的军旗、军服、军礼、军规、军犬乃至作战方式……

尼采生前，所谓尼采哲学在德国并不曾被认真对待；尼采死后的三十年间，他的思想渐在德国弥漫；又十年后，希特勒发动二次大战，人们从纳粹军国主义分子们不可一世的“精神气质”中，能很容易地发现尼采“超人”哲学的附魂。

细分析之，“超人”哲学是反众生反人类的哲学，是比任何一种反动宗教还反动的哲学。因为宗教只不过从德行上驯化世人，而“超人”哲学咒一切非是“超人”的众生该下地狱。它直接所咒的是众生普遍又普通的生存权。

太将尼采当成一回事的中国人（而且在这个世界上几乎只有中国人才这样），定会以尼采所谓“超人”哲学中那些用特别亢奋的散文诗句所表述的“精神”上“纯洁”自身的炽愿，当成某种正面的思想境界来肯定和颂扬。但是此种代之辩解的立场是极不牢靠的。

因为一个问题是——如果某人不能成为那种精神上“高迈”的“最高的高人”将如何？那么他还配是一个人么？答案是否定的——不配！那么他便是虚伪卑鄙之徒，是贱氓。或有知识的行为文明的贱氓。甚而，简直是禽兽不如的虫豸！

倘他们竟敢与“最高的高人”们共享某一食物，那么那食物“会烧焦了他们的嘴”，仿佛“他们吞食了火了”。

但“最高的高人”们的“精神”所达到的“纯洁”的高度又是怎样的一种高度呢？

“在最高迈的高峰上的夏天，在清冷的流泉和可祝福的宁静之中的夏天……这是我们的高处，是我们的家……在将来的树枝之上，我们建筑我们的巢，鹰们的利喙当为我们孤独的人们带来食物！”“如同罡风一样，我们生活在他们上面！”“并以我的精神夺去了他们精神的呼吸！”总之是坚决地不食人间烟火，亦不近人间烟火。而且，坚决地仇视人间烟火。“最高的高人”们的居处已是如此的“高迈”，食物又是那样的稀异，他们的“精神”上的“纯洁”程度高到何种境界，也就难以想象了。自从有人类以来，有几个人能修成为那样的人？替尼采辩解的人们难道是么？若并不是，便先已是虫豸了！尼采自己难道就是么？其实也断断不是。因为他活着的时候，几乎没有停止过的一种怨恨就是——世人首先是他的国人对他的哲学的不重视。足见他又是多么地在乎凡人和贱氓们对他的感觉了。尼采在这个世界上一生只找到了一个知音，便是丹麦人莱德斯博士——因为后者在自己国家的大学里开讲“尼采哲学”……

“超人”哲学——一种源于主宰人类精神的野心，通常每在知识者中形成瘟疫的思想疾病，却对症大力倡导“普通人”

的哲学。

五、关于尼采与红卫兵

将尼采与中国“文革”中的红卫兵联系起来，表面看似乎太牵强附会。然而这一种联系起来的思考，对中国是有意义也是有必要的。

事实上，抗日战争爆发以后，亦即一九三七年到一九四五年间，中国文化界便无人再鼓吹尼采。

国家将亡，民族将沦为奴族，谁还来谈怎样成为“最高的高人”呢？当“华人与狗不准入内”的牌子竖在自己国家的城市里，华人集体的人格尊严和个性解放，又能张显到哪里去呢？

事实上，一九四九年以后，在中国几乎听不到尼采的名字了。“文革”中，无论是中学的，高中的，还是大学的红卫兵，大约百分之九十九以上不知尼采其人。但是，红卫兵的理念、意志、表述思想的语言以及口号，与尼采是多么的相似啊！首先在彻底否定一切这一点上，两者是空前一致的。尼采认为——他以前的世界已经彻底的朽烂了，而且“散发着难闻的恶臭”——这又很容易使人联想到列宁评说资产阶级“僵尸”的话，但列宁显然是不屑于“利用”尼采的吧？红卫兵认为——在自己们以前的中国，刚刚变成了“红色”的，却又由“红色”完全变成了“黑色”的。尼采要从文化上对他以前的世界进行彻底的清算，红卫兵也要对中国那样。尼采蔑视他以前的一概道德标准——文化遗产和价值判断的原则，红卫兵亦如此。尼采要由自己“改良”人类，红卫兵也同样“允诺”进行如此“伟大的事业”，虽然不曾有人拜托。尼采认为自己是精神上的“最洁”者，红卫兵认为自己们是政治上的“最纯”者。尼采在精神上“惟我独尊”，红卫兵在阶级立场上也“惟我独革”。尼采极为骄傲于他血液里的一种元素——勇猛！“勇猛就是击杀！每一次击杀伴随着一次凯旋！”红卫兵也是勇猛的。每一次勇猛的行动都伴随着破坏和鲜血。“我总是想要将一只脚踏进他们(指贱氓)的嘴里！”尼采这么说，红卫兵几乎这么做，倘谁真的能将脚踏入别人们的嘴里的话。

“我的热烈的意志，重新迫使我走向人类：如铁锤之于石块。”“同胞们，石块中卧着一个影像，我意象中的影像！呀！它卧在最坚固，最丑陋的石块中！”“于是我的铁锤猛烈地敲碎它的囚牢，石块中飞起碎片。”“我要完成它，因为一个影像向我移来了！”“美丽的超人的影像向我移来，呀！同胞们……”尼采如是说。“红卫兵战友们，让我们高举起红色的铁锤，将旧世界砸它个落花流水！让我们砸出的火星汇成一片片新世界的曙光！让我们彻底砸烂旧世界，砸出一个红彤彤的新世界！……”红卫兵在“文革”中每振臂作如此大呼。尼采强烈反对说教，但是他一再说教世人要不断地“超越自我”。他所授的方法是“自我刷洗”。红卫兵“超越自我”之方法是“灵魂深处爆发革命"、"狠斗私字一闪念"……两者之间惊人的相似那么多,那么多。而最相似的一点是:尼采说:"现在,这个世界当由我们来支配的时候到了!"红卫兵们说:"我们来掌握中国命运的时候开始了!"尼采的话印在尼采的书中。红卫兵们的话,记载在当年的红卫兵小报中。尼采有精神"红卫兵"情结。红卫兵有"后尼采意志"。这一种相似证明了一种真相,即——在某些人类的本性中,潜伏着强烈的欲念,总是企图居于主宰、统治或用尼采的较温和的话来说是"支配"的欲念,它有时体现为反抗压迫的行动;有时驱使着的仅仅是取而代之的野心。

尼采以他著书立说的方式,淋漓尽致地调动和彰显了他本性中的这一欲念。"文革"以它号召"造反有理"的方式,轰轰烈烈地调动和彰显了红卫兵们本性中的这一欲念。

用尼采一篇文章的标题来说,即《人性的,太人性的》——真相。尼采哲学的一种真相。

六、关于尼采和中国知识精英

凡尼采思想的熔岩在中国流淌到的地方,无不形成一股股混杂着精神硫黄气味的尼采热。

"生长"于中国本土的几乎一切古典思想,以及后来支撑中国人国家信仰的社会主义思想,对于二十世纪八十年代初的中国大小知识分子们而言,已不再能真实地成为他们头脑所需的食粮。

中国人提出了一个渴望提高物质生存水平的口号——“将面包摆在中国人的餐桌上!”

面包者,洋主食也。在中国人看来,当时乃高级主食。

中国知识分子们,在头脑所需之方面,表露出同样的渴望,提出同样的口号。故一边按照从前所配给的精神食谱进行心有不甘的咀嚼,并佯装品咂出了全新滋味的样子;一边将目光向西方大小知识分子丰富的思想菜单上羡慕地瞥将过去。

如鲁迅当年因不闻文坛之“战叫”而倍感岑寂,中国那时的大小知识分子,无不因头脑的营养不良而“低血糖”。

正是在此种背景下,尼采“面包”来了,弗洛伊德“面包”来了。在大小中国知识分子眼里,它们是“精白粉面包”,似乎,还是夹了“奶油”的。

与水往低处流相反,“弗尼熔岩”是往中国知识结构高处流去的。

撇开弗氏不论,单说尼采——倘一名当时的大学生,居然不知尼采,那么他或她便枉为大学生了;倘一名硕士生或博士生在别人热烈地谈论尼采时自己不能发表一两点见解以证明自己是读过一些尼采的,那么简直等于承认自己落伍了;如果一位大学里的讲师、副教授、教授乃至导师,关于尼采和学生之间毫无交流,哪怕是非共同语言的交流,那么仿佛他的知识结构在学生和弟子心目中肯定大成问题了。

这乃是一种中国特色的，知识分子们的知识“追星”现象，或曰“赶时髦”现象。虽不见得是怎么普遍的现象，却委实是相当特别的现象。此现象在文科类大学里，在文化型大小知识分子之间，遂成景观。在哲学、文学、文化艺术、社会学乃至人的价值取向和道德观诸方面，尼采的思想水银珠子，闪烁着迷人的光而无孔不入。

但是尼采的思想或曰尼采的哲学，真的那么包罗万象吗？

台湾有位诗人叫羊令野。他写过一首很凄美的咏落叶的诗。首段是：

我是裸着脉络来的，
唱着最后一首秋歌的，
捧出一掌血的落叶啊，
我将归向我最初萌芽的土

普遍的中国大小知识分子，其思想状貌，如诗所咏之落叶。好比剥去了皮肤，裸露着全部的神经：或裸露着全部的神经出国去感受世界，或裸露着全部的神经在本土拥抱外来的“圣哲”。每一次感受，每一次拥抱，都引起剧烈的抽搐般的亢奋——“痛并快乐着”。

当时，对于中国大小知识分子影响之久，之广，之深，我以为无有在尼采之上者。而细分析起来,其影响又分为四个阶段。或反过来说,不少中国知识分子,藉尼采这张“西方皮”,进行了四次精神的或曰灵魂的蜕变。

第一阶段:能动性膨胀时期。主要从尼采那里,“拿来”一厢情愿的“改良”者的野心。区别只不过是,尼采要“改良”的是全世界的人类;而中国的知识分子们,尤其文人型知识分子们,恰恰由于文化方面的自卑心理,已惭愧于面对世界发言,而只企图“改良”同胞了。这其实不能不说乃是一种积极向上的愿望和姿态,但又注定了是力有不逮之事。因为连鲁迅想完成都未能完成的,连“新文化运动”和“五四”都未能达到之目的,当代知识分子们,也是难以接近那大志的。一国之民众是怎样的,首先取决于一国之国家性质是怎样的。所谓“道”不变,人亦不变。所以,在这一时期,“尼采”之“改良”的冲动体现于中国知识分子们身上,是比尼采那一堆堆散文诗体的呓语式的激情,更富浪漫色彩的。

尼采的浪漫式激情是“个人主义”的,而当时中国知识分子的浪漫式激情却有着“集体主义”的性质。

第二阶段:能动性退缩时期。由于“改良”民众力有不逮,“改良”国家又如纸上空谈,甚至进而变为清谈,最后仅仅变为一种连自己们也相互厌烦的习气。于是明智地退缩回对自己们具有“根据地”性质的领域,亦即“生长”于、来自于的领域。这当然只能退缩到文学、文化或所谓“学界”的领域。他们(某些知识分子）于是又恢复了如鱼得水的自信。

那时他们的口头禅是“话语权”。它并不是一种法律所要赋予人并保证于人的“话语”的正当权利。对于社会大众是否享有这样的权利他们其实是漠不关心的。他们所要争夺到的是以他们的话语为神圣话语的特权“制高点”。这使他们对于自己的同类有时缺少连当局亦有的宽容，经常显得粗暴，心理阴暗而又刁又痞。并且每每对同类使用“诛心战术”的伎俩，欲置死地而后快。

尼采想象自己是一位新神，要用“锤”砸出一个由自己的意志“支配”的新世界。

红卫兵认为自己们是仅次于“最高统帅”的新权威，声称要“千钧霹雳开新宇”。

尼采想象自己是一股“罡风”，要将他以前的人类思想吹个一干二净。

红卫兵形容自己们是“东风”，要“万里东风扫残云”。

是的，他们既像尼采般自大，也像红卫兵般狂傲。甚而，有点儿像盖世太保。他们取代的野心退缩了一下，立刻又在如鱼得水的良好感觉之下膨胀起来。

他们的一个特征是，几乎从不进行原创文本的实践。因为以此方式争夺到他们的“话语权”未免太辛苦，而且缓慢。他们也根本不愿潜心于任何理论的钻研，因为他们所要的并非是什么理论的成果。他们看去似乎是批评家，但是他们的所谓批评一向充满攻击性的恶意。他们有时也为了需要“大树特树”他们眼里的“样板”。但是被他们所“树”者或已经死了,或已经沉寂。这时他们的姿态就如“最高的高人”指认出某些仅次于他们但高于众人的“高人”。对死者他们显出活着的沾沾自喜的优胜;对沉寂者他们显出“拯救”的意味。

他们的无论什么体裁的文本中,字里行间跳跃着尼采文本的自恋自赏式的主观妄想,有些文字,简直令人觉得就是从尼采文体中“偷”来的。“偷”来的自高自大,“偷”来的浮躁激情,“偷”来的浅薄“深刻”,以及“偷”来的极为表演的“孤独”……

那是饱食了“尼采面包”而从他们精神的“胃”里嗝出的消化不良的思想嗳气。

其时他们的另一口头禅便是“精英”。这一词在报刊上的出现率,与后来的“浮躁”等量齐观。它在他们的文章和语感中,浸足了“我们精英”的意识汤汁。其方式每以圈点“精英”而自成“精英”。既然已是圈点“精英”之“精英”,其“话语特权”当然天经地义至高无上。于是文化思想界的“精英”,似乎与商企界的“经理”一样多起来了。如是“精英”们中的某些,一方面表演着思想的“独立”,一方面目瞟着官场。在他们那儿,其实“最高的高人”,便是最高的高官。一受青睐,其“独立”的思想,随即官化。他们有一种相当杰出的能力,哪怕仅仅揣摸透了官思想的只言片语,便如领悟了“真传”,于是附应，且仍能特别“精英”的模样……

然而后来有一种比他们所自我想象的那一种作用更巨大的作用，便是商业时代本身的能动性。后者以同样粗暴甚至以同样刁和痞的方式，在他们还没来得及取代什么的时候，取代没商量地取代了他们，连同他们所梦想的话语特权……

于是他们再也无处可以退缩，在最后的“根据地”萎缩了。

第三阶段——能动性萎缩时期。这一时期中国的“尼采弟子”们分化为两个极端相反的方面。他们中一部分人竟令人刮目相看地赶快去恭迎商业时代这一位“查拉图斯特拉”，并双膝齐跪捧吻“他”的袍裾，判若两人地做出他们曾一度所不齿的最最商业的勾当，从而证明了他们与尼采精神的本质的区别。因为尼采虽是狂妄自大的，但在精神上确乎是远离“商业游戏”的。

他们中的另一部分，却真的开始“回归”自我，在自己们的一隅精神世界里打坐修行。这一点足以证明他们原本就是具有某种精神追求标准的人。也足以证明他们先前的尼采式的社会角色，是发自内心的力图积极作为的一种知识分子的良好愿望，而非哗众取宠装腔作势的虚假姿态。他们和前一类人从来就没一样过。尽管都曾聚在尼采思想的麾下。对于前一类人，尼采是一张“洋老虎”皮，披上了可使他们的狂妄自大和野心“看上去很美”；而对于他们，尼采是当时从西方飘来的唯一一团新思想的积雨云，他们希望能与之摩擦，产生中国上空的雷电，下一场对中国有益的思想的大雨。只不过尼采这一团云，并不真的具有他们所以为的那么强大的电荷……

他们无奈的精神的自我架篱自我幽禁，分明的乃是中国当代某一类思想型知识分子心理的失落、失望和悲观。

尼采那种仿佛具有无边无际的自我扩张力的思想，在中国进行了一番贵宾式的巡礼之后，吸收了中国思想天空的潮度，湿嗒嗒地坠于中国当代某一类思想型知识分子的精神山头，在那儿凝成了与尼采思想恰恰相反的东西——一种中国特色的可称之为“后道家思想”的东西，一种“出世”选择与不甘心态相混杂的东西……

以上三个阶段，即从自我能动性的膨胀到退缩到自我幽禁的过程，也是许多根本不曾亲和过尼采的中国当代大小知识分子的精神录像。

尼采思想乃是在特定的历史时期，知识分子头脑中随时会自行“生长”出来的一种思想。有时它是相对于社会的一剂猛药；有时它是相对于知识分子自身的一种遗传病。

七、关于尼采其人

在一八四四年，在德国，尼采相当幸运地诞生于一个较为富裕的家庭。这个家庭远离欧洲大陆的一切灾难、愁苦和贫困。这个家庭使他从幼年至青年一直过着无忧无虑的幸福生活。

用尼采的话说:“那就是我根本无须特别打算,只要有耐心,就可以自然而然地进入一个拥有更高尚和更优美事物的世界。在这个世界里,我可以自由自在地活着……”

尼采五岁丧父。

尼采感激并崇拜他的父亲——其父曾是四位公主的教师:汉诺威皇后、康斯坦丁女大公爵、奥登堡女大公爵、泰莱莎公主。她们都是德国最显贵的女人,当然,他的父亲是一个极其忠于王朝的人。

尼采的“哲学”几乎嘲讽了从“贱氓”到学者到诗人的世上的一切人们,包括上帝,而惟独对于世上的皇族和王权现象讳莫如深。

尼采的祖先是波兰贵族。但他对此出身并不完全满意。

尼采如是说:“当我想到在旅行中,甚至波兰人自己也会时常把我当作波兰人时,当我想到很少有人把我看作德国人时,我就感到好像我是属于那些只有一点点德国人味道的人。”

但他强调:一方面,“我毫不费力地做一个‘优良的欧洲人’;在另一方面,也许我比现代德国人——即帝国时代的德国人,更为像德国人。”

但他强调:“不过,我的母亲在任何一方面,都是一个典型的德国人。我的祖母也是一样……她曾与歌德周围的人有过亲密的接触……祖母的母亲,也就是我的曾祖母,以‘莫丝琴’

之名经常出现在青年歌德的日记里。”

毫无疑问，尼采纵然不是一个血统论者，也是极其看重出身、门第和血统的人。

故尼采认为：“我可以第一眼就看出那些隐秘在许多人性深处看不见的污秽，这种看不见的污秽可能是卑劣血统的结果。”

故尼采的“哲学”，充满了对有着“卑劣血统”的人，即“贱氓”们的鄙视。“贱氓”在尼采的“哲学”里，正是按“成分论”划分的人群，而非从其他意义上划分的人群。

尼采的成长备受呵护与关爱——他身旁一直围绕着惟恐他受了委屈的女人：母亲、祖母、两个姑姑和妹妹，在那样一个家庭里，对于一个丧父的男孩，那些女人们的呵护和关爱是多么无微不至多么甜腻可想而知。

这是尼采成年后反感女性的第一个心理原因。

一种餍足后的反感。

尼采有过两次恋情，失败后终生未婚。

第二位女性“外表看起来可爱又有教养”。

没有结成婚姻的原因，从尼采这方面讲是“她企图将一位思想天才玩弄于股掌之上”。

后来婚姻对尼采遂成为不太可能之事——因为他已开始多少被人认为“精神有问题”。而这基本上是一个事实。

尼采的反宗教，确切地说反“上帝”心理，乃因他曾在大学修习过神学。不少与他同时代的青年知识分子,恰恰是在真正系统化地接受过神学教诲而后来成为宗教文化的批判者的,比如曾是神学院学生的俄国的别林斯基。过分赞扬尼采否定“上帝”的勇气是夸大其词的。因为“上帝”于此之前差不多已经在世人心中“死了”,因为人类的历史已演进到了“上帝”该寿终正寝的时候了。

尼采是有教养的。他几乎能与周围任何人彬彬有礼地相处。当然,他周围的任何一个人都不会是一个“贱氓”。尼采是有才华的,他在古典语言学和文学见解方面的水平堪称一流。尼采的爱好是绝对优雅的——音乐和诗,而且品位极高,而且几乎成为他的头脑进行思想之余的精神依赖的爱好。

尼采是一个天生的思想者,是一个迷恋思想活动的人,甚至,可以说是一个思想狂。没有人能够说得清楚,究竟是“思想强迫症”使尼采后来精神分裂,还是潜伏期的精神病使尼采无法摆脱“思想强迫症”。

他的思想中最有价值的方面在我看来有两点:一、一切道德应该尊重并建立在承认人首先是自私的这一前提之下,而不是建立在想象人应该是多么无私的基础之上。二、这个世界发展的真相与其说是由争取平等驱动着的,毋宁说更是因为竞争——确乎,尼采以前的人类历史证明了这一点。但即使关于以上两点,也绝非尼采思想的“专利”。在他之前,东西方的哲学家们几乎无不论及此两点。比如罗素关于道德曾一语中的："道德不应使对人快乐之事成为不快乐。"——言简意赅，说出了尼采絮絮叨叨说不清的人性真相。尼采的生活方式，是纯洁的——远避声色犬马。类似康德的那一种禁欲的生活方式，只不过比康德在乎对美食的享受。"我甚至在音乐和诗歌方面也早已显示出伟大的天才。""我对自己有一种严厉清洁的态度是我生存的第一个条件。""恐怕他们（指他的国人）很少会评断过关于我的事情……""然后事实上很多年以来，我差不多把每一封我所接到的信，都看作一种嘲弄。""在一种善意待我的态度中，比任何怨恨的态度中有更多的嘲弄意味……""周围一片伪装……"以上文字，比比皆是地出现在尼采的自传《瞧，这个人》中。"尼采迷"们却便认为正是他狂得可爱和敏感得恨不能将其搂抱于怀大加抚慰的"鲜明的个性"之自我写照，然而世界上任何一位有责任心的精神病医生，都不会不从精神病学经验方面加以重视。

自恋、妄想、猜疑、神经质般的敏感——在今天，这些其实已成为早期诊断精神病的一种经验。因而有才华的尼采首先是不幸的，其次是值得悲悯的，再次才是怎样看待他的"哲学"的问题……尼采又是孤独的。执迷地爱好思想的人，内心里是超常地孤独着的。头脑被妄想型精神病所侵害着的人，内心也都是超常地孤独着的。尼采的心不幸承受此两种孤独。诗人的气质，思想的睿智，思辨的才华，令人扼腕叹息地被精神病的侵害降低了它们结合起来所应达到的高质量。

在他那优美散文诗体的思想絮片之下，在他那些亢奋的、激情灼人的、浪漫四溢的“哲学”礼花的绚丽后面，我们分明看到的是人类一颗最傲慢的心怎样被孤独所蚀损。

在这一点上尼采使我们联想到梵高。尼采在无忧无虑的体面生活中，被“思想强迫症”逼向精神分裂；梵高在朝不保夕的落魄的生活中，被“艺术强迫症”逼向同样的命运。他们反而在那过程中证明了各自毕竟具有的才华，此乃人类的一种奇迹。

尼采的孤独又体现着一部分人类之人性的典型性——即在人类那部分既“文化”了又执迷于思想的知识分子们的内心里，上苍先天地播下了孤独的种子。他们的理念路线，常诱导他们去思想这样一个亘古命题——人生的要义究竟在哪里？

鲁迅，那朵积雨云

在阴霾的天穹上,凝聚着一团大而湿重的积雨云——我常想,这是否可比作鲁迅和他所处的时代的关系呢?那是腐朽到了糜烂程度而又极其动荡不安的时代。鲁迅企盼着有什么力量能一举劈开那阴霾,带给他自己也带给世人,尤其中国底层民众,又尤其许许多多迷惘、彷徨,被人生的无助和民族的不振所困扰,连呐喊几声都将招至凶视的青年以光明和希望。然而他敏锐的、善于深刻洞察的眼所见,除了腐朽和动荡不安,还是腐朽和动荡不安,更不可救药的腐朽和更鸡飞狗跳的动荡不安。

他环顾天穹,深觉自己是一团积雨云而孤独。他是他所处的时代特别嫌恶然而又必然产生的一个人物。正如他嫌恶着它一样。

于是他惟有以他自身所蕴含的电荷,与那仿佛密不可破的阴霾,亦即那混沌污浊的时代摩擦、冲撞。中外历史上,较少有一位文化人物,自身凝聚过那么强大的能量。对于中国,那能量超过了卢梭之对于法国。然而相对于他所处的时代,那也只不过是一种凄厉的文化的声音而已。他在阴霾的天穹上奔突着，疾驰着，迫切地寻找着或能撕碎它的缝隙。他发出闪电和雷鸣，即使那时代的神经紧张，也义无反顾地消耗着自己。既不能撕碎那阴霾，他有时便恨不得撕碎自己，但求化作多团的积雨云，通过积雨云与积雨云，也就是自身与自身的摩擦、冲撞，击出更长的闪电和更响的雷鸣……

这，是否便是中国近代文化史上的鲁迅呢？

鲁迅当然是文学的。

文学的鲁迅所留下给我们的文本，不是多得足以“合并同类项”的文本中的一种，而是分明地区别于同时代任何文本的一种。鲁迅的文学文本，是迄今为止最具个性的文本之标本。它使我们明白，文学的“个性化”意味着什么。鲁迅更是文化的。

文化包括文学。所以鲁迅是很“大”的。倘仅以文学的尺丈量鲁迅，在某些人看来，也许鲁迅是不伦不类的；而我想，也许所用之尺小了点儿。

仅仅鲁迅一个人，便几乎构成着中国近代文学和文化史上不容忽视的一页了——那便是文化的良知与一个腐朽到糜烂程度的时代之间难以调和、难以共存的大矛盾。

倘中国近代文学和文化史上无此页，那么我们今人对它的困惑将不是少了，而是多了。文学体现于个人，有时只需要一张写字桌。文化体现于个人，有时只需要黑板和讲台。文学家和文化，有时只需要阴霾薄处的似有似无的微光的出现；

有时仅满足于动荡与动荡之间的假幻的平安无事。

文学和文化处在压迫它的时代，那是也可以像吊兰一样，吊着活的。这其实不必非看成文学和文化的不争，也是可以换一个角度看成文学和文化的韧性的。

然而鲁迅要的不是那个，满足的也不是那个。倘是，中国便不曾有鲁迅了。鲁迅曾对他那时代的青年说过这样的话：第一是要生存；第二是要温饱；第三是要发展。其实在某些时代的某些情况之下，一切别的人们，所起码需要的并不有别于青年们。

鲁迅的激戾，乃因他每每的太过沮丧于与他同时代的文化人士，不能一致地、迫切地、义无反顾地想他所想，要他所要。因而他常显得缺乏理解，常以他的“投枪和匕首”伤及原本不愿与他为敌，甚至原本对他怀有敬意的人。

于是使我们今人不得不面对这样一个事实——战斗的鲁迅有时候也是偏执的鲁迅……在四月的春寒料峭的日子里，在沙尘暴一次次袭扑北京的日子里，在停了暖气家中阴冷的日子里，我又沉思着鲁迅了。事实上，近几年，我一再地沉思过鲁迅。

这乃因为，鲁迅在近几年的大陆文坛，不知怎么，非但每成热点话题，而且每成焦点话题了。

不知怎么？

不对了。

细细想来，对于鲁迅重新进行评说的文化动向的兴起，分明是必然的。有哪一位中国作家，在半个世纪之久的中国，尤其是在八十年代以前的三十年里，其地位被牢牢地神圣地巩固在文化领域乃至社会思想理论领域甚至政治意识形态领域呢？除了鲁迅，还是鲁迅。在中国，在八十年代以前的三十年里，在以上三大领域，鲁迅实在是一个仅次于毛泽东的名字。而鲁迅的书，则是仅次于《毛泽东选集》的书。而鲁迅的言论，则是仅次于《毛主席语录》的言论。在“文革”中，鲁迅的言论被正面引用的次数，仅次于《毛主席语录》被引用的次数。《论资本家的“乏”走狗》这一篇杂文，曾被同仇敌忾地当成声讨“走资派”的“乏走狗”们的战斗檄文；《论“费厄泼赖”应当缓行》这一篇杂文，曾被红卫兵们视为毛泽东《将革命进行到底》的姊妹篇。不消说，在当年，“将革命进行到底”便是将“文革”进行到底。而确乎的，那时，除了《毛主席语录》，还有另一种同样是红色的“语录”本儿广为存传，即《鲁迅语录》……

我确信，倘鲁迅当年活在世上，肯定是不情愿的。倘不情愿而又无可奈何，那么他内心里肯定是痛苦的吧？其痛苦肯定大于他感到被曲解、误解、攻击和围剿的痛苦吧？在人类的历史长河中，某些著名的人物，生前或死后被当成别人们的盾别人们的矛的事是常有的。鲁迅也被不幸地当成过，不是鲁迅的不好，是时代的浅薄。“文革”不仅是疯狂的时代，而且是理性空前浅薄的时代。那样的一个时代的特征就是特别的需要可披作“虎皮”的大旗，鲁迅在死后而不是生前被当成那样的大旗，又未尝不是他的幸运……

又，鲁迅生前论敌甚多，这乃是由鲁迅生前所贯操的杂文文体决定了的，或曰造成的。杂文是议论文体。既议人，则该当被人所议。既一一议之，则该当被众人所议。纵然论事，也是难免议及于人的。于是每陷于笔战之境。以一当十的时候，便形成被“围剿”的局面。鲁迅的文笔尖刻老辣，每使被议者们感到下笔的“狠”。于是招至以眼还眼，以牙还牙。鲁迅是不惧怕笔战的。甚至也不惧怕孤家寡人独自“作战”，而且具有以一当十百战不殆的“作战”能力，故在当时的中国文坛，形象就很无畏。“东方不败”的一种形象。又因他在当时所主张的是“普罗文化”亦即“大众文化”，而“大众”在当年又被简单地理解成“无产阶级”，并且他确乎地为他的主张每每剑拔弩张，奋不顾身，所以后来受到毛泽东的高度评价，称颂之为“伟大的无产阶级文化的战士和旗手”。

有人对鲁迅另有一番似乎中性的客观的评价。那就是林语堂。

他曾写道：与其说鲁迅是文人，还莫如说鲁迅是斗士。所谓斗士，善斗者也。闲来无事，以石投狗，既中，亦乐。

大致是这么个意思。

林语堂曾与鲁迅交好过的。后来因一件与鲁迅有关与自己一点儿关系都没有的稿费争端之事，夫妇二人欣然充当斡旋劝和的角色,结果却说出了几句使鲁迅大为反感的话。鲁迅怫然,林语堂亦怫然,悻悻而去。鲁迅在日记中记录当时的情形是“相鄙皆见”四个字。

从某些人士的回忆录中我们知道,鲁迅其后几日心事重重,闷闷不乐。

鲁迅未必不因而失悔。

而林语堂关于“斗士”的文字,发表于鲁迅逝后,他对鲁迅曾是尊敬的。那件事之后他似乎收回了他的尊敬。而且,二人再也不曾见过。

林语堂不是一位尖刻的文人。然其比喻鲁迅为“斗士”的文字,横看竖看,显然地流露着尖刻。但若仅仅以为是百分之百的尖刻,又未免太将林语堂看小了。我每品味林氏的文字,总觉也是有几分替鲁迅感到的“何必”的意思在内的。而有了这一层意思在内,“斗士”之喻与其说是尖刻,莫如说是叹息了。起码,我们后人可以从文字中看出,在林语堂眼里,当时某些中国文坛上的人,不过是形形色色的“狗”,并不值得鲁迅怎样认真地对待的。如某些专靠辱骂鲁迅而造势出名者。那样的某些人,在世界各国各个时期的文坛上,是都曾生生灭灭地出现过的,是一点儿也不足为怪的。

鲁迅讨伐式或被迫迎战式的杂文,在其杂文总量中为数不少。比如仅仅与梁实秋之间的八年论战(与抗日战争的年头一样长),鲁迅便写下了百余篇长短文。鲁迅与论敌之间论战，有的发端于在当时相当严肃相当重大的文学观的分歧和对立。论战双方，都基于某种立场的坚持。都显出这各所坚持的文学的，以及由文学而引起的社会学方面的文人的或曰知识分子的责任感。有的摆放在今天的中国文坛上，仍有促使我们后代文学和文化人士继续讨论的现实意义。有的由于时代的演进，自行化解，自行统一，自行达成了共识，已无继续讨论，更无继续论战的现实意义。而有的论战的发端，即使摆放在当时来看，也不过便是文化人和知识分子之间的一向文坛常事。孰胜孰败，是没什么非见分晓的大必要的……

然而一九四九年以后，鲁迅的名副其实的论敌们，或准论敌们，或虽从不曾打算成为鲁迅的论敌，却被鲁迅蔑斥为"第三种文人"者，都纷纷转移到香港、台湾乃至海外去了，今日再看，转移是否明智呢？

并且，近当代的中国文学史，曾几乎以鲁迅为一条"红线"，进行了相当细致的梳理和相当彻底的删除。其结果是，一些与鲁迅同时代的文化人士和文化学者，从近当代的中国文学史上销声匿迹了。他们的书籍只有在极少极少的图书馆里才存有。寻找到它们，是比尽职的道具员寻找到隔世纪的道具还难之事。有的文学史书虽也记载了当时中国文坛的风云种种，但也只不过是一笔带过的，仿佛铁板钉钉的结论。而且是纯粹政治性的、异化了文学内容的结论。致使我这一代人曾面对的文学和文化的史，一度是以残缺不全而充完整的。

甚至可以说，那是一种史的“半虚无”现象。

然而我确信，鲁迅若活到了一九四九年以后，他是绝不会主张对他的论敌、准论敌，以及被他蔑斥的“第三种文人”实行一律封杀的。我读鲁迅，觉得他的心还是特别的人文主义的。并且确信，鲁迅是断不至于也将他文坛上的论敌们，视为不共戴天的仇敌，时刻欲置于死地而后快的。他虽写过《论“费厄泼赖”应当缓行》，那也不过是论战白热化时文人惯常的激烈。正如梁实秋当年虽也讽鲁迅为“一匹丧家的‘乏’牛”，但倘自己得势，有人主张千刀万剐该“牛”，甚或怂恿他亲自灭掉，梁实秋也是会感到侮辱自己的。

我近日所读关于鲁迅的书，便是华龄出版社出版的《鲁迅梁实秋论战实录》。正是这一本书，使我再次沉思鲁迅，并决定写这一篇文字。书中梁实秋夫妇与鲁迅孙子周令飞夫妇的台北合影，皆其乐融融，令人看了大觉欣然。往事作史，尘埃落定，当年的激烈严峻，现今竟都变得轻若绕岭游云了。我想，倘鲁迅泉下有知，必亦大觉欣然吧？

鲁、梁当年那一场持久论战，在我读来既是必然发生的“战役”，也未尝不是“剪辑错了的故事”。

鲁迅的经历，决定了他是一位深深入世，抛尽了一切出世念头，并且坚定不移地确定了自己入世使命的文化知识分子。

鲁迅书中曾有这样的话：

说从前好的，自己回去；
说现在好的，留在现在；
说将来好的，随我前去！

那与其说是豪迈的鼓呼，毋宁说更是孤傲的而又略带悲怆意味的个人声明——他与他所处的"现在"，是没什么共同语言的。他对社会、国家和民族的寄托，全在将来！而他的眼从"现在"的大面积的深而阔的伤口里，已看到正悄悄长出的新肌腱的肉芽！

曾有他的"敌人"们这样地公开暗示他的"赤"化："然而偏偏只遗下了一种主义和一种政党没嘲笑过一个字，不但没有嘲笑，分明的还在从旁支持着它。"

梁实秋在与鲁迅的论战中引用了那很阴险的文字，并在文中最后质问："这'一种主义'大概不是三民主义吧？这'一种政党'大概不是国民党吧？"

这不能不说是比"资本家的'乏'走狗"更狠的论战一招。因为这等于将鲁迅推到了国民党特务的枪口前示众。文人之间的意气用事，由此可见一斑。这一种文化现象，也是非常"中国特色"的。而且在后来的"文革"中登峰造极。此点与西方是不尽相同的。在西方，文人或文化知识分子虽也每每势不两立，但政治的嘴脸一旦介入其间，那是会适得其反的。论战的双方，要么有一方开始缄默，要么双方同时表达对政治干涉的反感。比如二战前后的美国，一批知识分子同样被列入了亲苏的政治“黑名单”，但他们的某些文化立场上的“敌人”，也有转而替他们向当局提出抗议的……

今天，我们当代中国之文化人和文化知识分子，与其非要从鲁迅身上看清他原来也不过怎样怎样，还莫如以历史为镜，为鉴，照出我们自己之文化心理上的不那么文化的疤癞。

当然，鲁迅斥梁实秋为“资本家的‘乏’走狗”，也是只图一时骂得痛快，直往墙角逼人。研读梁实秋与鲁迅的论战文字，谁都不难得出一个公正的结论，即梁实秋谈的是纯粹的文学和文化之事，如其在大学讲台上授课。二十四岁从美国哈佛大学文学院获得了硕士学位归国任教的梁实秋，当年显然是属于这样一类知识分子——只要垫平一张讲课桌由其讲授文学的课程，课堂以外之事是既不愿关心更不愿分心而为的。当年此类文化知识分子为数是不少的。《青春之歌》中的余永泽，身上便有着他们的影子。当然在持革命人生观的当年的青年们看来，那是很不足取的。其实，倘我们今人平静地来思考，却更应该从中发现这样一种人类普遍的生存规律，那就是——只要天下还没有彻底的大乱，甚或，虽则天下业已大乱，但凡还有乱中取静的可能，人类的多数总是会一如既往地做他们想做和一向做的事情的：小贩摆摊、游民流浪、瘾君子吸毒、妓女卖淫、工人上班、农夫下田、歌女卖唱、叫花子行乞、私塾先生教三字经百家姓千字文、大学教授备课授课、学子们孜孜以学……哪怕在集中营里,男人和女人也要用目光传达爱情;哪怕在前线的战壕里,有浪漫情怀的士兵,也会在冲锋号吹响之前默诵他曾喜欢过的某一首诗歌……梁实秋的"悠悠万事,惟文学为大",正符合着人性的较普遍之规律。深刻如鲁迅者,认为这是苟活着并快乐着。但是若换一种宽厚的角度看待之,未尝不也是人性的普遍性的体现。对于梁实秋的"文学经"的种种理论,鲁迅未必能全盘驳倒批臭。因为分明的,仅就文学的理论而言,梁实秋也在不遗余力地传播着他自美国接受的一整套体系,并且认为是他的使命和责任。正如鲁迅认为自己做"普罗文学"的主将和旗手是义不容辞之事。

如果说鲁迅倡导"普罗文学",即"大众文学",无论当时或现在都有积极的意义;那么他根本否定"第三种文人"也就是根本否定第三种文学和文化,亦即超阶级意识的文学和文化的存在价值,则是大错特错了。在此点上鲁迅其实是自相矛盾的。因为他甚至对古代艳情禁毁小说都曾笔下留情,表现包容的一面。在此点上,他使本来尊敬他的某些人,后来也对他敬而远之了。而此点对建国以后的中国文学和文化的负面影响之深远,当然是鲁迅所始料不及的吧?令我们今人重审鲁、梁之间当年的"持久战",不能不替我们这一代人特别崇敬的鲁迅感到遗憾,甚至感到几分尴尬。

如果说梁实秋传播经典文学之所以成为经典的某些确是

真知灼见的理论,尤其试图引西方的文学理论指导中国的文学实践,此念虔诚,并且是有功之举,那么他当年同时以极为不屑的态度嘲讽“大众文学”的弱苗是在今天也有必要反对的。按他当年的标准,《阿Q正传》《祝福》《骆驼祥子》《为奴隶的母亲》《八月的乡村》等等简直就登不了文学的大雅之堂了。

而可以肯定的是,梁实秋现在会放弃他当年的错误的文学立场的。他比鲁迅幸运。因为他毕竟有矫正错误的机会。永远沉默了的鲁迅,却只有沉默地任后人重新评说他当年的深刻所难免的偏激和片面而已。正应了“文章千古事,落笔细思量”一句话。想想令我替文人们悲从中来……一位在自身所处的时代鱼缸里的鱼似的,游弋在文学的,而且是所谓高雅的那一种文学的理论中;一位在自身所处的时代,倍感周遭伪朽现实的混浊,以及对自己造成的窒息。一位在当年专以文学论文学;一位在当年借杂文而隐论国家,隐论民族。——根本是表象上“杀作一团”,实质上狭路撞着各不礼让的一场论战,是文学和文化在那个时代空前浮躁的一种现象。正如今天的文学和文化也受时代的影响而难免浮躁。

俱往矣!

社会之所以不管怎样的病入膏肓,却毕竟总还“活”着,乃因有人在不懈地做着对我们和我们的下一代极为必要之事;而时代之所以变革,则乃因有勇猛的摧枯拉朽者。

两者中都有值得我们钦佩的。鲁迅——旧中国阴霾天穹上,一团直至将自己的电荷耗尽为止的积雨云。鲁迅又如同星团,而别人们,在我看来,即或很亮过,也不过是星。星团大过于星……

阅读一颗心

在为到大学去讲课做些必要的案头工作的日子里，又一次思索关于文学的基本概念，如现实主义与理想主义以及现实主义与浪漫主义的相结合等。毫无疑问，对于我将要面对的大学生们，这些基本的概念似乎早已陈旧，甚而被认为早已过时。但，万一有某个学生认真地提问呢？

于是想到了雨果，于是重新阅读雨果，于是一行行真挚的、热烈得近乎滚烫的、充满了诗化和圣化意味的句子，又一次使我像少年时一样被深深地感动。坦率地说，生活在仿佛每一口空气中都分布着物欲元素和本能意识的今天，我已经根本不能像少年时的自己一样信任雨果了。但我却还是被深深地感动。依我想来，雨果当年所处的巴黎，其物欲横流的现状比之世界的今天肯定有过之而无不及，人性真善美所必然承受的扭曲力，也肯定比今天强大得多，这是我不信任他笔下那些接近道德完美的人物之真实性的原因。但他内心里怎么就能够激发起塑造那样一些人物的炽烈热情呢？倘不相信自己笔下的人物在自己所处的时代是有依据存在着的，起码是可能存在着的，作家笔下又怎会流淌出那么纯净的赞美诗般的文字呢？这显然是理想主义高度上升作用于作家大脑之中的现象。我深深地感动于一颗作家的心灵，在他所处的那样一个四处潜伏着阶级对立情绪、虚伪比诚实在人世间获得更容易的自由，狡诈、贪婪、出卖、鹰犬类人也许就在身旁的时代，居然仍对美好人性抱着那么确信无疑的虔诚理念。

是的，我今天又深深地感动于此，又一次明白了我一向为什么喜欢雨果远超过左拉或大仲马们的理由，我个人的一种理由；并且，又一次因为我在同一点上的越来越经常的动摇，而自我审视，而不无羞惭。

那么，让我们来重温一部雨果的书吧，让我们来再次阅读一颗雨果那样的作家的心吧。比如，让我们来翻开他的《悲惨世界》——前不久电视里还介绍过由这部名著改编的电影。

一名苦役犯逃离犯人营以后，可以“变成”任何人，当然也包括“变成”一位市长。但是“变成”一位好市长，必定有特殊的原因。

米里哀先生便是那原因。

米里哀先生又是一个怎样的人呢？

他曾是一位地方议员，一位“着袍的文人贵族”的儿子。青年时期，还曾是一名优雅、洒脱、头脑机灵、绯闻不断的纨绔子弟。今天，我们的社会里，米里哀式的纨绔子弟也多着呢。法国大革命初期这名纨绔子弟逃亡国外，妻子病死异乡。当这名纨绔子弟从国外回到法国，却已经是一位教士了。接着做了一个小镇的神父。斯时他已上了岁数,“过着深居简出的生活”。

他曾在极偶然的情况下见到了拿破仑。

皇帝问:“这个老头儿老看着我,他是什么人?”

米里哀神父说:“你看一个好人,我看一位伟人,彼此都得益吧。”

由于拿破仑的暗助,不久他由神父而升为主教大人。

他的主教府与一所医院相邻,是一座宽敞美丽的石砌公馆。医院的房子既小又矮。于是“第二天,二十六个穷人(也是病人)住进了主教府,主教大人则搬进了原来的医院”。国家发给他的年薪是一万五千法郎。而他和他的妹妹及女仆,每年的生活开支仅一千五百法郎,其余全部用于慈善事业。那一份由雨果为之详列的开支,他至死没变更过。省里每年都补给主教大人一笔车马费,三千法郎。在深感每月一千法郎的生活开支太少的妹妹和女仆的提醒之下,米里哀主教去将那一笔车马费讨来了。因而遭到了一位小议院议员的诋毁,向宗教事务部长针对米里哀主教的车马费问题打了一份措词激烈的秘密报告,大行文字攻击之能事。但米里哀主教将那每月三千法郎的车马费,又一分不少地用于慈善之事了。他这个教区,有三十二个本堂区,四十一个副本堂区,二百八十五个小区。他去巡视,近处步行,远处骑驴。他待人亲切,和教民促膝谈心,很少说教。这后一点,在我看来,尤其可敬。

他是那么关心庄稼的收获和孩子们的教育情况。“他笑起来，像一个小学生。”他嫌恶虚荣。“他对上层社会的人和平民百姓一视同仁。”“他从不下车伊始，不顾实际情形胡乱指挥。他总是说：‘我们来看看问题出在哪里。’”他为了便于与教民交心而学会了各种南方语言。

一名杀人犯被判死刑，前夜请求祈祷。而本教区的一位神父不屑于为一名杀人犯的灵魂服务。我们的主教大人得知后，没有只是批评，没有下达什么指示，而是亲自去往监狱，陪了犯人一整夜，安抚他战栗的心。第二天，陪着上囚车，陪着上断头台……

他反对利用“离间计”诱使犯人招供。当他听到了一桩这样的案件，当即发表庄严的质问：“那么，在哪里审判国王的检查官先生呢？”

他尤其坚决地反对市侩哲学。逢人打着唯物主义的幌子贩卖市侩哲学，便立刻冷嘲热讽，而不顾对方的身份是一名尊贵的议员……

雨果干脆在书的目录中称米里哀主教为“义人”，正如泰戈尔称甘地为“圣雄甘地”；还干脆将书的一章的标题定为“言行一致”，而另一章的标题定为“主教大人的袍子穿得太久了”，正如我们共产党人的好干部，从前总是有一件穿得太久了补了又补的衣服……

雨果详而又详地细写主教大人的卧室，它简单得几乎除了一张床另无家具。冬天他还会睡到牛栏里去，为的是节省木柴（价格昂贵），也为了享受牛的体温。而他养的两头奶牛产的奶，一半要送给医院的穷病人。而他夜不闭户，为的是使找他寻求帮助的人免了敲门等待的时间……

他远离某些时髦话题，嫌恶空谈，更不介入无谓的争辩。在他那个时代诸如王权和教权谁应该更大的问题一直纠缠着辩论家们，正如在中国在我们这个时代姓"资"还是姓"社"的问题曾一直争辩不休。

而米里哀主教最使我们中国人钦服的，也许是这么一点——虽是一位德高望重的主教，却谦卑地认为"我是地上的一条虫"。米里哀主教大人作为一个人，其德行已经接近完美了。雨果塑造他的创作原则，也与我们中国人塑造"样板戏"人物的原则如出一辙而又先于我们，简直该被我们尊称为老师了。

我将告诉我的学生们，那就是经典的理想主义文本了，那就是经典的理想主义文学人物了。

于是，冉·阿让被米里哀主教收留一夜；陪吃了饱饱的一顿晚餐；半夜醒来却偷走了银器，天一亮即被捉住，押解了来让米里哀主教指认，主教却当其面说是自己送给他的，则就一点儿也不奇怪了。主教非但那么说，而且头脑里也这么认为——银器不是我们的，是穷人的，"他"显然是个穷人，所以他只不过拿走了属于自己的东西而已。

于是，冉·阿让"变成"马德兰先生、马德兰市长以后，德行上那么像另一位米里哀，在雨果笔下也就顺理成章了。其生活俭朴像之；其乐善好施像之；其悲悯心肠像之；其对待沙威警长的人性胸怀像之，总之几乎在一切方面都有另一位米里哀的影子伴随着他。一个米里哀死了，另一个米里哀在《悲惨世界》中继续前者未尽的人道事业。

连沙威也是极端理想主义的——因为绝大多数现实生活中的沙威们，其被异化了的"良心"是很不容易省悟的。即使偶一转变，也只不过是一时一事的。过后在别时别事，仍是沙威们。人性的感召力对于沙威们，从来不可能强大到使他们投河的程度。他们的理念一般是由对人性的反射屏装点着的……

米里哀主教大人死时已八十余岁，且已双目失明。他的妹妹一直与他相依为命。雨果在写到他们那种老兄妹关系时，极尽浪漫的、诗化的、圣化的赞美笔触："有爱就不会失去光明。而且这是何等的爱啊！这是完全用美德铸成的爱！心明就会眼亮。心灵摸索着寻找心灵，并且找到了。这个被找到被证实的灵魂是个女人。有一只手在支持你，这是她的手；有一张嘴在轻吻你的额头，这是她的嘴；你听见身边呼吸的声音，这是她，一切都得自于她，从她的崇拜到她的怜悯，从不离开你，一种柔弱的甜蜜的力量始终在援助你，一根不屈不挠的芦苇在支持你，伸手可以触及天意，双手可以将它拥抱，有血有肉的上帝，这是多么美妙啊！……她走开时像个梦，回来却是那么的真实。你感到温暖扑面而来，那是她来了……女性的最难以形容的声音安慰你，为你填补一个消失的世界……”

有这样一个女人在身旁，雨果写道：“主教大人从这一个天堂去了另一个天堂。”

如果忘记一下《悲惨世界》，那么读者肯定会作如是之想：这是《少年维特之烦恼》的炽烈的初恋渴望吧？这是《罗密欧与朱丽叶》中心上人对心上人的痴爱的倾诉吧？

但雨果写的却是八十余岁的主教与他七十余岁的妹妹之间的感情关系。这是迄今为止，世界文学史上仅有的一对老年兄妹之间的感情关系的绝唱，使我们在被雨果的文字感染的同时，难免会觉得怪怪的。因为在现实生活中，一对老年兄妹或一对老年夫妇，无论他们的感情何等的深长，到了七八十岁的时候，也每趋于俗态，甚至会变得只不过像两个在一起玩惯了的儿童……

那么我将告诉我的学生们，那就是浪漫主义的经典文本了。

雨果完成《悲惨世界》时，已然六十岁。他与某伯爵夫人的柏拉图式的婚外恋情，也已持续了二十余年。他旅居国外时，她亦追随而至，住在仅与雨果的住地隔一条街的一幢楼里，为了使他可以很方便地见到她。故我简直不能不怀疑，雨果所写，也许更是他自己和她之间的那一种。雨果死时，和他笔下的米里哀主教同寿，都活到了八十三岁。这一偶然性似乎具有神秘性。

《悲惨世界》的创作使命,倘仅仅为塑造两个德行完美的理想人物而已,那么雨果就不是雨果了。这是一部几乎包罗社会万象的书。随后铺展开的,是全景式的法国时代图卷。尤其将巴黎公社起义这一大事件纳入书中,无可争议地证明了雨果毕竟是雨果。

那么,我将告诉我的学生们,那便是现实主义的经典文本了。

我还将告诉我的学生们,在现实主义与理想主义、现实主义与浪漫主义的相结合方面,与雨果同时代的全世界的作家中,几乎无人比雨果做得更杰出。

而雨果的理想主义,始终是对美好人性和人道原则的文学立场的理想主义。这是绝不同于一切文学的政治理想主义的一种文本,故是文学的特别值得尊敬的一种品质。

在雨果的理念之中,人道原则是高于一切的。

我极其尊敬这一种理念。无论它体现于文学,还是体现于现实。

我深深地感动于一颗作家的心,对人道原则终生不变地恪守。我的感动,使我不因雨果在这一点上有时过分不遗余力的理想主义激情而臧否于他。如果我未来的学生们中竟有将自己的人生无怨无悔地奉献给文学者,我祈祝他们做得比我这一代作家好……

上帝的试验

一

有一天，上帝从天庭上俯瞰着人间，胡思乱想，头脑之中忽然产生了一个问题——究竟是男人更爱女人一些呢？还是女人更爱男人一些呢？上帝因自己头脑之中竟产生了这么一个问题暗觉羞惭。很明显，对于上帝而言，它既没有意义，也没有意思。

但是上帝竟不能摆脱开它了。正如我们人一样，上帝被一个无聊的问题纠缠住了。对于头脑，有时越是无聊的问题，越具有占领性。无论人的头脑，还是上帝的头脑。

于是上帝将亚当和夏娃召来了。他故作庄严地问："亚当，你诚实地回答——是你更爱夏娃一些呢？还是夏娃更爱你一些？"

亚当看了夏娃一眼，态度极其郑重地说："上帝啊，你创造了我，不就是为了要我爱夏娃的吗？我一直是遵照你的意志这样做的。当然是我更爱夏娃一些啦！"

上帝又问夏娃："那么女人，你怎么说？"夏娃迫不及待地回答："上帝呀，亚当他在对你撒谎。他只在他需要我的时候才爱我,而我……”上帝打断了她的话:“他不是一向强调你是他的另一半吗?”夏娃委屈地说:“壁虎的尾巴也差不多是壁虎的另一半。难道壁虎不是经常断掉它的尾巴以保全自身吗?”亚当感到受了侮辱,便急赤白脸地与夏娃争辩起来。上帝看出,他们其实已不是一对深深相爱着的男女了,并且开始烦他们了,便将他们叱去了。上帝又召来了爱神。

他问:“丘比特,也许你最有资格回答我的问题——是男人更爱女人一些呢? 还是女人更爱男人一些呢?”

丘比特回答,他虽然司着向人间布爱的神职,但是对于上帝的问题也曾产生过同样的困惑。他说据他看来,有时候男人更爱女人一些,有时候女人更爱男人一些……

上帝更烦了,愠道:“凡事总该有一个接近真相的答案,你等于并没回答我的问题。”丘比特沉吟片刻,建议上帝做一个实验,让事实来回答……于是上帝将某男人弄到了一个连棵野果树都没有,甚至也没有任何可充饥的野蘑野菜的荒岛上。那男人顿时显出杯弓蛇影,心惊胆战,惴惶不知所措的样子。上帝奇怪地问丘比特:“那是什么?”丘比特说:“那正是一个男人啊。”上帝说:“你敢肯定吗? 我一万多年以前创造的男人不是这种无能的样子啊。他为什么如此胆小? 既没有狼嚎,也没有虎啸,他怕的什么劲儿呢?”

丘比特回答:“上帝啊,他们胆小,是因为他们已经特别的现代了。他们不知所措,是因为他们从一出生便习惯了怎样占有地球上比比皆是的现成的东西,而这个荒岛上几乎什么现成的东西都没有呀!”

上帝沮丧地说:“那,他们还莫如不现代的好!”此时,男人的头脑中产生了第一种需要——烟。他习惯地一摸兜,上帝立刻使他的兜里有着半包烟和打火机了。男人吸了几口烟,头脑中产生了第二种需要——如果能有幢房子,今晚睡觉就安全了。上帝立刻使他面前出现了一幢大房子。男人走进房子,又想——现在睡的问题是解决了,该为吃的问题发愁了……于是上帝使桌上有了足够他饱餐一顿的面包、香肠,甚至还赐给了他一瓶酒。男人酒足饭饱以后,奢侈地想——这房子里最好有浴室……于是上帝控制着他的意识,让他在房子里找到了浴室,洗了个痛痛快快的澡。

男人躺在宽大舒适的床上,不再那么的心惊胆战那么的恓惶不知所措了。他一边悠然地吸着烟一边想——我怎么会落到如此地步呢?寂寞呀!现在,身旁要是躺着一个美丽的女人多好哇!于是上帝使他身旁依偎着一个美丽的女人……男人欣喜若狂,拥抱她,吻她,和她做爱……上帝从天庭上看着,皱眉批评道:“这个男人刚才心里想要的为什么不是他的妻子呢?如果是,我明明会成全他的。”

丘比特说:“上帝啊,难道你还不清楚你创造的男人们一向如此吗?他们在不同的时候需要不同的女人啊。比如此时此刻,他们是由于孤独和寂寞才需要女人的。何况,他在荒岛上，他的妻子在城市里，在他温馨的家里，境况值得同情的是他自己。所以他需要肉体和精神两方面的安慰。我看你赐给他的女人其实比已经和他生活了二十多年的妻子更能安慰他。他所表现的正是你所创造的人的人性之一点啊！”

上帝严肃地纠正道：“第一，那只是男人的人性之一点。第二，并不是我创造他们时希望他们具有的。”丘比特见上帝不高兴了，便明智地缄默了。上帝掩口打了个哈欠，嘟哝道：“今天的实验就到此为止吧，让我们看看明天他的头脑之中会产生些什么样的要求……”第二天，上帝赐给了男人一柄刀、一把锄、一袋粮种，都是男人所想要的。

丘比特评论：“上帝，男人有了女人才想要一柄刀来保卫他的女人，惟恐她被夺走；男人因为有了女人才又开始重新变得勤劳，为了不使他的女人对生存忧虑。这就是爱对人类的贡献啊，也是我喜欢我的‘工作’的原因呀！”

上帝却说：“难道他就不是为了保卫他自己才需要一柄刀？难道他就不是为了他自己的生存而需要一把锄和一袋粮种？不过丘比特，我不想和你辩论。总之女人使这个男人和昨天刚到荒岛上时不一样了。他似乎有了某种自信。如果这也是男人的人性之一点，那么我承认我比较欣慰。”

后来那男人又希望有冰箱，有彩电，有微波炉以及许多书。他的希望已不再仅仅与他自己的生存有关。显然，也是为了他的女人的满意。真的，男人有了女人以后，男人想要的东西不但五花八门，而且一半甚至一半以上是为女人才想要的了。像歌里唱的那样，他开始感觉着她的感觉，忧伤着她的忧伤，快乐着她的快乐了。

上帝也高兴起来。上帝一高兴，反而将他的“实验”朝反面进行下去了。他让丘比特变成某种不可抗力的化身——一个狰狞的高大的魔鬼，每天向男人索回他已拥有的一样东西。男人舍弃彩电、舍弃冰箱……最终连房子也舍弃了。他似乎打定主意，在任何情况之下都不舍弃他的女人。当他和他的女人不但一无所有而且像亚当和夏娃当初一样赤身裸体的时候，双双逃到了一处绝壁那儿。他们脸上都流着泪，紧紧地搂抱着对方，准备跳下海去。那结果对于他们只能是死。

丘比特说：“上帝，你该相信了吧？”上帝明知故问：“相信什么？”丘比特说：“男人的一半是女人呀！”上帝说：“我见的情形也向我证明，女人的一半是男人。这倒是挺令我感动的。”上帝沉思了一会儿，忽然问：“如果在他们之间，我要收回一条命呢？”丘比特以人类学权威的口吻回答：“我敢肯定，他们都宁愿牺牲自己。”上帝又问：“我感兴趣的更是，为什么男人只在一无所有的情况下，才觉得女人重要和宝贵？”

丘比特反问：“上帝啊，如果你不再是万能的上帝，而落到像那个男人一样的境地，女人对你不是也相同地重要和宝贵了吗？若没有一个你爱的女人，即使你的生命长久万年，生命对你又究竟有什么意义呢？”

上帝板起脸道:“丘比特,你太放肆了。你的话等于是在嘲笑我们天庭里的全体神祇啊!”

丘比特却认真地说:“上帝啊,如果天庭里没有许多美丽的女神,当神真的是神们愉快的事吗?神们互相的恋情能瞒得过我么?他们违背天条,追求人间的漂亮女人的事,你不是也一清二楚吗?”

上帝想到他自己也曾觊觎人间美色,不禁面有窘色。他因一向太喜欢丘比特这位顽皮而又机智的童神,才没恼羞成怒起来。

上帝接着将一个女人也同样弄到了另一座生存条件险恶的荒岛上。

女人与男人的表现很不同。

她当然起初比男人更心惊胆战更惶惶不可终日。

但是产生在她头脑中的第一个祈祷,直接的就是希望她的丈夫,而不是随便哪一个男人的出现。上帝清楚,她和她的丈夫虽有感情,但那也不过就是一般夫妻感情罢了。那种感情远谈不上是什么幸福的质量前提。

上帝成心让一个她所根本陌生的男人出现在岛上。他不英俊,也不丑陋,但是相当强壮,能够使她觉得他可以保护她。

令上帝困惑不解的是,女人并没像看到救星一样立刻接近到男人身边去。恰恰相反,女人隐蔽着自己,从暗中观察那男人的一举一动。显然的，因为他不是她的丈夫，她感到他对自己有一定的危险性。一个陌生男人的出现，分明是使女人更加不安了……

女人觉得那陌生的男人是一头大雄猩猩似的。

上帝以他的意志左右那男人寻找到了女人，并强行将女人带到上帝指定的大房子里。在上帝的意志的左右之下，那男人善待她。他端食物和水给她。女人饥渴难耐，但却一边吃着，喝着，一边戒备和防范着。傍晚，男人告诉女人浴室是哪一个房间。女人虽然特别需要洗一次澡，但却克制住了她强烈的念头。她和衣而眠，睡前再三检查她房间的门插好没有。她不知什么时候偷了一把尖刀，塞在自己枕下，那显然是用来对付男人的。她一夜之间警醒数次，那显然也是同一幢房子里有一个陌生而又强壮的男人的缘故……

第二天，第三天，第四天，上帝都以他的意志左右着那个男人，不使他冒犯那个女人。而丘比特其实也在暗中以他的惯技怂恿着那个男人，诱使他去占有那个女人。理性和情欲在男人的内心里强烈地冲突着。这使男人对女人的言行表现出一种分明是他并不情愿的矜持。但是女人从他的目光里感受到了他对自己的真切念头。于是女人的心里也矛盾极了……

她的矛盾其实和所谓贞洁的观念并无什么必然的联系。

因为大多数已婚的男人和女人在其一生的过程中，都曾幻想过婚姻以外的性爱。

她也不例外。

她太不了解那个男人了。她对他一无所知。对于她，他形状上是一个男人，她的同类。恰恰正是这一点，非但不能成为她信赖他的前提，反而时时提醒她应有所戒备。她还是少女时，就已经从人类的社会获得着这样的经验了——人最应戒备的是人。女人最应戒备的尤其是男人。在人类的社会里，男人捕猎女人的事实，比非洲草原上狮子和猎豹捕猎羚鹿的次数要多得多。那经验首先成为她母亲的经验，也必将成为她一生最重要的经验之一。它一代一代在女人们身上承袭着。渐渐地化其一半为本能，融入了女人们的血液里，基因里。倘他是一匹马，或一条狗，她对自己的命运也许更乐观点儿。但他恰恰是一个强壮又陌生的男人啊！

上帝从天庭上将女人的心理看得明明白白。他问丘比特："你认为接下来的情形会怎样？"丘比特回答："那要看我介不介入这件事了。"于是上帝闭上眼睛说："我困了。丘比特你有什么把戏就对人使出来吧。"

于是在斯夜，男人袭击了女人。女人挣扎，反抗，企图逃到外面去。但是上帝并没有真的打盹。他偷窥着，并使房子的外面夜黑如墨，暴雨倾盆，闪电裂空，霹雳阵阵，而且有猛兽瘆人地嚎着，有毒蛇从门旁的树上垂下着它们的头，它们的眼像红色的炭火……

女人的脚步从门口退缩了……

女人捂面而泣……

翌日,上帝看到女人和男人已十分亲昵地相处。上帝故作疑惑地问:“丘比特,他们怎么会这样?”丘比特回答:“我使那男人占有了那女人。”上帝说:“你的话听来令我产生暴力的印象。”丘比特说:“上帝,占有如此柔弱的女人还需要暴力吗?何况,她也希望他们的关系有所改变呀。”上帝又问:“我可以认为他们在爱着了吗?”丘比特耸耸肩:“这一点连我也不能确定。但是你看,女人确实不再害怕那男人了。她从那男人占有她的过程中,感受到了他将会对她负起保护的责任。”

上帝也耸耸肩道:“女人都这么愚蠢吗?”

丘比特以无比严肃的表情和语调说:“不,这个女人一点儿也不愚蠢。恰恰相反,她对男人的感受十分细腻。不是所有女人都能通过一次非正常的性的过程判断一个男人心性本质的高下。她却做出了判断。”

上帝若有所思,笑而不语。即日上帝亲自降临在那女人面前,并使她确信他是上帝。上帝对女人说:“从今天起,我要每天收走一样使你感到安全的东西。包括那个你已信赖了的男人。只要你的头脑中一闪过可以舍弃某一东西的念头,那东西便不复存在了。”于是房子里的东西一一消失了……于是连房子也消失了……女人和男人带着仅有的一点儿食物和一罐水,暴露在天地之间。上帝从天庭以他的声音威严地问女人:“在食物、水和男人之间,你还舍弃什么?”于是他们的食物不见了。于是他们的水也不见了。上帝的声音又问:“现在我还要收走一样东西,你仍不舍弃那男人吗?”女人心里暗想的却是:“我还有一身衣服……”于是上帝连她的一身衣服也一件件收走了,直至使她赤身裸体……上帝看见赤身裸体的女人无地自容地对那男人说:“除了上帝,在这个荒岛上我的希望便是你。男人啊,你发誓别抛弃我吧。你发誓一定要带我离开这个荒岛吧!惟有你能使我回到家里,能使我见到我朝思暮想的儿女呀!……”

上帝这才明白那男人对那女人的意义。上帝被女人的母性祈求所感动了。于是那男人脱下自己的上衣披在女人身上。他向她发誓道:“你这女人啊,为了使你能与儿女团圆,我甘愿为你赴汤蹈火。粉身碎骨也无所谓。从现在起,我的勇敢、力气、生存能力都是全心全意为你服务的了!”男人的话还没说完,上帝化身为一只虎从草丛中跑了出来……

男人迅速地将女人掩护在身后,并促她爬到树上去。他赤手空拳,与猛虎眈眈对视,准备殊死一搏……“上帝”未忍向男人进攻——猛虎咆哮一声,又跃到草丛后去了……

上帝一回到天庭,丘比特就评论道:“上帝,现在我可以说,他们在深深地爱着了。”上帝问:“那么,你将使他们成为夫妻吗?”丘比特爱莫能助地摇头。上帝追问:“为什么不能?”丘比特叹道:“爱在记忆里,有时比在婚姻里更适当些。对于这一个男人和这一个女人便是这样。”上帝又若有所思起来。最后，上帝决定使那女人的经历变为她的一场梦。她在几天内每每回想她做过的梦，回想她梦中的男人，觉得她真真实实地又爱了一场似的……

男人只有在几乎失去一切后才觉得女人尤其不能再失去，女人却是在不断失去的过程中就已明确地意识到男人对她的重要性了。所以当男人说“男人的一半是女人”时，他的潜意识里其实是将女人物化了的。“尤物”这一种对美貌女人的比喻说法，诠释了男人们不愿坦率承认的意识。

所以当女人说“女人的一半是男人”时，其话才更由衷。因为在女人的意识里，那时是将男人神化了的。而这是女人所以是女人的可爱的缺点。

普遍的女人都不会将男人物化，正如普遍的男人在具有追求的能力时，首先追求的其实并非女人——不，并非爱情……男人之人性在人类社会的现当代文明中，究竟是上升了，还是坠落了，也许是值得怀疑的呢……

二

有一天，上帝又百无聊赖了，又要拿我们下界的男女做实验开心了。自然，他仍命丘比特这位也常在人间制造许多悲喜剧的爱神陪他。

他先将一个男人依照前次的方式弄到了荒岛上,接着满足他内心里的一切需求。只消他一动念,他的希望立刻实现。

他是一个不吸烟的男人。但却是一个血液里习惯了酒精含量的男人。血液里一点儿酒精含量都没有的时候,他的头脑反而会混沌一片,接近空白,不能进行正常的思维。

上帝使荒岛上的那一夜一开始就狂风大作,冷雨如鞭。那男人抱着双肩缩在草丛中,就像一只皮毛被彻底淋湿了的,无洞可入的耗子。他头脑中产生的第一个念头是——来一件棉大衣多好哇。幸亏他的血液里还有一点儿酒精的残量,否则他的头脑里连一个念头都产生不出来了。上帝立刻使他身上裹着一件厚厚的棉大衣了。男人身上刚觉暖和,头脑中随即产生了第二个念头——如果在一顶帐篷里多好。于是他立刻便在帐篷里了。于是他手中立刻有一瓶开启了盖儿的名酒了。于是他面前立刻有一小桌下酒的菜了。裹着棉大衣,盘腿坐在帐篷里的那一个男人饮了几口酒后,思维渐渐开始活跃。他想,待在帐篷里还是不太安全呀,有野兽或毒虫钻入帐篷袭击他怎么办呢?如果是待在一幢门窗结实的房子里才算幸运啊!于是他就待在一幢门窗结实的房子里了。酒使他的欲望得寸进尺——房子越变越大,最后变得像几套打通了的总统套房那么豪华又气派了。

那男人将自己泡在浴缸的温水中,一边啜饮着美酒一边想——为什么我的每一个欲念都能立刻实现呢?莫非我变成神仙了吗？或者有神仙暗中助我？不管究竟是怎样的原因，趁我想什么来什么的这会儿，我何不实现我那些生平最大的梦想？

于是他拥有了一份瑞士银行的存折，上面注明有几亿元钱。他瞧着手中的存折，却怎么也不能像瞧着钱那么心里踏实……于是存折变成了满满几大箱人民币，被仆人们抬到他面前……他想人民币迟早是要贬值的，于是人民币变成美金……他觉得美金也不可能永远坚挺，于是又有仆人抬来了几大箱珠宝钻石。那男人心花怒放，跃出浴缸，忘了羞耻，赤身裸体地指挥仆人们将美金和钻石全都放入随其意而现的巨大保险柜里。他环视着强壮的仆人们心里又想——神明啊，让他们都是无限忠诚的仆人吧！于是仆人们一齐跪下向他表忠。口中都说甘效犬马之劳，赴汤蹈火死而无怨。他为了考验他们的忠诚，指着其中一个命令道——"你们，让他死在我面前！"于是一阵惨无人道的殴打，那可怜的仆人断气了。但他还是不放心仆人们的忠诚程度，暗暗祈祷一番，使所有的仆人都立刻从他面前消失了。于是在每一扇门窗前都随其所想架着机枪了……于是在保险柜前布着种种置人于死地的暗道机关了……

男人躺在宽大又舒适的床上以后，头脑之中终于产生了上帝和丘比特都期待得有些失去耐心的那一种想法——现在，神明，请赐我一个美女吧！上帝问："这是那家伙的第多少个念头了?”丘比特老老实实地回答:“第三十九个念头,我尊敬的上帝。”上帝嫌恶地眯起眼注视着下界,语调冷冷地说:“可上次被我们实验的那个男人,才第三四个念头要的就是女人了。”丘比特惭愧地说:“我也不喜欢这家伙。”但上帝虽已心生厌恶,还是使一个美女立刻裸卧在男人身旁了。他一夜癫狂……

在以后的日子里,那拥有了宫殿一般豪华的大房子,拥有了一切现代化的生活物品,拥有了几亿美元和数不尽的珠宝钻石,拥有了保护他和他财富安全的几乎万无一失的措施,也拥有了一个百依百顺的美女的男人,便无忧无虑地享受起他的“幸福”来……

然而不久他厌倦了。他厌倦的不是他拥有的哪一件东西,而是百依百顺的美女。在他看来,美女也是他所拥有的东西中的一件。是的,他恰恰厌倦了她的百依百顺。那男人想,既然他可以再要一个美女就能又拥有一个美女,为什么不?多简单的事啊!何况他还拥有如许多足以使美女们也眉开眼笑的财富……

于是第二个美女出现在他面前了,动辄耍小孩儿脾气的一个美女,恰与第一个美女的逆来顺受截然相反。他将终日逗她生气再哄她开心当成最快活之事,当成娱乐。

不久他对第二个美女也厌倦了……于是他的“宫殿”里

有了第三个第四个第五个美女……于是他祈祷神明赐予他比超级种马还要强盛的性能力……上帝于是更加厌恶了。他几乎是恶狠狠地问丘比特："他究竟需要多少个女人才心满意足？"

丘比特红了脸嘟哝："我没有这种预见，亲爱的上帝。但是我可以肯定地告诉你，在下界，有一个男人曾拥有一万两千名美女。他是古印度的一位藩王，叫哈里·哈拉二世。即使占有了那么多美女他依然猎色不疲，还想把邻国一名叫帕尔达尔的美人儿占有为他的一万两千零一号宠妾。但被拒绝了。所以他挑起了与强大邻国之间的战争。结果他战败了。王国、财富、生命都丢掉了。一万两千名美女皆沦为邻国的女俘，四百余个孩子或为他战死，或成了邻国的奴隶……"

上帝说："活该！"

丘比特脸更红了。他觉得下界在男女关系上的荒唐，是他自己的神职过失似的。

上帝使那个荒岛上的乐不思蜀的男人在拥有了第十个女人以后，色欲自敛了。他拥有的美女有白皮肤的，有黄皮肤的，有黑皮肤的；有天真活泼的，也有性格放纵的；有荡娃式的，也有淑女型的……

接着，上帝亲自降临在那男人面前，明确而又威严地告诉他——每日要收回一件曾赐给他的东西。

于是他第一天失去了一个女人。

就是他所要的第一个女人,百依百顺的那个。

由于他首先得到的是她,所以他首先舍弃的也是她。

不,用舍弃一词是不确切的。

因为他一点儿也不留恋她。

只能说是抛弃。

当时一只小狗正躺在他面前打滚儿,并用两只前爪抱住他一条腿取悦着他……

他心想——是让狗消失还是让她消失呢?

他抬头望她,她正安静地坐在窗前看书。她感觉到了他在望她,也回首向他望去。分明的,百依百顺的女人,在用她温柔的表情问他——需要我到你身边去吗?

他心里又想——少了你我还有九个女人呢!而我只有一条小狗,何况我最喜欢的女人最喜欢这条小狗!……

于是那女人转瞬消失了。

她曾捧读过的书掉在地上……

上帝极为惊诧——上帝虽然将那男人的心理活动看得一清二楚,但却不明白——何以在一条小狗和一个自己曾爱过的女人之间,那男人宁愿保留一条小狗?

不久第二个女人消失了……

再不久第三个女人消失了……

一方面是男人的财富。它其实由一样样具体的东西组成,有些东西对于生存很重要,比如房子和食物。有些东西对于生存并不多么重要，比如电视、组合音响、钢琴和一些美观的工艺品；有些东西看似相当重要，但其实没有了人只不过要多些劳作，比如电饭煲、吸尘器什么的——另一方面是朝夕相处的女人们……

男人一次次在她们和属于他的一样样东西之间做出弃留的决定。而为了保留住他已然拥有的每一样东西，他一次接一次牺牲她们中的某一个。

因为在他想来——东西每样只有一件，失去了就不可能再有，起码在这个荒岛上无处可买。虽然他有几亿美元，有不计其数的珠宝钻石，惟独女人这一样“东西”，对目前的他来说，是重复拥有。尽管她们的美点各异，性情不同，但毕竟还是重复拥有啊！

何况，他所决定抛弃的，乃是她们中已经使他感到厌倦了的某个，或宠爱程度渐渐降低了的某个。比如说留下电视，可供他与他仍特别宠爱的某个女人共同消磨晚上的时光；比如说留下钢琴，他仍特别宠爱的某个女人就会因他的决定而欣慰，那么他也就会从她的欣慰中体会到愉悦……

这么一掂量利弊，一个他已经不怎么宠爱甚至厌倦了的女人，其存在的意义怎么会抵得上电视和钢琴呢？

但是，在女人由十个而六个五个而四个三个后，他的每一次决定都有了难度。他对她们的感情开始介入他的决定了。但那也只不过体现为一种犹豫。犹豫后的决定依然是使她们消失而保留他的每一样东西……

他一想到他不知还要在荒岛上度过多少日子便心情沮丧。每一样东西都对他显得格外宝贵了。没有了拖鞋洗完澡时穿什么呢？多不方便啊。唉，唉，当初为什么没产生多要一双拖鞋的欲念呢？有两双拖鞋他也可以迟几天再使一个女人消失啊！于是拖鞋显得比女人重要了。每一次决定不但是犹豫后的，而且是理念权衡后的。

于是只有两个女人存在着了。

于是只有一个女人存在着了。

为了保留住那最后一个女人，他不得不开始一样一样"牺牲"他拥有的东西了……美观的工艺品一天比一天少了，终于全都不见了……电视、音响、钢琴一次次决定后不见了……房间一间一间少了……

最终，他只拥有三样东西了——保险柜、一挺机枪、一个女人。因为仅剩下一个女人了，他尤其视她为自己的"东西"了。

最终的最终，他连那最后一个女人也不要了。

他想——只要机枪和保险柜在，美元和珠宝钻石就能保住。说不定哪一天有离开荒岛的希望，有美元和珠宝钻石在，不愁不重新拥有更多的美女。他想——这世界上美女总是层出不穷的，而财富却是一向有限的，所以拥有财富才意味着拥有一切啊！他这么想时，十个女人中他最宠爱的那一个就从他眼前消失了,像水蒸发了一样无影无踪。于是,他只剩下了保险柜和机枪……在此二者之间,他必须又做一次决定……如果没有了保险柜,还要一挺机枪干什么?这想法刚一产生在他头脑中,机枪消失了。荒岛上只剩下他孑然一身和他的保险柜,以及保险柜里的美元及珠宝钻石了……

上帝从天庭上指着那男人,恼怒地斥问丘比特:"他哪里配是我的亚当的后代?我创造的男人怎么会变成这样?!"丘比特分辩道:"上帝呀,不是我的过错。你老人家干吗对我吹胡子瞪眼睛的呢?"上帝大声说:"住口,丘比特,你还有脸分辩!难道你不是司管人间男女之爱的神吗?难道男人就是这样爱女人的吗?"

丘比特无地自容,委屈得都快哭了,他面红耳赤地继续分辩:"尊敬的上帝,您的亚当被您逐出伊甸园的时候,对于男人,地球还是一个没有财富可言的世界啊!男人在这种情况之下对女人的爱,倘不全心全意岂非咄咄怪事了吗?可现在地球已经变了呀,到处都是财富的标志,一切行业的意义几乎最终都要由财富的标志来显示了。男人们从是少年甚至男孩那一天起,就开始将积累和聚敛财富当成自己活着的目的了!与财富相比,女人对他们还算得了什么呢?舍出一千万去要一个女人和舍出一个女人去要一千万,在他们的理念中其实是一回事了呀!他们早已将女人也当成他们财富的标志了呀!而且是当成只会贬值的那一种财富来看待的。下界那个男人的行径，体现的正是当今男人之人性最本真的一面啊。您对下界的事关注得太少了，所以您偶尔看了才大惊小怪……”

上帝厉声道：“丘比特，你啰唆得让我讨厌了！不管你做何解释，总之我不喜欢亚当的后代变成了那个男人那样！我要他死！”

上帝的话音刚落，在荒岛上，一声虎啸，一只张牙舞爪的猛虎似乎凭空而降，扑向那个男人，不一会儿就将他吃得只剩下几根骨头了……

上帝以教训的口吻又对丘比特说：“丘比特，缪斯曾对我朗诵过这样一首诗：

比银更宝贵的是金子，
比金子更宝贵的是珠宝，
比珠宝更宝贵的是钻石，
比钻石更宝贵的是一个好女人，
比一个好女人更宝贵的事物，
在这个世界上还从未有过……

我要你重新调教下界的男人们，让他们认识到他们很愚蠢。并且，也要让女人们认识到，她们已经被男人们的愚蠢搞糊涂了。她们有责任使男人们重新活得清醒起来……”

丘比特低声问:“用什么办法?”上帝冷冷地说:“轻蔑。倘一个男人的人生理念完全被财富二字左右着了,那么凡女人,皆应轻蔑他。”丘比特默默咀嚼着上帝的话。上帝又道:“这是我,万能的上帝说的。从今往后,我的话将要通过你在下界应验。五百年后,我要看到亚当的后代们爱女人超过爱一切的情形。否则,我将不惜毁灭地球上的全部已有财富。丘比特惴惴不安地说:“五百年的时间太短了。数千年形成的意识,需更长的时间才能改变它……”上帝几乎是恶狠狠地说:“就五百年!上帝从不收回他说的每句话。”

丘比特不禁向下界望去——那塞满美元和珠宝钻石的保险柜,如一块闪光的岩石摆立在荒岛上。许多只猴子新奇地围绕着保险柜,忽而蹿上,忽而蹿下……

而海面上,正有一艘大船向荒岛驶来……

三

现在,情形变成这样的了——上帝用他的意念第二次将一个女人从都市里“搬运”到了荒岛上。

她头脑里产生的第一个念头是关于男人的。

如果出现一个男人来保护我多好啊——不,她头脑里产生的并非是如此明确的意识。那只能算是一个女人关于男人的一种纯粹本能的思维讯号。甚至可以说,只不过是关于男人的一种极迅速的印象的反应。因为她想到的非是某一个具体的，叫得出姓名的，有仪表特征的男人，所以那印象又是模糊的。就好比一个孩子在受到威胁时转身便往家里那样纯粹的本能。那时家在孩子的头脑里仅仅体现为一个词——安全。而孩子的本能促使他向安全的地方跑……

人的行动有时后于人的意识。在头脑的意识网上刚刚反应为思维讯号的，便属于下意识的现象了。那女人当时便是那样。也许，上帝若不性急，女人接着就会想到某一个具体的，她认为会对她负起保护的责任的男人。如孩子在往家里跑的途中想到会挡住追赶者的爸爸妈妈，或哥哥姐姐……

然而上帝对下界的凡人一向缺乏耐心。

于是一个男人已随即出现在女人跟前了……

起初的一切“情节”是上一次“实验”的重复——他们有了一幢房子，她对那个陌生的男人由戒备、防范而信赖而依靠而亲爱了……

她是一位三十余岁的未婚女子。她也没有过什么难忘的热恋经历。因为少了母亲那一种对自己孩子的牵挂，因为“遭遇”到了具有浪漫色彩的爱情，所以她对那荒岛上的生活竟很快地适应起来。还渐渐开始觉得未尝不是别一种幸福。

这女人自然也想到了彩电、冰箱、电饭煲什么的。甚至很奢侈地想到了电脑。电脑是她早希望拥有而没拥有过的——上帝一一满足了她……

与男人不同的是，这女人头脑中断然没想过刀剑或机关枪。上帝和丘比特都明白，她认为一个爱她的男人是足以保护她的安全的。她显然对这一点深信不疑。倒是那男人将一把尖刀牢牢地绑扎在一根结实的木杆上，制成了一支矛。他那样做时，她深情地望着他，一副感激又幸福的表情。她的头脑中从没想过美元、珠宝和钻石。她没问那男人将用矛来干什么。因为那是她根本无须问的。上帝奇怪了，问丘比特："她为什么不想要很多财富呢？"丘比特思考片刻，以权威的口吻回答："女人对现实的要求一向比男人朴素。"上帝不以为然地说："可我认为女人是比男人贪婪的。难道我错了吗？"

丘比特说："上帝哪里会错呢？错的是人类自己罢了。如果人类一直由母系社会发展至今，地球将依然是温馨祥和的人类家园，但是却不能有现在这么伟大的财富，男人们对地球的统治野心鼓动他们夺取了女人对地球的主宰权。男人们对地球做出的成就是以地球损失了女人主宰地球时那一种温馨为代价的。正如一位聪明的地球人说的——鱼与熊掌，二者不可兼得。"

这时那女人的头脑里浮现出了一名少年的形象……上帝即刻使那少年出现在女人面前。那少年并非女人的弟弟，而是女人的一位亲密女友的弟弟。她的女友病故以后，少年无人关怀，一直流落街头……在荒岛上那一个风和日丽的中午，女人惦记起了他……

后来那女人又想到了一些男人和女人。他们和她们都与女人有过这种或那种亲密关系,也都是些在人类的社会里缺少生存竞争能力的弱者。女人刚一惦记起他们和她们,他们和她们就出现在她面前了……

于是她无形中变成了一个大家庭的家长。她深切地感受到了所有人对自己的依赖。她于是心甘情愿地肩负起了保障一个大家庭生存和维护一个大家庭团结的使命,包括指派某人从事某种劳作的义务……她由此获得了尊敬。她感受着她的人生价值,并引以为豪。后来上帝要收回他的慷慨赐予了,他使女人明白并且确信——每一样她要保留住的东西,都将以大家庭的某一成员的消失为前提……

女人问:“神明啊,消失是什么意思?”

上帝冷冷地说:“女人,消失是另一种死亡,是消亡。在你这方面,绝不至承担任何悖逆人道的罪名。因为闪过在你心里的意识是不会在这世界上留下痕迹的。只要你心里一想某个人应该牺牲,那么该人立刻便消亡了。如一个肥皂泡破灭了一样。在他们和她们方面,我承诺那是绝无任何痛苦的一种死亡……”

女人当即说:“不!神明啊,人在一切物质之中,亦在一切物质之上。我信奉着这样的观点,怎么会为了保留住某样东西,而牺牲我大家庭的某一成员呢?……”

女人的话音刚落,她坐着的椅子不见了,她摔倒在地……

后来,房间里的东西一样样失去……

最后,连房子也不存在了……

女人猜到上帝是不会罢休的。

于是她召集所有大家庭的成员到她面前,讲述了大家庭正经受着怎样的一种考验。

她说:“兄弟姐妹们,除了我们自己,我们已无可失去。显然,神明之目的在于为难我一个人,而不是为难你们。我已决定让神明使我自己消失。我消失了,神明便会停止他的游戏了。我们大家庭的劫难也就过去了……”

所有的人都失声痛哭起来……每一个人都宁愿消失自己而替代她的消失……她的丈夫更是紧紧拥抱着她心如刀割但又束手无策……那是男人最觉得愧是男人,愧对自己所爱的女人的时刻……她深情地对她的丈夫说:“爱人啊,当我消失以后,希望你能负起对大家庭的一切责任,关心每一个成员,使兄弟姐妹们感到生活在这荒岛上不是一件值得悲观绝望的事……”

人们流着泪认真倾听了她对大家庭的一番嘱咐之后,全都默默离去了……

房间里只剩下她和她的丈夫了……她温柔地说:“爱人啊,给我最后一次性爱吧!和我爱的男人做爱,是我一切幸福中最最幸福的事。没有任何一笔财富能抵得上这一种幸福……”

之后,她的丈夫也在她的催促之下噙泪离开了她……

于是女人平静地躺在床上，心说："恶作剧的神明啊，我已经准备好了，让我消亡吧。只求你再勿以同样的方法对待我大家庭中的别人……"

上帝从天庭上望着她，颇受感动地说："没想到地球上还能生衍出这样的女人。她配在天庭上和神生活在一起。丘比特，你去把她带到天庭上来。"

丘比特犹豫了。

上帝说："你敢不执行我的命令吗？"

丘比特忧郁地说："老爷子啊，我们是否也应替人间考虑考虑呢？如此一个令我和你同样感动的女人，当作人类美好的种子才对呀！"上帝觉得丘比特的话不无道理，就将那女人和她的大家庭的所有成员，都送回到原先的生活中去了……并使她和另外每一个人都觉得自己只不过做了一场梦。

当她讲述她的梦时，听着的男女都问："真的你想什么，什么就立刻出现？"她点头。"你要美元了吗？美元的储蓄利率现在可升了！"她摇头。"要珠宝了吗？"她摇头。"要钻石了吗？钻石可是世界上永远也不会贬值的东西！"她摇头。"那么，你在荒岛上住过的，必定是一座里面应有尽有的华丽的宫殿吧？"她如实说："不是啊。仅仅是一幢大木房子而已，就像是童话《白雪公主》里七个小矮人住的那一种大木房子，结实而又朴素。"于是听者都笑她傻。想什么来什么，却几乎什么算得上财富的东西都没想，岂不是傻透了吗？尽管是梦，在梦里富贵一把也过瘾啊！好梦不是人人都有机会做一次的。在众人的调侃之下，她也觉得自己确乎有点儿傻了。

随着日子一天天过去，她对于那个荒岛的梦境记忆渐渐淡薄了。然而她与一个男人似曾真实发生过的荒岛情爱，却每令她梦魂牵绕，向隅唏嘘。她试图从现实生活中的某一个男人身上获得同等质量的、值得她以命相托的信赖和安全感，但是她每一次都失望了。他们给她的感觉往往是——为了保留住一样他们认为重要的东西，他们必会一边拥抱着她，吻着她，热烈地说着“我爱你”“没有你我就不能活下去”之类的话，一边在内心深处与神明交易，让她像一个气泡似的消亡掉……

后来她不再试图发现了……

承认梦就是梦了……

她的荒岛大家庭里的那些成员们，虽然也认为他们的经历只不过是一场梦，但却特别的难忘那一场梦。尤其难忘的是她这位梦中女人。他们和她们，又重新体会各自命运的沉重、无奈和无助。他们和她们并不试图在现实生活中寻找她的化身。宁愿她深深地印在他们关于一场梦的回忆之中。并且，他们和她们都确信不疑——在现实生活里“她”也是存在的。这使他们和她们，对现实不再仅仅怀有敌意，有时也怀有几分从前所没有的协作精神了……

而在天庭，上帝和丘比特竟一直面红耳赤地争论不休。

上帝对地球上的男人比女人变得令他嫌恶这一点痛心疾首，发誓要无情地惩罚男人们。而丘比特因为自己也是男人，则不免站在男人的立场上替男人们开脱。

他对上帝说："老爷子，你看到的仅仅是男人的人性中最卑污低劣的一面，和女人的人性中最良好无私的一面。假如反过来，那就更有你好瞧的了！"

上帝叫道："要是女人也有卑污低劣的一面，那么肯定是男人教唆的！"

丘比特说："否！老爷子，我看你真是老糊涂了，你忘了你造女人之际，从狐、秃鹫和蛇身上各取了一部分糅合成的女人了吗？那就是女人的基因啊！……"

上帝怒发冲冠了，挥舞着神杖吼："这是污蔑！这是地球上的男人们捏造的！信谣可耻，传谣有罪！……"

丘比特见上帝大动肝火起来，吓得一展翅膀，飞往太阳背面去了。

人类的爱情质量不高了，乃因阳光晃丘比特的眼，使他不能准确地射出他的箭……

远在希腊

希腊神话故事几乎全面影响了罗马神话故事;而罗马神话故事也深刻影响了罗马宗教文化;罗马宗教又几乎影响了整个欧洲。于是我们可以说,希腊神话乃是西方文艺和文化形成的端点,其后漫长的几世纪中,西方戏剧、文学、绘画皆取材于斯,影响直至现当代西方。

在希腊神话和罗马神话中,有以下几点是其重要的人文元素。

一、权力观

奥林匹斯山是众神生活、开会和各自办公的神山,包括众神之王宙斯在内,共十二位神组成类似常委会的领导核心。在这个核心集体中,尽管宙斯的权力和威力是最大的,但其权力却不是无限大的,威力也不是战无不胜的。如果在某事上大多数骨干神与他意见相反,那么他很难独断专行。如果他企图靠威力强大一意孤行,那么有些骨干神极可能联合起来,以共同的神威挑战他单一的神威。所以宙斯必须既维护自己众神之王的特殊权力地位,又必须极善于团结其他骨干神们。

该让步妥协,则只能让步妥协。有一个例子可以说明。

人间有一位国王叫坦塔罗斯,是宙斯在人间播下的风流种子。他仗着自己特殊的出身背景,骄横傲慢于人间。还仗着自己血统中的高贵基因,经常企图与诸神平起平坐。有一次,他在王宫中宴请几位每对他另眼相看的神,为了试探他们是否真的具有超能力,竟残忍地将自己的少年之子杀死,煎烹成菜肴,观察那几位神是否吃出异常。神们当然洞察到了他的卑劣歹毒,于是一齐向宙斯汇报,强烈要求将坦塔罗斯打入地狱,令他遭受最严厉的惩罚,永世不得超脱。神们认为,一个对自己的亲子都那般残忍的人,其残忍便不可救药了。宙斯虽然心存姑息,但碍于神们的义正词严,不得不勉强同意。惩罚确乎是严厉的——坦塔罗斯被浸于地狱中的一个水洞里,水中有各种毒虫,噬咬他的皮肉,吸吮他的血液,而水深没及他的颈部。在他眼前,各类美果悬于枝头,近离分寸,但他就是无论如何也吃不到,连嘴唇都能触到的,还是吃不到。即使他想要喝一口那肮脏的潭水也是痴心妄想,因为被铁链拴在一块巨石上,才一低头,水便退浅。古希腊人将他们受的惩罚概括为"坦塔罗斯的磨难",至今这仍是一句希腊名言。在全部希腊神话中,有着特殊的出身背景和神祇血统的人物不少。但无论哪一个,只要做了恶事,最终都难逃惩罚。包括宙斯在内的无论哪一位神,打算庇护也不能够。

神权在善恶和正义面前,往往顿失自作主张的权威。

还有一个例子，意在直接强调——最大的权力肯定是公权力，拥有公权力的人，包括广受敬爱的神，如果公权私用，那么也必会付出代价，受到惩罚。

太阳神阿波罗就是一位广受敬爱的神。他对他年仅十二岁的小儿子宠爱有加，简直可以说儿子要求什么，他便尽量满足什么。有一次小儿子纠缠他，闹着非要驾他的太阳战车在天穹兜一圈。太阳战车体现阿波罗的职责，他每日亲驾神车巡行于天穹时，是谓人间白日。他明知儿子的请求太过任性，可最后竟还是答应了。结果神车翻在天穹，事故殃及人间，造成了一场灾难。他的小儿子，也被活活烧死。后来有几位神出于对悲恸欲绝的阿波罗的同情以及对他的小儿子的怜悯，既齐心协力减轻了人间的灾难，又使他的小儿子复活了。而太阳神父子，从此深刻地铭记住了那可怕的教训。

公权力是神圣的。“神圣”一词在古希腊人的思想意识中包含有超神性。超神性是谓古希腊人思想意识中的“圣”原则。

二、民生观

在诸神中，组成核心集体的十二位神分别是：众神之王宙斯、天后赫拉、太阳神阿波罗、战神、火神、海神、信使之神、智慧兼和平女神、月亮兼狩猎女神、谷物女神、美神、佑家女神。

在中国神话故事中，也有佑家之神，即火土神，证明古今中外,家庭在人类的思想意识中同样重要。但以上诸神中的许多位,在中国神话故事中是缺席的。天后赫拉可以比做中国神话中的王母娘娘,但王母娘娘只不过是玉皇大帝的老伴,并无具体职责。赫拉却是有职责的——保护人间妇女勿受不公平对待。尽管在希腊神话中,她对自己的职责履行得并不怎么样。但直接由天后来负起保护人间妇女的职责,这一种想象诉求,毕竟是意味深长的,证明在古希腊人的思想意识中,妇女不仅仅是男人的性偶,而且和男人一样,也应该受到神的关爱和合理庇护。除了赫拉,还有一位女神,专门负责保护少女的贞洁不受野蛮侵犯。如果说在古希腊人的思想意识中妇女不可能不等于弱者,那么少女当然是弱者中的弱者。男人们对她们的侵犯,也大抵表现在贞洁即性侵犯方面,所以她们需要由一位女神来专职予以保护。

应该说,人类生活安全的方方面面,几乎都由神们来担起责任了。特别要强调指出的是这样两点——信使之神名列十二大神之列,证明古希腊人对掌握信息是何等重视;而智慧女神兼和平女神,则证明古希腊人早已意识到,和平难求,故而需要智慧……

三、正义观

《荷马史诗》是希腊神话的重要内容,《伊利亚特》等于是一场战争史。

战争是这样引起的——有次诸女神聚会，没请一位不该忽略的女神，即不和女神。结果使不和女神心内恼火，偏做不速之客，并出示一个金苹果，说是要献给最美的女神。于是天后赫拉、智慧女神和爱神争执起来。宙斯在妻子、女儿和情人之间，殊是为难，私下里求不和女神，干脆将金苹果给予凡间一个叫海伦的女子算了。海伦原本只不过是宙斯亲雕的一尊石像，因为他太喜爱自己的作品了，青春女神给予了她生命，爱神给予了她女人味儿，智慧女神给予了她聪慧。不和女神给了宙斯面子，但天后赫拉郁闷了，运用神力使特洛伊城国王的小儿子诱拐了海伦。这又令宙斯极为恼火，因为他已使海伦成为了人间一个极有势力的国王的王后。当然，对于海伦，这是一件无爱可言的事情。宙斯这么安排，存在他对海伦的不轨之心。而天后赫拉的做法，实际上是为杜绝宙斯的非分之想。彼国的王后被一个小国的小王子拐走，当然要召集各路人马，大兴问罪之师。于是，人间发生了一场攻与守的大战，著名的《荷马史诗》中《伊利亚特》的故事，便这样拉开了序幕……

这样的神话故事又究竟有什么特别呢？为什么说它包含着影响西方各国的浓厚的人文元素呢？

且看故事中具体发生了什么事——

攻城一方的将领中，有一位叫阿喀琉斯的大英雄。他受战神雅典娜的庇护，骁勇无敌。雅典娜是宙斯的女儿，战争立场自然站在攻城的军队一方。一次双方交战城下,阿喀琉斯与诱拐海伦的特洛伊城的小王子决斗。后者自然非是他的对手,被击落了剑和盾,可怜地在地上乱爬。

神话中为什么要有这一情节呢?

正是要传达这样一种思想——谁若以不光彩的方式使他人蒙羞,那么他自己也必加倍地蒙耻。城上观看这一幕的人中,包括爱他的父王在内,以及他的一概亲人和将士和人民。幸而,他的哥哥赫克托耳千钧一发之际杀来,救了他一命。

希腊联军中,只有阿喀琉斯才是赫克托耳的对手,但他因与阿伽门农发生争执,拒绝继续参加战争,在十分危急的情况下,他的好友穿上他的盔甲,替他应战,结果死在赫克托耳的矛下。

阿喀琉斯因而大怒,叫阵要与赫克托耳单独决斗,结果赫克托耳又死在阿喀琉斯的矛下。并且,阿喀琉斯策马在城下拖其尸。赫克托耳也是一位大英雄,并且受太阳神阿波罗庇护。那么阿波罗为什么能容忍他死得又惨又备受羞辱呢?因为这是赫克托耳必付的代价。他从外地赶回城中,本应劝说自己的弟弟将海伦送出城去,但他却表示了对弟弟和海伦之间真爱的理解,放弃了争取和平解决问题的可能性,不惜使全城将士以及百姓和他一道,为他弟弟的一己之情共担生死存亡之险……

无论两个人爱到何种地步,若以众生的生命为代价,这是绝不会受到任何一位神的保佑的。谁支持了这样的爱情，谁也要为自己的不正确的做法付出代价。

最悲伤、最受辱的，莫过于特洛伊城的老国王。小儿子在阵前连滚带爬，大儿子战死后又被拖尸，他的心都要碎了。他本是一位好国王，但他实在有些咎由自取。他不但是父亲，还是国王。他要为他对小儿子的溺爱付出代价……

最终，特洛伊城被攻破了，阿喀琉斯被赫克托耳的弟弟以箭射死。因为英雄和英雄决斗，生死由命。但侮辱对方的尸体，也是神所不容的。那样做了的人，也要为自己的不人道付出代价。

而老国王被敌方的国王杀死了。神不保护一位为了使自己的儿子高兴便拿全城人的生命来赌输赢的国王。

敌方的国王又被赫克托耳的妻子杀死了，因为他虽出师有名，但全无了仁慈悲悯之心。神反对一位君主杀死另一位君主，更愤怒于获胜的一方不但下屠城令，还要霸占一位英雄的未亡人……

但是神们对于真爱，还是网开一面了——特洛伊城的小王子，在混乱中带领海伦逃到了连宙斯都发现不了的地方，从此过起了平静的凡人夫妻的生活。

战争发生在人间，又似乎是天上的神们在进行神力的较量。每一个人，不管他是怎样的英雄，怎样的国王，不管他受哪一位神的暗中庇护，只要他做了严重的错事，他都要付出惨重的乃至生命的代价。什么又是严重的错误呢？自私，虚荣，将亲情摆放于众生命运之上，胜利者的残暴而不是应有的仁慈悲悯，侮辱死者，都是人不应该犯的最严重的错误。在这一点上，又有着一种原则连神们也不敢冒犯——便是我们后来称之为人文主义的基本思想和基本原则。而这一点，也是后来的中国古代思想家们所竭力传播的，只不过希腊神话、罗马神话的形成，比中国古代思想家们诞生的年代还要早四五个世纪……

既然以上都是很严重的错误，悲剧的发生完全是由于特洛伊城的小王子和海伦两个人引起的，却又偏偏是他们保全了性命——这公平吗？

在从古至今的西方文化中，真爱每每是获得宽恕的，宽恕并不等于赞同。

《荷马史诗》的下部《奥德赛》，讲的便是大战结束以后，一位叫俄底修斯（又称奥德修斯、奥德赛）的英雄，怎样率部下返回家园的历险故事。他历经苦难，受到美丽的海妖的诱惑，受到更美丽的太阳神的女儿的诱惑，被骗之下吃过“忘忧果”，但都不能改变他早日回到家乡、回到妻子身边的决心。他对太阳神的女儿说：“你比我的妻子美丽一百倍，但我的妻子是我在这个世界上唯一爱的女人。”而他的妻子，同样在家乡面对一切诱惑，相信自己的丈夫总有一天会回来……

这与其说是历险的故事，毋宁说更是关于爱情的誓约的故事。古代的西方人类,用这样的故事想要表明,神真正鼓励的爱情,正是如此爱情。

所谓神的思想,在古代的西方,更是人性最高境界的思想,只不过借神的言行传播向人间而已。

一位正派的西方人士,他的诸种人生信条中,肯定有一条是——"我有权保卫自己的生活不受别人的影响和侵犯,但我也绝不做影响和侵犯别人生活的事。"

四、生活质量观

在古希腊人的思想意识中,有质量的生活,或曰有品质的生活,那一定是人人知识化了的、文艺内容丰富的生活。故在希腊神话中,共有九位女神分别掌管各类文艺和知识,统称缪斯。在古希腊物质和文化最发达的时期,国王甚至要求每个公民都至少应该擅长一类文艺,或作诗,或绘画,或歌唱,或舞蹈,或器乐,或雕塑,或戏剧,或表演等。但我们必须明白,那时的古希腊,终究只不过是奴隶制的社会形态。对于奴隶们,根本不可能是什么理想国。但奴隶们也有一线希望,那就是——如果他们中有谁在文艺或知识方面表现出极优的才华,那么将有可能摆脱自己只不过是"会说话的工具"的不幸命运。伊索便是一例。他后来不但获得了自由人身份,还做过希腊的外派官吏。文艺使古希腊人具有特别浪漫的气质和想象力——时序女神、雨虹女神、夜女神、梦女神,还有妩媚、优雅、纯洁三女神,这些在中国古代神话中是没有的。

五、英雄观

希腊神话中英雄多多,但普罗米修斯乃是英雄中的英雄,是最受爱戴的英雄。他的母亲是大地之神,那么他也有着神的血统。他"造"出了人,是人类之父。他却从来也不因而傲慢于人类,仅仅要求自己做人类忠实无私的朋友。他教人类观察天体运行、日月升落、星辰密疏的现象,以使人类了解宇宙规律,对可能发生的灾难预先做出防备;他教人类掌握农耕、造船、驯养牲畜以及航海、采矿、制药医病的种种能力;他还教人类创造文字、数字和影响人类喜爱文艺……当然,他最果敢无畏的英雄事迹是为人类盗火。

普罗米修斯所做之一切,归根结底是为了使人类也变得文明起来,在神们的眼中树立起应有的尊严和存在的权利。

普罗米修斯因此受到了宙斯的惩罚。后来,一位大英雄发现了他在遭受着的苦难,射死了宙斯派遣天天啄食他腑脏的神鹰;并且,另有一位半人半兽的神感动于他的事迹,宁肯冒充他将自己缚在山上,以使他避免宙斯的进一步迫害,得以为人类去寻找潘多拉的盒子,好将希望也从盒子里放出到人间来……

普罗米修斯的故事,是希腊神话的第二篇。第一篇讲述的是宙斯如何成为众神之王的内容。也就是说,新的一种神权形成不久,人类便诞生了。而人类从诞生之日起,既不得不诉求神权的保护和关爱,也不得不与神权进行着长期不懈的主张人权利的抗争。在这一种抗争过程中,人类是弱势的,往往陷于孤立无援之境,所以特别需要普罗米修斯这样的人权利的无私的保护者。

在古希腊神话中,“英雄”二字频繁出现,英雄事迹林林总总;却恰在普罗米修斯这一名字前边,从未出现过“英雄”二字。有的人物,人类用“英雄”二字来称颂他们已显得太不够了,普罗米修斯便是。

普罗米修斯就是普罗米修斯。他曾对宙斯派来对他行刑的一名神吏说:“如果谁明知某事正义而且冒险,他却决定了去做,那么他即使失败了,也应无怨无悔地承受因而导致的个人苦难。”普罗米修斯这个名字高于英雄,使神的权威也黯然失色。

他的话,至今也是几乎一切敢于像他那样去行动的人间英雄的信条……

六、浪漫中的理性

希腊神话中最浪漫之点乃在于——举凡一切我们今天耳熟能详,其职能和人类现世生活的关系特别密切的神,大抵为女性,而且几乎全都美丽,只不过各有各的不同美点罢了。

这是为什么呢?

有一种观点认为,和母系氏族社会的深远影响有关。但母系氏族社会是我们中华民族的先祖们也同样经历过的,为什么在我们的神话故事中，情形却不是那样的呢？比如在我们的神话故事中，天宫诸神，排开列队，几乎清一色的都是赳赳武夫形象的男神。

恐怕有一点更是原因，即古希腊人对于美，当时已有超乎寻常的敏感。他们的神话想象具有显然的唯美倾向。希腊国土乃是由四百余座美丽岛屿组成的。生存环境之美，使人类的早期想象力必然具有唯美倾向。所谓“一方水土养一方人”。

但古希腊神话并不仅仅是一味浪漫，一味唯美的。不知女神在神话中的存在，证明理性思想的哲学萌芽已产生。

如果说世界原本是和谐的，那么自从有了人类，人类与世界的关系一直是难以和谐的。人类社会自身的关系也一直是难以和谐的。和谐是愿望，是主观的、相对的；不和谐是现实，是客观的、绝对的。一种和谐达成了，另一种不和谐会随之产生；一个时期的和谐实现了，不和谐将可能潜伏在下一个时期里。

人类社会永远不能一蹴而就地摆脱此种苦恼。这是人类哲学思想力始终不渝的动力。不和女神的千古存在，乃是古西方、中国和外国之哲学思想千古存在的最直接、最具针对性的理由，最根本的理由。对于后世的人类，也是如此。

故，我们不但要尊敬自己那些文化经典，也须尊敬别人的文化经典。无论我们的还是别人的文化经典，都是全人类的。

第四部分　美的散步

就总体而言，

人类心灵感受美的事物的优良倾向，

或曰上帝所赋予的宝贵的本能，

又仿佛镜子反射光线的物质性能一样永恒地延续着，

只要镜子确实是镜子，只要光线一旦照耀到它。

晚秋读诗

潇潇秋雨后，渐渐天愈凉。

我知道，那也许是今年最后的一场秋雨。傍晚时分，急骤的雨点儿如一群群黄蜂，齐心协力扑我刚擦过的家窗。似乎那么的仓惶，似乎有万千鸟儿蔽天追啄，于是错将我家当成安全的所在，欲破窗而入躲躲藏藏。又似乎集体地怀着种愠怒，仿佛我曾做过什么对不起它们的事，要进行报复。起码，弄湿我的写字桌，以及桌上的书和纸……

春雨斯文又缠绵，疏而纡且渺漫迷蒙。故唐诗宋词中，每用“细”字形容，每借花草的嫩状衬托。如“随风潜入夜，润物细无声”句；如“东风吹雨细于尘”句；如“天街小雨润如酥”句……而我格外喜欢的，是唐朝诗人李山甫“有时三点两点雨，到处十枝五枝花”句，将春雨的斯文缠绵写到了近乎羞涩的地步，将初蕾悄绽为新花的情景，也描摹得那么的春趣盎然，于不经意间用朴素得不能再朴素的文字醇出了一派春醉。

夏雨最多情。如同曾与我们海誓山盟过的一个初恋女子，“情绪”浪漫充沛又任性。“旅行”于东西南北地，过往于六七八月间，每踏雷而来，每乘虹而去。我们思想它时，它却不知云游何处，使我们仰面于天望眼欲穿，企盼有一大朵积雨云从天际飘至；而我们正喜悦于晴日的朗丽之际，倏忽间雷声大作，乌云遮空。于是"天外黑风吹海立，浙东飞雨过江来"。阵雨是夏雨猝探我们的惯常方式。它似乎总是一厢情愿地以此方式表达对我们的牵挂。它从不认为它这种方式带有滋扰性，结果我们由于毫无心理准备，每陷于不知所措，乍惊在心头，呆愕于脸上的窘境。几乎只夏季才有阵雨。倘它一味儿恣肆地冲动起来，于是"雷声远近连彻夜，大雨倾盆不终朝"；于是"黑云翻墨未遮山，白雨跳珠乱入船"；于是"惊风乱飐芙蓉水，密雨斜侵薜荔墙"，烦得我们一味儿祈祷"残虹即刻收度雨，杲杲日出曜长空"。

当然夏雨也有彬彬而至之时。斯时它的光临平添了夏季的美好。但见"千里稻花应秀色，五更桐叶最佳音"。它彬彬而至之时。又几乎总是在黄昏或夜晚，仿佛宁愿悄悄地来，无声地去。倘来于黄昏，则"墙头细雨垂纤草，水面回风聚落花"。则江边"雨洗平沙静，天衔阔岸纡"，可观"半截云藏峰顶塔"，望"两来船断雨中桥"。则庭中"落花人独立，微雨燕双飞"，可闻"过雨荷花满院香"，"青草池塘处处蛙"；可觉"墙头语鹊衣犹湿"，"夏木阴阴正可人"。而山村则"罗汉松遮花里路，美人蕉错雨中棂"。

倘来于夜晚，则"楼外残雷气未平"，则"雨中草色绿堪染"。于是翌日的清晨，虹消雨霁，彩彻云衢，朝霞半缕，网尽一夜风和雨，使人不禁地想说——真好天气！

秋雨凄冷澹寒，易将某种不可言说的伤感，一把把地直往人心里揣。仿佛它竟是耗尽了缠绵的春雨，虚抛了几番浪漫和激情的夏雨，憔悴了一颗雨的清莹之魂，心曲盘桓，自叹幽情苦绪何人知？包罗万千没结果的苦恋所生的委屈和哀怨，欲说还休欲说还休，于是只有一味儿哭泣，哭泣……使老父老母格外地惦念儿女；使游子格外地思乡想家；使女人悟到应变得更温柔，以安慰男人的疲惫；使男人油然自省，忏悔和谴责自己曾伤害过女人心地的行为……

床前明月光，
疑是地上霜。
举头望明月，
低头思故乡。

一场秋雨一场寒，十场秋雨换上棉。在秋风萧瑟、秋雨凄凄的日子里，人心除了伤感，其实往往也会变得对生活，对他人，包括对自己，多一份怜惜和爱护之情。因为可能正是在第二天的早晨，霜白一片雨变冰。于是不日“才见岭头云似盖，已惊岩下雪如尘”。

秋风先行，但见“落叶西风时候，人共青山都瘦”。秋风仿佛秋雨的长姐，其行也匆匆，其色也厉厉。扯拽着秋雨，仿佛要赶在“溪深难受雪，山冻不留云”的冬季之前，向人间替秋雨讨一个说法。尽管秋雨的哀怨，完全是它雨魂中的特征，并非是人委屈于它或负心于它的结果。

秋风所至，“萧瑟兮草木摇落而变衰”。直吹得“只有一枝梧叶，不知多少秋声”；直吹得“秋色无远近，出门尽寒山”；直吹得“多少绿荷相倚恨，一时回首背西风”。

在寒秋日子里，读如此这般诗句，使人不禁地惜花怜树，怪秋风忒张狂。恨不能展一床接天大被，替挡秋风的直接袭击。但是若多读唐诗宋词，也不难发现相反意境的佳篇。比如宋代诗人杨万里的《秋凉晚步》：

秋气堪悲未必然，
轻寒正是可人天。
绿池落尽红蕖却，
荷叶犹开最小钱。

家居附近自然无荷塘，难得于入秋的日子，近睹荷花迟开的胭红本色，以及又有多么小的荷叶自水下浮出，翠翠的仍绿惹人眼。一日散步，想起杨万里的诗，于是蹲在草地，扰开一片亡草的枯黄，蓦地，真切切但见有嫩嫩芊芊的小草，隐蔽地悄生悄长！想必是当年早熟的草籽落地，便本能地生根土中，与节气比赛看，抓紧时日体现出植物的生命形式。寒冬是马上就要来临了,那一茎茎嫩嫩芊芊的小草,其生其长还有什么意义呢?我不禁替它们惆怅。晚秋的阳光,呼着节气最后的些微的暖意普照园林。刚一起身,顿觉眼前有什么美丽的东西漫舞而过。定睛看时,呀,却是一双小小彩蝶。它们小得比蛾子大不了多少。然而的确是一双彩蝶,而非蛾子。颜色如刚孵出的小鸡,灿黄中泛着青绿,翅上皆有漆黑的纹理和釉蓝的斑点儿。

斯时满园林"是处红衰翠减",风定秋空澄净。一双小小彩蝶,就在那暖意微微的晚秋阳光中,翩翩漫漫,忽上忽下,作最后的伴飞伴舞……

我一时竟看得呆了。

冬季之前,怎么还会有蝶呢?

难道它们和那些小草一样,错将秋温误作春暖,不合时宜地出生了么?

它们也要与节气比赛似的,也仿佛要抓紧最后的时日,以舞的方式,演绎完它们千古流传的爱情故事。而且,分明的,要尽量在对舞中享受是蝶的生命的浪漫!……

我呆望它们,倏忽间,内心里倍觉感动。

"最是秋风管闲事,红他枫叶白人头"——人在节气变化之际所容易流露的感伤,说到底,证明人是多么容易悲观的啊!这悲观虽然不一定全是做作,但与那小草、小蝶相比,不是每每诉说了太多的自哀自怜么?

这么一想，心中秋愁顿时化解，一种乐观油然而生。我感激杨万里的诗。感激那些嫩嫩芊芊的小草和那一双美丽的小蝶，它们使我明白——人的心灵，永远应以人自己的达观和乐观来关爱着才对的啊！……

美是不可颠覆的

许多人认为,各个民族,在各个不同的历史阶段,或不同的时代,有不同的美的标准,以及美的观念,美的追求。

这一点基本上被证明是正确的。

于是进而有许多人认为,时代肯定有改变美的标准的强大力度。因而同样具有改变人之审美观及对美的追求的力度。这一点却是不正确的。事实上时代没有这种力度。事实上像蜜蜂在近七千年间一直以营造标准的六边形为巢一样,人类的心灵自从产生了感受美的意识以来,美的事物在人类的观念中,几乎从未被改变过。

我的意思是——无论任何一个民族,无论它在任何历史阶段或任何时代,它都根本不会陷入这样的误区——将美的事物判断为不美的,甚至丑的;或反过来,将丑的事物,判断为不丑的,甚至美的。

是的,可以毫无疑义地说,人类根本就不曾犯过如此荒唐的错误。此结论之可靠,如同任何一只海龟出生以后,根本就没有犯过朝与海洋相反的方向爬过去的错误一样。

就总体而言,人类心灵感受美的事物的优良倾向,或曰上帝所赋予的宝贵的本能，又仿佛镜子反射光线的物质性能一样永恒地延续着。只要镜子确实是镜子，只要光线一旦照耀到它。

果真如此么？

有人或许将举到《聊斋志异》中那篇著名的小说《罗刹海市》进行辩论了。此篇的主人公马骥，商贾之子。“美丰姿，少倜傥，喜歌舞。”并且，“辄从梨园子弟，以锦帕缠头。美如好女，因复有‘俊人’之号”。正是如此这般的一位“帅哥”，弃学而“从人浮海，为飓风引去，数昼夜至一都会”。于是便抵达了所谓的“罗刹岛国”。以马骥的眼看来，“其人皆奇丑”。而罗刹国人“见马至，以为妖，群哗而走”。

美和丑，在罗刹国内，标准确乎完全颠倒了。不但颠倒了，而且竟以颠倒了的美丑标准，划分人的社会等级。“其美之极者，为上卿；次任民社；下焉者，以邀贵人宠，故得鼎烹以养妻子”。也就是说，第三等人，如能有幸获得权贵的役纳，还是可以混到一份差事的。至于马骥所见到的那些“奇丑”者，竟因个个丑得不够，被逐出社会，于是形成了一个贱民部落。

丑得不够便是“美”得不达标，有碍观瞻。那么，“美之极者”们又是怎样的容貌呢，以被当地人视为“妖”的马骥的眼看来，不过个个面目狰狞罢了。

我敢断定，在中国的乃至世界的文学史中，《罗刹海市》大约是唯一的一篇以美丑之颠倒为思想心得的小说。

便是这一篇小说,也不但不是否定了我前边开篇立论的观点,而恰恰是补充了我的观点。

因为——被视为“妖”的马骥,一旦游戏之“以煤涂面”,竟也顿时“美”了起来,遂被引荐于大臣,引荐于宰相,引荐于王的宝殿前。而当“马即起舞,亦效白锦缠头,作靡靡之音”时——“王大悦”。不但大悦,且“即日拜下大夫。时与私宴,恩宠殊异”。以至于引起官僚们的妒忌,以至于马骥忐忑不安,以至于明智地“上疏乞休致”。而王“不许”。“又告休沐,乃给三月假”。

分析一下王的心理,是非常有趣的。以被贱民们视为“妖”的马骥的容貌,社会等级该在贱民们之下,怎么仅仅以煤涂面,便“时与私宴,恩宠殊异”了呢?想必在王的眼里,美丑是另有标准的吧?

王是否也牛头马面呢?小说中只字未提。或是。那么在他的国里,以丑为美,以牛头马面,五官狰狞的为极美,自是理所当然的了。或者竟非牛头马面,甚至不丑。那么可以猜测,在他的国里,美丑标准的颠倒,也许是出于统治的需要。是对他那一帮个个牛头马面的公卿大臣们的权威妥协也未可知。

但无论怎样的原因,在王的国里,美丑是一种被颠倒的标准;在王的眼里心里,美丑的标准未必不是正常的。他只不过装糊涂罢了。

否则,为什么他那么喜赏马骥之歌舞呢?

王的“大悦”，盖因此耳！

结论：美可能在某一地方，某一时期，某一情况之下被局部地歪曲，但根本不可能被彻底否定。

如马骥，煤可黑其面，但其歌之美犹可征服王！

结论：美可在社会舆论的导向之下遭排斥，但它在人心里的尺度根本不可能被彻底颠覆。

如王，上殿可视一帮牛头马面而司空见惯，回宫可听恢诡噪耳之音而习以为常；但只要一闻马骥的妙曼清唱，神不能不为之爽，心不能不为之畅，感观不能不达到享受的美境。

有人或许还会举到非洲土著部落的人们以对比强烈的色彩涂面为“美”；以圈圈银环箍颈乃至于颈长足尺为美，来指证美的客观标准的不可靠，以及美的主观标准的何等易变，何等荒唐，何等匪夷所思……

其实这一直是相当严重的误解。

在某些土著部落中，女性一般是不涂面的。少女尤其不涂面。被认为尚未成年的少年一般也不涂面。几乎一向只有成年男人才涂面。而又几乎一向是在即将投入战斗的前夕。少年一旦开始涂面，他就从此被视为战士了。成年人们一旦开始涂面，则意味着他势必又出生入死一番的严峻时刻到了。涂面实非萌发于爱美之心，乃战事的讯号，乃战士的身份标志，乃肩负责任和义务决一死战的意志的传达。当然，在举行特殊的庆典时，女性甚至包括少女，往往也和男性们一样涂面狂欢。但那也与爱美之心无关,仅反映对某种仪式的虔诚。正如文明社会的男女在参加丧礼时佩戴黑纱和白花不是为了美观一样。至于以银环箍颈,实乃炫耀财富的方式。对于男人,女人是财富的理想载体。亘古如兹。颈长足尺,导致病态畸形,实乃炫耀的代价,而非追求美的结果。或者说主要不是由于追求美的结果。这与文明社会里的当代女子割双眼皮儿而不幸眼睑发炎落疤,隆胸丰乳而不幸硅中毒是不能同日而语的。

但中国历史上女子们的被迫缠足却是应该另当别论的。这的的确确是与美的话题相关的病态社会现象。严格说来,我觉得,这甚至应该被认为是桩极其重大的历史事件。此事件一经发生,其对中国女子美与不美的恶劣的负面影响,历时五代七八百年之久。以至于新中国成立以后,我这个年龄的中国人,还每每看见过小脚女人。

近当代的政治思想家们、社会学家们、民俗学家们,皆以他们的学者身份疾恶如仇地对缠足现象进行过批判。却很少听到或读到美学家们就此病态社会现象的深刻言论。

而我认为,这的确也是一个美学现象。的确也是一个中国美学思想史中应该予以评说的既严重又恶劣的事件。此事件所包含的涉及中国人审美意识和态度的内容是极其丰富的。比如历史上中国男人对女人的审美意识和态度,女人们在这一点上对自身的审美意识和态度,一个缠足的大家闺秀与一个“天足”的农妇在此一点上意识和态度的区别，以及为什么？以及是她们的丈夫、父亲们的男人的意识和态度，以及是她们的母亲的女人的意识和态度，以及她们在嫁前相互比“美”莲足时的意识和心态，以及她们在婚后其实并不情愿被丈夫发现毫无“包装”的赤裸的蹄形小脚的畸怪真相的意识和心态，以及她们垂暮老矣之时，因畸足越来越行动不便情况之下的意识和心态……凡此种种，我认为，无不与男人对女人、女人对自身的审美意识和心态发生粘连紧密而又杂乱的思想关系，观念关系，畸形的性炫耀与畸形的性窥秘关系……

但是，让我们且住。这一切我们先都不要去管它。

让我们还是回到我们思想的问题上——即一双女人的被摧残得筋骨畸形的所谓“莲足”，真的比一双女人的“天足”美么？

无论男人还是女人，如果自身对美的感觉不发生错乱，回答显然会是否定的。

可怎么在中国这个文明古国，在占世界人口几分之一的人类成员中，在近千年的漫长历史中，集体地一直沉湎于对女性的美的错乱感觉呢？以至于到了清朝，梁启超及按察史董遵宪曾联名在任职的当地发布公告劝止而不能止；以至于太平军克城踞县之后，罚劳役企图禁绝陋习而不能禁；以至于慈禧老太太从对江山社稷的忧患出发，下达懿旨劝禁也不能立竿见影；以至于身为直隶总督的袁世凯亲作“劝不缠足文”更是无济于事；以至于到了民国时期，则竟要靠罚款的方式来扼制蔓延了——而得银日八九十万两，年三万万两。足见在中国人的头脑中——钱是可以被罚的，女人的脚却是不能不缠的。

“毒螫千年，波靡四域，肢体因而脆弱，民气以之凋残，几使天下有识者伤心，贻后世无穷之唾骂。”这样的布告词，实不可不谓振聋发聩、痛心疾首。然无几个中国男人听得入耳，也无几个中国女人响应号召。爱捧小脚的中国男人依然故我。小脚的中国女人们依然感觉良好，并打定主意要把此种病态的良好感觉“传”给女儿们……

中国人倘曾以这样的狂热爱科学、争平等、促民主，那多好啊！不是说美的标准肯定是客观的而非主观的么？不是说任何民族，在任何一个时代和任何一种情况之下，都根本不可能颠覆它么？那中国近千年的缠足现象又该作何解释呢？首先，历史告诉我们——这现象始于帝王。皇上的个人喜好，哪怕是舐痂之癖，一旦由隐私而公开，则似乎便顿时具有了趣味的高贵性，意识的光荣性，等级的权威性。于是皇亲国戚们纷纷效仿；于是公卿大臣们趋之若鹜；于是巨商富贾紧步后尘——于是在整个权贵阶层蔚然成风……

在古代，权贵阶层的喜好，以及许多侧面的生活方式，一向是由很不怎么高贵的活载体播染向民间的。那就是——娼妓。先是名娼美妓才有资格。随即这种资格将被普遍的娼妓所瓜分。无论在古代的中国,还是在古埃及、古希腊、古罗马,规律大抵如此。

娼妓的喜好首先熏醉的必将是一部分被称之为文人的男人。这也几乎是一条世界性的规律。在古代,全世界的一部分被称之为文人的男人,往往皆是青楼常客,花街浪子。于是,由于他们的介入,由于他们也喜好起来,社会陋俗的现象,便必然地“文化”化了。

陋俗一旦“文化”化,力量就强大无比了。庶民百姓,或逆反权贵,或抵抗严律,但是在“文化”面前,往往只有举手乖乖投降的份儿。

康熙时代一人之下,万人之上,权倾朝野的鳌拜便是“金莲”崇拜者;乾隆皇帝本身即是;巨商胡雪岩也是;大诗人苏东坡是;才子唐伯虎是;作“不缠足文”的袁世凯阳奉阴违背地里更是……

《西厢记》中赞美“金莲”;《聊斋》中的赞美也不逊色;诗中“莲”、词中“莲”、美文中“莲”,乃至民歌童谣中亦“莲”;唱中“莲”、画中“莲”、书中“莲”,乃至字谜中“莲”、酒令中也“莲”……

更有甚者,南方北方,此地彼域,争相举办“赛莲”盛会——有权的以令倡导,有钱的出资赞助,公子王孙前往逐色,达官贵人光临览美,才子“采风”,文人作赋……

连农夫娶妻也要先知道女人脚大脚小,连儿童的憧憬中,也流露出对小脚美女的爱慕,连乡间也流传《十恨大脚歌》,连帝都也时可听到嘲讽“大脚女”的童谣……

在如此强大、如此全方位,“地毯式”的文化进击、文化轰炸,或曰文化“炒作”之下,何人对女性正常的审美意识和心态,又能定力极强,始终不变呢?何人又能自信,非是自己不正常,而是别人都变态了呢?即使被人认为主见甚深的李鸿章,也每因自己的母亲是“天足”老太而讳若隐私,更何况一般小民了……

结论:某一恶劣现象,可能在相当漫长的历史时期内畅行无阻,世代袭传,成为鄙陋遗风,迷乱人们心灵中的审美尺度。但却只能部分地扭曲之,而绝对不可能整体地颠覆之。正如缠足的习俗虽可在漫长的历史时期内将女人的脚改变为“莲”,却不可能以同样的方式扭曲任何一个具体的女人的身躯,而依然夸张地予以赞美。并且,迷乱人们心灵中的审美尺度的条件,一向总是伴随着王权(或礼教势力、宗法势力)的支持和怂恿;伴随着颓废文化的推波助澜;伴随着富贵阶层糜烂的趣味;伴随着普遍民众的愚昧。还要给被扭曲的审美对象以一定的意识损失以补偿——比如相对于女人被摧残的双足而言,鼓励刻意心思,盛饰纤足,一袜一履,穷工极丽。尤以豪门女子、青楼女子、礼教世家女子为甚。用今天的说法,就是以外“包装”的精致,掩饰畸形的怪异真相。还要给被扭曲的审美对象以一定的精神满足,而这一点通常是最善于推波助澜的颓废文化胜任愉快的。

有了以上诸条件,鄙陋习俗对人们心灵中审美尺度的扭曲,便往往大功告成。

但,这一种扭曲,永远只能是部分的侵害。

世间一切美的事物,都具有极易受到侵害的一面。但也同时具有不可能被总体颠覆形象的基本素质。

比如戴安娜,媒介去年将她捧高得如爱心女神,今年又贬她为“不过一个毁誉参半的、行为不检点的女人”。但,却无法使她是一个有魅力的女人这一点受到彻底颠覆。

某些事物本身原本就是美的,那么无论怎样的习俗都不能使它们显得不美。正如无论怎样的习俗,都不能使尖头肿颈者在大多数世人眼里看来是美的。

美女绝非某一个男子眼里的美女。通常她必然几乎是一切男子眼里的美女。他人的贬评不能使她不美。但她自身的内在缺陷——比如嫉妒、虚荣、无知、贪婪,却足以使她外在的、人人公认的客观美点大打折扣。

美景绝非某一个世人眼里的美景,通常它必然几乎是一切世人眼里的美景。

丑的也是。

视觉永远是敏感的,真实可靠的,比审美的观点审美的思想更难以欺骗的。

美的不同种类是无穷尽的。

丑的也将继续繁衍丑的现象，永远不会从地球上消亡干净。

但我们人类的视觉永远不会将它们混淆。因为它们各有天生不可能被混淆的客观性。

这客观性是我们人类的心灵与造物之间可能达成的一致性的前提和保证。

正是在这一前提和保证之下，对于古希腊人古埃及人是美的那些雕塑，是雄伟的那些建筑，对于今天的我们依然是美的。正是在这一前提和保证之下，我们所处的这个时代一切美的事物，假设能够通过“时间隧道”移至我们的远古祖先们面前，大约也必引起他们对于美的赏悦和好奇。正如几乎一切古代的工艺品，今天引起我们的赏悦和好奇一样……

美是大地脸庞上的笑靥。因此需要有眼睛，以便看到它；需要有情绪，以便感觉到它。

我们只能怀着虔诚感激造物赐我们以眼睛和心灵。以为自己便是这世界的中心便是上帝，以为我不存在一切的美亦消亡，以为世上原本没有客观的美丑之分，美丑盖由一己的好恶来界定——这一种想法既是狂妄自大的，也是可笑之极的。

我知道关于美究竟是客观的还是主观的这一哲学与美学之争至今可追溯到千年以前，但我坚定不移地接受前者的观点，相信美首先是客观的存在。

据我想来，道理是那么的简单——有许多美好的事物我没观赏到过，许多人都没观赏到过，但另外许多人可能正观赏着，可能正被那一种美感动着。

在我死掉以后，这世界上美的事物将依然美着。

时代和历史的演进改变着许多事物的性质，包括思想和观念。

但似乎唯有美的性质是不会改变的。改变的只是它的形式。它的性质既不但是客观的，而且是永恒的。它的形式只能被摧毁。它的性质不能被颠覆。

正如一只美的瓶破碎了，我们必惋惜地指着说："它曾是一只多美的瓶啊！"

倘某一天人类消亡了——一只鸟儿在某一早晨睁开它的睡眼，阳光明媚，风微露莹，空气清新，花儿姹紫嫣红，草树深绿浅绿，那么它一定会开始悦耳地鸣叫吧？

它是否是在因自然的美而歌唱呢？

它望见草地上一只小鹿在活泼奔跃——那小鹿是否也是在因自然的美而愉快呢？

灵豚逐浪，巨鲸拍涛——谁敢断言它们那一时刻的激动，不是因为感受到了那一时刻大海的壮美呢？

美是不可颠覆的。

七千年后的蜜蜂仍在营造着七千年前那么标准的六边形。七千年前那些美的标准和尺度，剔除病态的、迷乱的部分——在我们今天的生活中几乎仍是标准和尺度……

窗的话语

当人的目光注视在另一个人的脸上，吸住它的必是对方的眼睛。是的，是吸住，而不是吸引住。也就是说，哪怕对方并不情愿你那样，你的目光还是会不由自主地那样。好比铁屑被磁石所吸。好比漂在水面的叶子被旋涡所吸。倘对方真的不情愿，那么就会腼腆起来，甚至不自然起来。于是垂下了头。于是将脸转向了别处。于是你立刻意识到了自己那样的不妥。如果你不是一个无理的家伙，那么你就会约束你的目光别继续那样……

当人走近一所房屋，或一幢楼，首先观看的，必是窗子。窗是房或楼的眼睛。从前的哈尔滨是一座俄侨较多的城市。在一般的社区，他们居住在院子临街的房子里。那些房子一律人字形脊，一律有延出的房檐。房檐下，俄式的窗是一道道风景。对小时候的我而言，具有审美的意义。我想，我对窗的敏感，大约也是儿童和少年对美的敏感吧？

普遍的俄式的窗，四周都用木板进行装饰。如同装饰一幅画的画框。木板锯成各式各样的花边。有的还新刷了乳白色的、草绿色的、海蓝色的、米黄色的、深紫色的或浅粉色的油漆,凸显于墙面,煞是美观。

俄式的窗带窗栅。但又不同于栅。栅是有间隙的,窗栅却是两块能开能合,合起来严密地从外面遮挡住窗的木板。不消说,那也是美观的。

于是住在房子里的人家,一早一晚多了两项生活内容——开窗栅和关窗栅。早晨开窗栅,它向窗的两边展开,仿佛一本硬封面的大书翻开着了。夜晚关上,又仿佛舞台的闭幕。窗栅是有专用的锁的。窗栅一落锁,如同带锁的家庭日记被锁上了。那时的窗,似乎代表着一户人家进行无声的宣告——从即刻起,那一人家要独享时间了。有的窗栅朽旧了,从裂缝泄出了屋里的灯光。而早晨窗栅一开,又意味着一户人家可以接待外人了。开窗栅和关窗栅,是孩子的义务。中国人家也有住俄式房子的。小时候的我,特别羡慕那些早晚开关自家窗栅的中国孩子。我巴望尽那么一种家庭义务。然我只有羡慕而已。我家住的破房子深陷地下。所谓窗,自然也被土埋了一半。破碎的玻璃,用纸条粘连着,想擦都没法擦。

我想,小时候的我,对别人家的窗的审美性观看,其实更是一种对温馨的小康生活的憧憬。其硬件是——一所看去不歪不斜的小小房子。而它有两扇,不,哪怕仅仅一扇,带窗栅的窗。小时候的我,对家庭生活的私密性,有着一种本能的,近乎神圣的维护意识。我不知它是怎么产生于我小小心灵中的。是别人家的带窗栅的窗,给予了我一种关于家的暗示么?

哈尔滨市的南岗区、道里区、道外区,是俄式建筑集中的区域。那些楼都不太高,二层或三层罢了。从前,它们的窗,是更加美观的。四周的花边更具有艺术意味。某些窗的上边,有对称的浪花形浮雕。或对称的花藤浮雕,或身姿婀娜的小仙女,或胖得可爱的小仙童浮雕。“文革”中,基本都被砸掉了。

对于童年和少年的我,那些窗是会说话的,是有诗性的。似乎都在代表住在里面的主人表达着一种幸福感:看吧,美和我的家是一回事啊!

中国有一句话叫“以貌取人”。

我从不“以貌取人”。更不会以服裳之雅俗而决定对一个人的态度。

但是坦率地说,我却至今习惯于从一户人家的窗,来判断一户人家生活的心情。倘一户人家的窗一年四季擦得明明亮亮,我认为,实在可以证明主人们的生活态度是积极乐观的。

我家住在一幢六层宿舍楼的第三层。那是一幢快二十年的旧楼。我家住进去也有十几年了。我家是全楼唯一没装修过的人家。但我家的窗一向是全楼最明亮的。每次都由我亲自一扇扇擦个够。我终于圆了小时候的一个梦——拥有了数扇可擦之窗的梦。我热爱那一份家庭义务。起初我擦窗像猿猴一样灵活,一手扳着窗棂,一手拿抹布。手里是湿抹布,兜里是干抹布。脚蹬才两寸来宽的外窗台，身子稳稳的。看见的人便说："小心点儿，太玄！"我还敢扭头回答道："没事儿！"每次都那么擦上两三小时。后来不必谁提醒，从某一次起，我自己开始往腰间系绳子了。再后来系绳子也觉不安全了，于是装了铁栅。亏我，其实非是为了防盗，是为了擦窗方便。现在，站在垫了板的铁栅上，我也变得小心翼翼的了。总担心连人带铁栅一齐掉下去。现在的我已不是十几年前的我了。我不得不暗暗承认我许多方面都开始老了。

哪一天我家也雇小时工擦窗了，我会悲哀的。

心情好时我擦窗。心情不好时我也擦窗。窗子擦明亮了，心情也似乎随之好转了。

我劝住楼房低层尤其平房的朋友们，尤其男人，尤其心情不好时，亲自擦擦自家的窗吧！试试看，也许将和我有同样体会。在生活中，有时我们花很微不足道的钱雇他人在最寻常之方面为我们服务，自认为很值。其实，我们也许是在卖出，甚而是贱卖原本属于我们的某种愉快。

我的一名知青战友，返城后，一家三口租住一间潮湿的地下室。一住就是十来年。他的儿子，从那地下室的窗，只能望见过往行人的形形色色的鞋和腿。于是画以自娱。父亲大为光火，以为无聊且庸俗。现在，他 23 岁的儿子，已成小有名气的新生代漫画家。

地下室的窗，竟引领了那孩子后来的人生。

我曾到过一个很穷的乡村,那儿竟有一所重点高中。据说学生只要进入了那所高中,就等于一只脚迈进了包括清华北大在内的重点大学的校门。冠其名曰重点高中,其实校园很小,教室和学生宿舍也旧陋不堪。令我惊讶的是,学生宿舍的所有窗几乎都从里面封上了。用的是厚塑料布加木条。

我问:“这些窗……为什么是这样的?”

校长回答:“这不冬天快到了么?我们江南没暖气,为保暖。”我又问:“夏天呢?”答:“夏天也这样。山上鸟多,学生们需要的是寂静。”

“那……不热吗?”

“热当然是会热的。但如果窗是玻璃的,人就难免会往窗外望啊!我们的学生在宿舍里也习惯了埋头看书。学校要将窗安上玻璃,他们还反对呢!”

望着进进出出的学生们苍白的脸,我默然,进而肃然。他们的上进,依我看来,已分明的带有自虐的性质。我顿时联想到“悬梁刺股”的典故。窗代表他们,向我无言地诉说着当代中国穷困的农家子女们,鲤鱼跃龙门般的无怨无悔一往无前的志向。

我只有默默而已,只有肃然而已。

我以为,最令人揪心的,莫过于《卖火柴的小女孩》在大雪天冻死前所凝望着的窗了——窗里有使她馋涎欲滴的烤鹅和香肠,还有能使她免于一死的温暖。

我以为，最令人肃然的，是监狱的窗。在那一种肃然中，几乎一切稍有思想的头脑，都会情不自禁地从正反两方面拷问自己的心灵，也会想到那些沉甸甸的命题：诸如罪恶、崇高、真理的代价以及“一失足成千古恨”……

夜半临窗，无论有月还是无月，无论窗外下着冷雨还是降着严霜还是大雪飘飞，谁心不旷寂？谁心不惆怅？

窗在万籁俱寂的夜晚，似人心和太虚之间一道透明的屏障。大约任谁都会有“我欲乘风归去”的闪念吧？大约任谁都会起破窗而出，融入太虚的冲动吧？

斯时窗是每一颗细腻的心灵的框。

而心是框中画。

其人生况味，惟己自知。

窗是家的眼。

你望着它，它便也望着你。

沉默的墙

在一切沉默之物中,墙与人的关系最为特殊。

无墙,则无家。

建一个家,首先砌的是墙。为了使墙牢固,需打地基。因为屋顶要搭盖在墙垛上。那样的墙,叫“承重墙”。

承重之墙,是轻易动不得的。对它的任何不慎重的改变,比如在其上随便开一扇门,或一扇窗,都会导致某一天突然房倒屋塌的严重后果。而若拆一堵承重墙,几乎等于是在自毁家宅。人难以忍受居室的四壁肮脏。那样的人家,即使窗明几净也还是不洁的。人尤其忧患于承重墙上的裂缝,更对它的倾斜极为恐慌。倘承重墙出现了以上状况,人便会处于坐卧不安之境。因为它时刻会对人的生命构成威胁。

在墙没有存在以前,人可以任意在图纸上设计它的厚度,高度,长度,宽度,和它在未来的一个家中的结构方向。也可以任意在图纸上改变那一切。

然而墙,尤其承重墙,它一旦存在了,就同时宣告着一种独立性了。这时在墙的面前,人的意愿只能徒唤奈何。人还能做的事几乎只有一件,那就是美观它,或加固它。任何相反的事,往往都会动摇它。动摇一堵承重墙,是多么的不明智不言而喻。

人靠了集体的力量足以移山填海。人靠了个人的恒心和志气也足以做到似乎只有集体才做得到的事情。于是人成了人的榜样,甚至被视为英雄。一个再平凡不过的人,在自己的家里,在家扩大了一点儿的范围内,比如院子里,又简直便是上帝了。他的意愿,也仿佛上帝的意愿。他可以随时移动他一切的家具,一再改变它们的位置。他可以把一盆花从这一个花盆里挖出来,栽到另一个花盆里。他也可以把院里的一株树从这儿挖出来,栽到那儿。他甚至可以爬上房顶,将瓦顶换成铁皮顶。倘他家的地底下有水层,只要他想,简直又可以在他家的地中央弄出一口井来。无论他可以怎样,有一件事他是不可以的,那就是取消他家的一堵承重墙。而且,在这件事上,越是明智的人,越知道不可以。

只要是一堵承重之墙,便只能美观它,加固它,而不可以取消它。无论它是一堵穷人的宅墙,还是一堵富人的宅墙。即使是皇帝住的宫殿的墙,只要它当初建在承重的方向上,它就断不可以被拆除。当然,非要拆除也不是绝对不可以,那就要在拆除它之前,预先以钢铁架框或石木之柱顶替它的作用。

承重墙纵然被取消了,承重之墙的承重作用,也还是变相地存在着。

人类的智慧和力量使人类能上天了,使人类能蹈海了,使人类能入地了,使人类能摆脱地球的巨大吸引力穿过大气层飞入太空登上月球了;但是,面对任何一堵既成事实的承重墙,无论是雄心大志的个人还是众志成城的集体,在科学高度发达的今天,还是和数千年前的古人一样,仍只有三种选择——要么重视它既成事实了的存在;要么谨慎周密地以另外一种形式取代它的承重作用;要么一举推倒它炸毁它,而那同时等于干脆“取消”一幢住宅,或一座厂房,或高楼大厦。

墙,它一旦被人建成,即意味着是人自己给自己砌起的“对立面”。

而承重墙,它乃是古今中外普遍的建筑学上的一个先决条件。是砌起在基础之上的基础。它不但是人自己砌起的“对立面”,并且是人自己设计的、自己“制造”的坚固的现实之物。它的存在具有人不得不重视它的禁讳性。它意味着是一种立体的眼可看得见手可摸得到的实感的“原理”。它沉默地立在那儿就代表着那一“原理”。人摧毁了它也还是摧毁不了那一“原理”。别物取代了它的承重作用恰证明那一“原理”之绝对不容怀疑。

而“原理”的意思也可以从文字上理解为那样的一种道理——一种原始的道理。一种先于人类存在于地球上的道理。因为它比人类古老,因为它与地球同生同灭,所以它是左右人类的地球上的一种魔力。是地球本身赋予的力。谁尊重它,它服务于谁;谁违背它,它惩罚谁。古今中外,地球上无一人违背了它而又未自食恶果的。

墙是人在地球上占有一定空间的标志。承重墙天长地久地巩固这一标志。

墙是比床,比椅,比餐桌和办公桌与人的关系更为密切的东西。因为人每天只有数小时在床上。因为人并不整天坐在椅上。也不整天不停地吃着或伏案。但人眼只要睁着,只要是在室内,几乎时时刻刻看到的都首先是墙。即使人半夜突然醒来,他面对的也很可能首先是墙。墙之对于人,真是低头不见抬头便见。

所以人美化居住环境或办公环境,第一件要做的事便是美观墙壁。为此人们专门调配粉刷墙壁的灰粉,制造专门裱糊墙壁的壁纸。从前的年代壁纸只不过是印有图案的花纸,近代则生产出了具有化纤成分的壁膜和不怕水湿的高级涂料。富有的人家甚至不惜将绸缎包在板块上镶贴于墙。人为了墙往往煞费苦心。

然而墙却永远地沉默着。永远地无动于衷。永远地宠辱不惊。不像床、椅和桌子,旧了便发出响声。而墙,凿它,钻它,钉它,任人怎样,它还是一堵沉默的墙。

我童年的家,是一间半很低很破的小房子。它的墙壁是根本没法粉刷的。也没法裱糊。再说买不起墙纸。只有过春节的时候,用一两幅年画美观一下墙。春节一过,便揭下卷起,放入旧箱子,留待来年春节再贴。穷人家的墙像穷人家的孩子,年画像穷人家的墙的一件新衣,是舍不得始终让它"穿在身上的"。

后来我家动迁了一次。我们的家终于有了四面算得上墙的墙。那一年我小学五年级。从那一年起,我开始学着刷墙。刷墙啊!多么幸福多么快乐的事啊!那年代石灰是稀有之物。为了刷一遍墙,我常常预先满城市寻找,看哪儿在施工。如果发现了哪儿堆放着石灰,半夜去偷一盆。有时在冬天,端着走很远的路,偷回来时双手都冻僵了。刷前还要仔细抹平墙上的裂纹。我将炉灰用筛子筛过,掺进黄泥里,合成自造的水泥。几次后我刷墙不但刷出了经验,而且显示出了天分。往石灰浆里兑些蓝墨水,墙就可以刷成我们现在叫作"冷色"的浅蓝色;兑些红墨水,墙就可以刷成我们现在叫作"暖色"的浅红色。但对于那个年代的小百姓人家墨水是很贵的。舍不得再用墨水,改用母亲染衣服的蓝的或红的染料。那便宜多了。一包才一角钱。足够用十几次。我上中学后,已能在墙上喷花。将硬纸板刻出图案,按住在墙上;一柄旧的硬毛刷沾了灰浆,手指反复刮刷毛,灰点一番番溅在墙上;不厌其烦,待纸板周围遍布了浆点,一移开,图案就印在墙上了。还有另一种办法,也能使刷过的墙上出现"印象派"的图案。那就是将抹布像扭麻花似的对扭一下,沾了灰浆在墙上滚。于是滚出了一排排浪;滚出了一朵朵云,滚出了不可言状的奇异的美丽。是少年的我,刷墙刷得上瘾,往往一年刷三次。开春一次，秋末一次，春节前一次。为的是在家里能面对自己刷得好看的墙，于是能以较好的心情度过夏季、“十一”和春节。因而，居民委员会检查卫生，我家每得红旗。因而，我在全院，在那一条小街名声大噪。别人家常求我去刷墙，酬谢是一张澡票，或电影票……

后来我去乡下，我的弟弟们也被我带出徒了。

住在北影一间筒子楼的十年，我家的墙一次也没刷过。因为我成了作家，不大顾得上刷墙了。

搬到童影已十余年，我家的墙也一次没刷过。因为搬来前，墙上有壁膜。其实刷也是刷过的。当然不是用灰浆，而是用刷子沾了肥皂水刷刷干净。四五次刷下来，墙膜起先的黄色都变浅了……

现在，墙上的壁膜早已多处破了。我也懒得刷它了。更懒得装修。怕搭赔上时间心里会烦。亦怕扰邻。但我另有美观墙的办法。哪儿脏得破得看不过眼去，挂画框什么的挡住就是。于是来客每说：“看你家墙，旧是太旧了，不过被你弄得还挺美观的。”

现在，我家一面主墙的正上方，是方形的特别普遍的电池表。大约一九八三年，一份叫《丑小鸭》的文学杂志发给我的奖品，时价七八十元。表的下方，书本那么大的小相框里，镶着性感的玛丽莲·梦露。我这个男人并不惟独对玛丽莲·梦露多么着迷。壁膜那儿只破了一个小洞，只需要那么小的一个相框。也只有挂那么小的一个相框才形成不对称的美。正巧逛早市时发现摊上在卖,于是以十元钱买下。满墙数镶着玛丽莲·梦露的相框最小,也着实有点儿委屈梦露了。“她”的旁边,是比“她”的框子大出一倍多的黑框的俄罗斯铜版画,其上是庄严宏伟的玛丽亚大教堂。是在俄罗斯留学过俄罗斯文学史,确实沾亲的一位表妹送给我的。玛丽莲·梦露的下方,框子里镶的是一位青年画家几年前送给我的小幅海天景色的油画。另外墙上同样大小的框子里还镶着他送给我的两幅风景油画,都是印刷品。再下方的竖框里,是芦苇丛中一对相亲相爱的天鹅的摄影。是《大自然》杂志的彩页。我由于喜欢剪下来镶上了。一对天鹅的左边,四根半圆木段组成的较大的框子里,镶着列维斯坦的一幅风景画:静谧的河湾,水中的小船,岸上的树丛,令人看了心往神驰。此外墙上另一幅黑相框里,镶着金铂银铂交相辉映的耶稣全身布道相。还有两幅是童影举行电影活动的纪念品:一幅直接在木板上镶着苗族少女的头像,一幅镶着艺术化了的牛头。那一年是牛年。那一幅上边是《最后的晚餐》,直接压印在薄板上,无框。墙上还有两具瓷的羊头,一模一样;一具牛头,一具全牛,我花一百元从摊上买的。还有别人送我的由一小段一小段树枝组成的带框工艺品。还有两名音乐青年送给我的他们自己拍的敖包摄影。还有湖南某乡女中学生送给我的她们自己粘贴的布画,是扎着帕子的少女在喂鸡。连框子也是她们自己做的。

这是我最珍视的，因为少女们的心意实在太虔诚。还有一串用布缝制的五颜六色的十二生肖，我花十元钱在早市上买的，还有如意结，如意包，小灯笼什么的，都是早市上二三元钱买的……

以上一切，挡住了我家墙上的破处，脏处，并美观了墙。

我这么详尽地介绍我家一面主墙上的东西，其实是想要总结我对墙的一种感想——墙啊，墙啊，永远沉默着的墙啊，你有着多么厚道的一种性格啊！谁要往你身上敲钉子，那么敲吧，你默默地把钉子咬住了。谁要往你身上挂什么，那么挂吧，管它是些什么。美观也罢，相反也罢，你都默默地认可了。墙啊，墙啊，你具有着的，是一种怎样的包容性啊！

尽管，人可以在墙上想写什么就写什么，想画什么就画什么，想挂什么就挂什么，想把墙刷成什么颜色就刷成什么颜色——然而，无论多么高级的墙漆，都难以持久，都将随着岁月的流逝渐渐褪色，剥落；自欺欺人或被他人所骗往墙上刷质量低劣的墙漆，那么受害的必是人自己，水泥和砖构成的墙，却是不会因而被毁到什么程度的。

时过境迁，写在墙上的标语早已成为历史的痕迹，写的人早已死去，而墙仍沉默地直立着；画在墙上的画早已模糊不清，画的人早已死去，而墙仍沉默地直立着；挂在墙上的东西早已几易其主，由宝贵而一钱不值，或由一钱不值而身价百倍，而墙仍沉默地直立着；战争早已成为遥远的大事件，墙上弹洞累累，而墙沉默地直立着……

墙什么都看见过，什么都听到过，什么都经历过，但它永远地沉默地直立着。墙似乎明白，人绝不会将它的沉默当成它的一种罪过。每一样事物都有它存在着的一份天职。墙明白它的天职不是别的，而是直立。墙明白它一旦发出声响，它的直立就开始了动摇。墙即使累了，老了，就要倒下了，它也会以它特有的方式向人报警，比如倾斜，比如出现裂缝……

人知道有些墙是不可以倒下的，因而人时常观察它们的状况，时常修缮它们。人需要它们直立在某处，不仅为了标记过去，也是为了标志未来。

比如法国的巴黎公社墙。

人知道有些墙是不可以不推倒它的。比如隔开爱的墙；比如强制地将一个国家和一个民族一分为二的墙……

比如种族歧视的无形的墙；比如德国的柏林墙。

人从火山灰下，沙漠之下发掘出古代的城邦，那些重见天日的不倒的墙，无不是承重之墙啊！它们沉默地直立着，哪怕在火山灰下，哪怕在沙漠之下，哪怕在地震和飓风之后。

像墙的人是不可爱的。像墙的人将没有爱人，也会使亲人远离。墙的直立意象，高过于任何个人的形象。宏伟的墙所代表的乃是大意象，只有民族、国家这样庄严的概念可与之互喻。

一个时代又一个时代过去了，像新的墙漆覆盖旧的墙漆；

一批风云际会的人物融入历史了又一批风云际会的人物也融入历史了,像挂在墙上的相框换了又换;战争过去了,灾难过去了,动荡不安过去了,连辉煌和伟业也将过去,像家具,一些日子挪靠于这一面墙,一些日子挪靠于另一面墙……而墙,始终是墙。沉默地直立着。而承重墙,以它之不可轻视告诉人:人可以做许多事,但人不可以做一切事;人可以有野心,但人不可以没有禁忌,哪怕是对一堵墙……

第五部分　新国民的诞生

所谓『自由之思想』，
我认为是指思想的过程——理性之思想的果实，
才是『自由之思想』的终极目的。
精神赖思想而独立；思想携精神始自由。

论“新知识者”及其“话筒”

我们中国人一向不乏批评之积极，讨论的能力次之。我认为平心静气地讨论某事某现象尤其应是知识者的一种能力。而中国目前之诸事诸现象，不仅需要批判的勇气，也需要讨论之风的倡导。

一、网络影响中国的正能量必须肯定

关于网络，最初的说法是其“改变了世界”，而我更愿承认其“影响了世界”，对中国也是如此。“改变了世界”是很“文学”的说法，“影响了世界”才是较恰当的说法。

事实是，世界的主体状况并未因网络的产生而基本改变，即使出现了斯诺登事件，现在的世界仍与此前的世界区别不大。进言之，世界的主体状况还将多年不变，只不过网络的能量越来越受到各国的重视，越来越被充分地利用而已。

此点相对于中国是同样的。

尽管我不上网，对于网络影响中国的正能量却一向是看在眼里的。特别是网络在暴露腐败现象与促进政府服务职能的进步方面功不可没。不论我们指出多少网络的不良现象，前提应是——网络影响中国的正能量必须肯定。我相信，以后也断不至于有那样的时候——网络的不良现象会以压倒的程度完全抵消它的正能量。

不但国家不会允许那样，人民大众也不会乐见那样。

对于网络之哪些方面的能量才算正能量，方方面面的国内分歧议论将一直存在。然而正能量之所以为正能量，恰意味着不但不至于在“歧议”之中消失殆尽，反倒会在“歧议”之中更加显明，更加获得较普遍的共识。

二、“我们”是谁?

你在约稿短信中，用了“我们”二字。

据说中国有五亿多网民，约等于美国加俄罗斯加英、法两国的人口。希望如此之多的网民全体具有理性，理性地在网上表达意见和态度的能力，未免理想主义。而今年与春晚的互动网民人数，竟达八亿以上。

所以我觉得，“我们”首先应是知识者。

“知识分子”一词亦“歧议”多多，故我用的是“知识者”三字，泛指受过大学高等教育的人。并且，我还要再将“我们”限制一下，专指35岁以上的“知识者”。因为，35岁以下的“知识者”，尤其男性，几乎都不同程度地有“愤青”之年龄特征。对于他们的非理性网上表现，教诲也罢，告诫也罢，口诛笔伐也罢，都莫如有人做出好点儿的示范。

故我又认为,35 岁以上的中国“知识者”,最应以网上的理性表现做出示范,总不能反过来啊!

三、工具乎? 玩具乎?

网络对于人类具有知识方面、信息方面、交流方面、办公方面的综合“工具”的属性,但也具有“玩具”的属性。人类是动物中玩兴最多的种类,对新事物的玩兴超过于任何动物。这还不是指网络游戏——非工作需要、求知需要、购物需要、了解需要的上网本身,往往具有“玩儿”的性质。

“干什么呢?”

“没事儿,上网呢。”

自从电脑普及后,以上两句话是我每每听到的同胞之间的问答。

“整天总摆弄手机玩!”

自从手机功能提升了,如同掌上电脑了,以上一句话是许多父母常向我抱怨儿女的话。

五亿多中国网民中,究竟有多少特别经常地将网络作为随身携带的,每天总有点吸引眼球的内容的“玩具”,这是无法统计的。

但有一点可以估计到——网上某些垃圾内容的点击率,真实性可疑的“新闻”、特八卦的消息、没甚必要参与的“口水仗”,往往由他们的指尖推波助澜,搞得风生水起。因为那时他们在“玩儿”,而正是那些内容具有“好玩儿”性。语言暴力倾向、传谣,甚至添油加醋,甚至将网络当成“脏话公共厕所”,以呈现污言秽语为快事,皆因将网络当成“玩具”而为。

何况,五亿网民中,还有不知百分之几是精神有毛病的人,心理失衡者,变态者。

我从阅读中知道——一百几十年前,全世界才十六亿多人口。今日之中国,近十四亿人口矣。此后,我便每以中国在人口上是一个“小世界”的眼来看某些中国现象,于是不复像之前那么动辄欲掷文字的“投枪匕首”了。我们对一个“小世界”的种种要求都不能太急。

以我的眼看来,网络及其派生功能起初使国人产生的大亢奋,其实不是愈演愈烈,倒是逐渐归于“去烧”阶段了。

想当初,博客风行,人自“媒体”,网站如潮涌现,给我的感觉,比“文革”时期的“战斗队”产生还要快,还多。

细思忖之,“文革”未尝不也是那时的青年们觉得“好玩儿”的“革命游戏”。却也不过“玩兴”持续了两年罢了,即使没有“上山下乡”运动,绝大多数人极度亢奋的“玩兴”也便“退烧”了。

中国之网络文化现象正合着这样一条规律——人类再是爱玩儿的动物,那也断不会对某一种玩具玩儿起来没够的。

所以,“微博”一风靡,博客顿失半壁江山。

而“微信”一时兴,相当一部分网民又“喜新厌旧”,趣味从电脑转到手机上了。

“微信绑架”现象，由是而生。

但即作为一种令大多数“信友”所嫌恶的现象被提出了，证明其厌存焉。人们青睐“微信”，一因省钱，二因方便，三因间接满足虚荣心。“信友”数量的增多，似乎意味着人脉广、人气特旺。某些人对“微信”的态度分明是双重原则的——别人千万别忘了自己，想使别人关注自己时，最好立刻就达到目的；又最好，别人勿用“微信”来烦自己。

有次我在机场用餐，邻座是两位中年女士，吃一会儿，自拍一会儿。

甲问：“你发几张了？”

乙说：“三张，再发三张，凑个整。”

甲说：“我已经发了十张了。”

乙的手机忽响，看一眼，满脸嫌恶地说：“真讨厌，刚加入圈子的一个男人，认识没几天，总转给我一些垃圾短信！”

甲说：“把他列入黑名单！”

乙说：“还不能那样，是以后用得着的人。”

国人对待“微信”的心态，真是一言难尽——功利、虚荣、自恋、暧昧，皆有之。并且，逆年龄传染。先是青少年男女间的“玩法”，不久便有中年人学去，按得自己连吃顿饭都吃吃停停，还觉自己紧跟潮流一步也没落下。

想想吧，如果谁的手机接连响了十次，每次所见都是一半老徐娘在饭桌旁弄姿摆态的自拍照，烦不烦啊！

有谁不知道“己所不欲，勿施于人”这句话吗？但真能这么要求自己的人其实不多。

至于“网络约架”之事，不论也罢。十三亿多人口，五亿多网民的国家，那只是个案，没有评说必要。我认为不评说也是一种态度。往往，媒体对个案的纷纷报导，等于是合力炒作。

四、“我们”应该怎么做？

“人自话筒”“人自媒体”以前，普遍之国人在言论，特别是意见性言论方面的公开权力是极有限的，从对国事到对社会百相的评说欲望长期感到压抑。

感到压抑是普遍国人意见参与意识的觉醒；网络平台使积蓄的意见几乎得以全面呈现，长期感到的压抑也终于得以释放。

这是中国网民最初之亢奋的涡轮。

知识者亦人也，所以同样亢奋，于是网上呈现一派喧嚣与狂欢。

大多数上网表达意见者，都是一显一潜两种愿望，也可以说是两种目的。显愿望是自己的意见被公认是很深刻、很重要的，潜愿望是自己这个人由而被公认是很精英、很卓越的。

此点正常——好比“文革”时期全没了文学，文学的“春天”一经到来，许多人都觉得自己太多值得写的事了，一写必一鸣惊人，好作品问世的同时即成为大作家，从此“天下谁人不识君”了。

于是，某些人极在乎自己意见言论的点击率，倘离预期较远，则今日刚更新，明日又更新；倘反应一般，便一番比一番言论激烈；倘遭反对，便视为“论敌”，于是全力以赴地“应战”。

结果往往是，不知不觉的，言论吸引眼球倒是吸引眼球了，理性地品质却丧失了。

而非理性地言论，其被心怀叵测者利用传播的时候比理性言论多得多。在网络言论、文章向非理性状态倾斜的情况下，理性之言论、文章反被漠视。“竞争眼球”的局面一旦形成，知识者卷入其境，始终秉持理性是很不容易的。

又结果是——想成为“公共知识分子”的，刚被戴上那顶“桂冠”没几天，“公知”就成了贬损人的话；今日才在网上被封为“意见领袖”，也许隔夜之间却被“板砖”拍惨了。

写“博文”追求点击率；写“微博”追求“转发率”；创立“微信”圈追求“信友”群体的最大化——不过都是数字概念，以为那数字背后便是所谓自己存在的价值“基础”，可有谁了解自己那“基础”究竟是什么成色的“基础”呢？

我的一位朋友曾对写“微博”很痴迷，每天不创作几段，便觉白过了，没着没落的。往往工作时间也冥思苦想，因此受到领导的批评。挨批评了也无怨无悔。

某日对我叹道：“把一百几十个字写得吸引眼球真不容

易，比古人作诗作词还难。”

我说：“那就别难为自己了呀。”

他说：“再难也得坚持下去，不知多少人期待着看呢！”

这就未免太一厢情愿了——安有其事！

谁不创作“微博”了，任何一个网民都不太会觉得自己因而就精神空虚了的。君不见，起初是报也转“微博”，刊也发“微博”，某些电视节目一联到网上，参与的网络留言如潮似浪。如今呢？报上刊上都转得少了，不再格外吸引眼球了。电视节目联到网上，参与的“网言”不多了，有时不得不由内部人上网营造气氛。

我对于“我们”在网络时代的角色定位，有如下愚见，诚呈共勉：

1.“我们”中谁，不论其名气多么“高大上”，或自视多高，以时时守此清醒为好——文化知识者，进言之，一切社会学科知识者，对社会进步、产生巨大影响力这一事实早已是历史现象，并且不会再重现。“我们”中任何一人，在网上不过是五亿分之一。在“人自话筒”的网上，“我们”的话筒丝毫特殊性也无。中国的网上有一股沆瀣难散的戾气，知识者也是语言暴力喜欢攻击的对象。不管那人多么的君子，以及网上言论多么的正确。这乃是“我们”的宿命。既是时代宿命，便当坦然认命。

2.所谓“独立精神”，意指既不媚权贵，亦不悦“众”。网上之“群众”，与现实生活中之“人民群众”不可同日而语，往往只能以“众”言之。这两个“不”，往往使“我们”中某些朋友陷于“横身而立”之境。这尤其是时代宿命。“我们”中有人由于不能正确对待孤立，也不愿附在权贵的皮上，于是不由自主地取悦于“网众”，便一味地尽说脱离现实与复杂国情的网上话，结果还是使自己变成了“一撮毛”，只不过附在无理性质量可言的“皮”上了，我认为这是同样不可取的。还莫如干脆“横身而立”，反而比较的对得起“我们”之名分。

所谓“自由之思想”，我认为是指思想的过程——理性之思想的果实，才是“自由之思想”的终极目的。精神赖思想而独立；思想携精神始自由。想说什么便说什么，只不过是绝对“言论自由”，未必能结出理性之思想的果实——这是我多年的写作心得，未知对也不对。

中国目前较缺的是理性思想，我辈当奉献之，勿以为耻。

3.有能力将一己之见写成文章或者书籍者，不应荒废了这一传统的发表思想的方式。比之于网络，此传统方式的好处是——虽同样看不见，但读者毕竟是有读书习惯的人。杨志遭遇牛二，林冲遭遇高衙内高太尉，冉·阿让遭遇沙威……类似的关系在作者与读者关系中较少见。并且，文章较之于网上言论，也毕竟严谨一些，非“碎片化”的呈现，更有益于完整思想的表达，被篡改、断章取义甚至利用的几率小些。

中国是世界上读书人口不多的国家，为有读书习惯的少数人服务，仍很值得。

"我们"中更喜欢网络表达的朋友，我的建议是——以克服做"意见领袖"的想头为明智。一名知识者，也许会因为对某事某现象率先发声，或确有真知灼见，于是一时被"网众"捧为"意见领袖"。但千万别当真。当真那么一次也无妨，倘由而以为便一直可以"领袖"下去，结果往往适得其反。某类"网众"乃特殊之"众"，绝无耐心也无诚意，拥戴什么"意见领袖"的。某时需要一下"意见领袖"，只不过是心照不宣的一种"玩儿法"，也是心照不宣的狡狯的利用。又何况，国人对现实的意见千般万种，竟能在许多方面成为"意见领袖"的人，还没生出来。生出来的都不可能是——无论本人多么想是，想是的意愿多么良好。

4.一名资深的网上"意见参与"青年曾对我说："网上可以没大没小，这是网络最令我喜欢的方面。"

我不知因而喜欢网络的青年有多少。

但我闻之愕然了。

如果现实生活中某青年并不是一个"没大没小"的青年，一上网对明明知道的年长者也侮辱起来，没商量的话，这不是被网络分裂了并快乐着吗？

"群兽效应"是网络异化人的一种负效应。

单独的一个人，除了变态，面对钉在十字架上的耶稣，或不论任何并非罪大恶极的同类，即便是一头家畜一只动物吧，是不太会啐唾沫的。但善良的耶稣被钉上十字架后，其实是有许多“群众”向他投石头、啐唾沫的——只因为他的话他们不爱听。

这时那些人像兽。

所以，“我们”中的某些朋友，在同样遭遇下，似乎也只能“横眉冷对千夫指”，承受。如果所发表的意见言论或网文主旨属于理性之思想，沉默并不意味着自己的思想便是“意见垃圾”了。

它既已发表在网上，时间终将证明其价值。它于众声喧哗之际的存在便是难能可贵的意义。

而网络的另一个真相是——理性的网民对于网上理性的思想表达，往往只认同了，接受了，却并不非跟帖支持的。他们大抵是很内向的一些网民。不要因为他们的缄默便以为他们根本不存在。

不，他们是存在的，只不过不体现在跟帖上而已。

理性之思想的表达，从来都不会是只受攻击，而支持者全部缺席的表达。

要相信某些人的支持在心里。

我但愿“我们”大家都这样要求自己：

“我们”是以说和写为己任的。不说不写，“我们”也就不是“我们”了。

“我们”之说和写，既每自诩为“己任”，那就不应该是太过任性的说和写。中国之当下,还缺希望能任性地说和写的人吗?

当为着中国的进步、人民大众的权利之依法确立和利益不受危害而需要有人大声疾呼时,那正是社会最需要“我们”之时,“我们”应当仁不让。当正义在网络表达方式中显然已是主导能量时,其实“我们”只欣慰于此,不作追随也罢。因那时少了“我们”正能量也还是正能量。倒是相反时,“我们”的缄默才是羞耻。

当“我们”之间看法相左,意见对立时,免不了也会理论一番的。理性之辩论是谓“理论”。正确之思想更是在“理论”的过程中凸显出来的。辩论失去了理性而升级为“骂仗”,结果只能被看客当成“热闹”。

“理论”之所以为“理论”,“论”时的“礼”是不可不兼顾的。

骂人虽也被说是“一种艺术”,但目前中国擅长此“艺术”的人委实多了去了。

窃以为,不骂人也还能在“理论”的过程始终秉持理性的思想原则,是比“骂人的艺术”更“艺术”的能力。所以,“理论”甚至也可以提倡为“礼论”。

如果“我们”都能以身作则,示范此风,肯定比中国的青少年从我们身上学到的是“骂人的艺术”好。

那样,“礼论”就断不会变成热闹了,而看“礼论”结果的人们,便是在看“理论”之“理”是如何形成的了。

于是,看“口水仗”的看客也会少些的。

五、中国网络的未来

我非预言家,却也还是可以预言一下的——两年或三年后,中国之网络现象将与现在大为不同。

首先是网络语言之暴力倾向会少。不可能完全没有,但会明显式微。同时表达意见之理性特征会增加,因而网络所呈现的公众意见会更具有公权力的品质,便更不容漠视。因为理性之意见表达的力量是无借口可压制的。

我的预言与“政治”二字无关,所依据的纯粹是社会学观察的一己经验。

事实上,我认为今日中国网络现象,与几年前相比已渐趋常态。至2020年,中国之网络现象,将可能基本常态化,即它将主要体现为工具以及社会公器之一种。那时,只有少数人还会将它当成玩具或娱乐公器。八卦或垃圾信息仍会在网上日日堆积,关注的人却会明显减少。在“微信”方面将会更少,因为转发者将被视为无聊、庸俗,很可能会被清除出“微信圈”。

由乱象层出而渐类型归分,乃世间普遍规律。连宇宙都循此规律,网络安能例外?

别的孩子都玩过的东西自己想尽情地玩却总没玩过,或虽玩过却没玩过瘾——这样的孩子潜意识里是不愿长大的。以前的孩子玩过几样玩具后忽然就长大了;我认为大多数中国人对上“微信”的玩兴已经不再膨胀。

我记得希拉里曾很不屑地说过——看看中国的下一代都在网上干什么,我们便可确信他们的下一代不可能胜过我们的下一代……

世界何必是拳击场?谁胜过谁是“冷战”思维。

然而有一点我是坚信的——最晚到2020年,普遍之中国人与网络的关系,将与普遍的美国人与网络的关系没什么两样。

我所言的“常态化”,并非意味着网络将丧失推动中国进步的力量。此种能量,不仅不会因“常态化”而丧失,反会因“常态化”形成通过社会公器行使的不可渡让的民间权利。

我将之视为民间的“试验民权”。

并且我看到,各级政府在此种权利的影响下,确实发生了一些前所未见的职能改变。

比如——羊年伊始,国务院各部委以及各省、市政府,纷纷在网上公布了2014年的“工作总结”以利人民评论。这既是对网络的“公器”性应用,也是总结网络意见所做出的能见度回应。

网络之“公器”能量,绝不是任何人任何方面所能阻挡的,只能某种程度地限制而已。网络意见表达这一民间的“试验民权”体现得越文明、理性,限制的手段越无的放矢。

网络之“公器”,也绝不是任何有领袖欲的人想在其上呼风唤雨便能那样的,充其量只能做出呼风唤雨的架势而已。

网络既属“公器”,便是属于中国人大家的。属于大家的,当由大家来爱护,要像爱护公共环境那样爱护。

至于“我们”,便须带好头,而不是相反。

2015 年 2 月 18 日

北京

人和欲望的几种关系

人生伊始，原本是没有什么欲望的。饿了，渴了，冷了，热了，不舒服了，啼哭而已。那些都是本能，啼哭类似信号反应。人之初，宛如一台仿生设备——肉身是外壳；五脏六腑是内装置；大脑神经是电路系统。而且连高级“产品”都算不上的。

到了两三岁时，人开始有欲望了。此时人的欲望，还是和本能关系密切。因为此时的人，大抵已经断奶。既断奶，在吃喝方面，便尝到了别种滋味。对口感好的饮食，有再吃到、多吃到的欲望了。

若父母说，宝贝儿，坐那儿别动，给你照相呢，照完相给你巧克力豆豆吃，或给你喝一瓶“娃哈哈”……那么两三岁的小人儿便会乖乖地坐着不动。他或她，对照不照相没兴趣；但对巧克力豆豆或“娃哈哈”有美好印象。那美好印象被唤起了，也就是欲望受到撩拨，对他或她发生意识作用了。

在从前的年代，普通百姓人家的小孩儿能吃到能喝到的好东西实在是太少了。偶尔吃到一次喝到一次，印象必定深刻极了。所以倘有非是父母的大人，出于占便宜的心理，手拿一块糖或一颗果子对他说：“叫爸，叫爸给你吃！”他四下瞅，见他的爸并不在旁边,或虽在旁边,并没有特别反对的表示,往往是会叫的。

小小的他知道叫别的男人“爸”是不对的,甚至会感到羞耻。那是人的最初的羞耻感,很脆弱的。正因为太脆弱了,遭遇太强的欲望的挑战,通常总是很容易瓦解的。

此时的人跟动物是没有什么大区别的。人要和动物有些区别,仅仅长大了还不算,更需看够得上是一个人的那种羞耻感形成得如何了。

能够靠羞耻感抵御一下欲望的诱惑力,这时的人才能说和动物有了第一种区别。而这第一种区别,乃是人和动物之间的最主要的一种区别。

这时的人,已五六岁了。五六岁的人仍是小孩儿,但因为他小小的心灵之中有羞耻感形成着了,那么他开始是一个人了。

如果一个与他没有任何亲缘关系可言的男人如前那样,手拿一块糖或一颗果子对他说:“叫爸,叫爸给你吃!”那个男人是不太会得逞的。如果这五六岁的孩子的爸爸已经死了,或虽没死,活得却不体面,比如在服刑吧——那么孩子会对那个男人心生憎恨的。

五六岁的他,倘非生性愚钝,心灵之中则不但有羞耻感形成着,还有尊严形成着了。对于人性,羞耻感和尊严,好比左心室和右心室,彼此联通。刺激这个,那个会有反应;刺激那个,这个会有反应。只不过从左至右或从右至左,流淌的不是血液,而是人性感想。

挑逗五六岁小孩儿的欲望是罪过的事情。在从前的年代,无论城市里还是农村里,类似的痞劣男人和痞劣现象,一向是不少的。表面看是想占孩子的便宜,其实是为了在心理上占孩子的母亲一点儿便宜,目的若达到了,便觉得类似意淫的满足……

据说,即使现在的农村,那等痞劣现象也不多了,实可喜也。

接着还说人和欲望的关系。

五六岁的孩子,欲望渐多起来。欲望说白了就是"想要",而"想要"是因为看到别人有。对于孩子,是因为看到别的孩子有。一件新表,一双新鞋,一种新玩具,甚或仅仅是别的孩子养的一只小猫、小狗、小鸟,自己没有,那想要的欲望,都将使孩子梦寐以求,备受折磨。

记得我上小学的前一年,母亲带着我去一位副区长家里,请求对方在一份什么救济登记表上签字。那位副区长家住的是一幢漂亮的俄式房子,独门独院,院里开着各种各样赏心悦目的花儿;屋里,墙上悬挂着俄罗斯风景和人物油画,这儿那儿还摆着令我大开眼界的俄国工艺品。原来有的人的家院可以那么美好,令我羡慕极了。然而那只不过是起初的一种羡慕;我的心随之被更大的羡慕胀满了,因为我又发现了一只大猫和几只小猫——它们共同卧在壁炉前的一块地毯上:大猫在舔一只小猫的脸,另外几只小猫在嬉闹,亲情融融……

回家的路上,母亲心情变好,那位副区长终于在登记表上签字了。我却低垂着头,无精打采,情绪糟透了。

母亲问我怎么了?

我鼓起勇气说:"妈,我也想养一只小猫。"

母亲理解地说:"行啊,过几天妈为你要一只。"

母亲的话像一只拿着湿抹布的手,将我头脑中那块"印象黑板"擦了个遍。漂亮的俄式房子、开满鲜花的院子、俄国油画以及令我大开眼界的工艺品,全被擦光了,似乎是我的眼根本就不曾见过的了。而那些猫们的印象,却反而越擦越清楚了似的……

不久,母亲兑现了她的诺言。而自从我也养着一只小猫了,我们的破败的家,对于学龄前的我,也是一个充满快乐的家了。

欲望对于每一个人,皆是另一个"自我",第二"自我"。它也是有年龄的,比我们晚生了两三年而已。如同我们的弟弟,如同我们的妹妹。如果说人和弟弟妹妹的良好关系是亲密,那么人和欲望的关系则是紧密。良好也紧密,不良好也紧密,总之是紧密。人成长着,人的欲望也成长着。人只有认清了它,才能算是认清了自己。常言道:"知人知面难知心。"知人何难?其实,难就难在人心里的某些欲望有时是被人压抑住的，处于长期的潜伏状态。除了自己，别人是不太容易察觉的。欲望也是有年龄阶段的，那么当然也分儿童期、少年期、青年期、中年期、老年期和生命末期。

儿童期的欲望，像儿童一样，大抵表现出小小孩儿的孩子气。在对人特别重要的东西和使人特别喜欢的东西之间，往往更青睐于后者。

当欲望进入少年期，情形反过来了。

伊朗电影《小鞋子》比较能说明这一点。全校赛跑第一名，此种荣耀无疑是每一个少年都喜欢的。作为第一名的奖励，一次免费旅游，当然更是每一个少年喜欢的。但，如果丢了鞋子的妹妹不能再获得一双鞋子，就不能一如既往地上学了。作为哥哥的小主人公，当然更在乎妹妹的上学问题。所以他获得了赛跑第一名后，反而伤心地哭了。因为获得第二名的学生，那奖品才是一双小鞋子……

明明是自己最喜欢的，却不是自己竭尽全力想要获得的；自己竭尽全力想要获得的，却并不是为了自己拥有……

欲望还是那种强烈的欲望，但“想要”本身发生了嬗变。人在五六岁小小孩儿时经常表现出的一门心思的我“想要”，变成了表现在一个少年身上的一门心思的我为妹妹“想要”。

于是亲情责任介入到欲望中了。亲情责任是人生关于责任感的初省。人其后的一切责任感，皆由此而发散和升华。发散遂使人生负重累累，升华遂成大情怀。

有一个和欲望相关的词是“知慕少哀”。一种解释是，引起羡慕的事多多，反而很少有哀愁的时候了。另一种解释是，因为“知慕”了，所以虽为少年，心境每每生出哀来了。我比较同意另一种解释，觉得更符合逻辑。比如《小鞋子》中的那少年，他看到别的女孩子脚上有鞋穿，哪怕是一双普普通通的旧鞋子，那也肯定会和自己的妹妹一样羡慕得不得了。假如妹妹连做梦都梦到自己终于又有了一双鞋子可穿，那么同样的梦他很可能也做过的。一双鞋子，无论对于妹妹还是对于他，都是得到实属不易之事，他怎么会反而少哀呢?

我这一代人中的大多数，在少年时都曾盼着快快成为青年。这和当今少男少女们不愿长大的心理，明明是青年了还自谓“我们男孩”“我们女孩”是截然相反的。

以我那一代人而言，绝大多数自幼家境贫寒，是青年了就意味着是大人了。是大人了，总会多几分解决现实问题的能力了吧？对于还是少年的我们那一代人，所谓“现实问题”，便是欲望困扰，欲望折磨。部分因自己“想要”，部分因亲人“想要”。合在一起，其实体现为家庭生活之需要。

所以中国民间有句话是——穷人的孩子早当家。早当家的前提是早“历事”。早“历事”的意思无非就是被要求摆正个人欲望和家庭责任的关系。

这样的一个少年，当他成为青年的时候，在家庭责任和个人欲望之间，便注定了每每地顾此失彼。

就比如求学这件事吧，哪一个青年不懂得要成才，普遍来说就得考大学这一道理呢？但我这一代中，有为数不少的人当年明明有把握考上大学，最终却自行扼死了上大学的念头。不是想上大学的欲望不够强烈，而是因为是长兄，是长姐，不能不替父母供学的实际能力考虑，不能不替弟弟妹妹考虑他们还能否上得起学的问题……

当今的采煤工，十之八九来自于农村，皆青年。倘问他们每个人的欲望是什么，回答肯定相当一致——多挣点儿钱。

如果他们像孙悟空似的是从石头缝里蹦出来的，除了对自己负责，不必再对任何人怀揣责任，那么他们中的大多数也许就不当采煤工了。干什么还不能光明正大地挣几百元钱自给自足呢？为了多挣几百元钱而终日冒生命危险，并不特别划算啊！但对家庭的责任已成了他们的欲望。

他们中有人预先立下遗嘱——倘若自己哪一天不幸死在井下了，生命补偿费多少留给父母做养老钱，多少留给弟弟妹妹做学费，多少留给自己所爱的姑娘，一笔笔划分得一清二楚。

据某报的一份调查统计显示——当今的采煤工，尤其黑煤窑雇用的采煤工，独生子是很少的，已婚做了丈夫和父亲的也不太多。更多的人是农村人家的长子，父母年迈，身下有少男少女的弟弟妹妹……

责任和欲望重叠了，互相渗透了，混合了，责任改变了欲望的性质，欲望使责任也某种程度地欲望化了，使责任仿佛便是欲望本身了。这样的欲望现象，这样的青年男女，既在古今中外的人世间比比皆是，便也在古今中外的文学作品中屡屡出现。

比如老舍的著名小说《月牙儿》中的“我”，一名二十世纪四十年代的女中学生。“我”出生于一般市民家庭，父母供“我”上中学是较为吃力的。父亲去世后，“我”无意间发现，原来自己仍能继续上学，竟完全是靠母亲做私娼。母亲还有什么人生欲望吗？有的。那便是——无论如何也要供女儿上完中学。母亲于绝望中的希望是——只要女儿中学毕业了，就不愁找不到一份好工作，嫁给一位好男人。而只要女儿好了，自己的人生当然也就获得了拯救。说到底，她那时的人生欲望，只不过是再过回从前的小市民生活。她个人的人生欲望，和她一定要供女儿上完中学的责任，已经紧密得根本无法分开。正所谓“皮之不存，毛将附焉”。

而作为女儿的“我”，她的人生欲望又是什么呢？眼见某些早于她毕业的女中学生不惜做形形色色有脸面有身份的男人们的姨太太或“外室”，她起初是并不羡慕的，认为是不可取的选择。她的人生欲望，也只不过是有朝一日过上比父母曾经给予她的那种小市民生活稍好一点儿的生活罢了。但她怎忍明知母亲在卖身而无动于衷呢？于是她退学了，工作了，打算首先在生存问题上拯救母亲和自己，然后再一步步实现自己的人生欲望。这时“我”的人生欲望遭到了生存问题的压迫，与生存问题重叠了，互相渗透了，混合了。对自己和对母亲的首要责任，改变了她心中欲望的性质，使那一种责任欲望化了，仿佛便是欲望本身了。人生在世，生存一旦成了问题，哪里还谈得上什么其他的欲望呢？“我”是那么的令人同情，因为最终连她自己也成了妓女……

比“我”的命运更悲惨，大约要算哈代笔下的苔丝。苔丝原是英国南部一个小村庄里的农家女，按说她也算是古代骑士的后人，她的家境败落是由于她父亲懒惰成性和嗜酒如命。苔丝天真无邪而又美丽，在家庭生活窘境的迫使之下，不得不到一位富有的远亲家去做下等佣人。一个美丽的姑娘，即使是农家姑娘，那也肯定是有自己美好的生活憧憬的。远亲家的儿子亚雷克对她的美丽表现出了极大的兴趣，这使苔丝也梦想着与亚雷克发生爱情，并由此顺理成章地成为亚雷克夫人。欲望之对于单纯的姑娘们，其产生的过程也是单纯的。正如欲望之对于孩子，本身也难免具有孩子气。何况苔丝正处于青春期，荷尔蒙使她顾不上掂量一下自己想成为亚雷克夫人的欲望是否现实。亚雷克果然是一个坏小子，他诱惑了她，玩弄够了她，使她珠胎暗结之后理所当然地抛弃了她。

分析起来，苔丝那般容易地就被诱惑了，乃因她一心想成为亚雷克夫人的欲望，不仅仅是一个待嫁的农家姑娘的个人欲望，也由于家庭责任使然，因为她有好几个弟弟妹妹。她一厢情愿地认为，只要自己成为亚雷克夫人，弟弟妹妹也就会从水深火热的苦日子里爬出来了……

婴儿夭折，苔丝离开了那远亲家，在一处乳酪农场当起了一名挤奶员。美丽的姑娘，无论在哪儿都会引起男人的注意。这一次她与牧师的儿子安杰尔·克亚双双坠入情网，彼此产生真爱。但在新婚之夜，当她坦白往事后，安杰尔却没谅解她，一怒之下离家出走……

苔丝一心一意盼望丈夫归来。而另一边，父亲和弟弟妹妹的穷日子更过不下去了。坐视不管是苔丝所做不到的，于是她在接二连三的人生挫折之后，满怀屈辱地又回到了亚雷克身边，复成其性玩偶。

当她再见到回心转意的丈夫时，新的人生欲望促使她和丈夫共同杀死了亚雷克。夫妻二人开始逃亡，幸福似乎就在前边，在国界的另一边。然而在一天拂晓，在国境线附近，他们被逮捕了。苔丝的欲望，终结在断头台上……

如果某些人的欲望原本是寻常的，是上帝从天上看着完全同意的，而人在人间却至死都难以实现它，那么证明人间出了问题。这一种人间问题，即我们常说的“社会问题”。“社会问题”竟将连上帝都同意的某部分人那一种寻常的欲望锤击得粉碎，这是上帝所根本不能同意的。

从这个意义上说，人类和宗教的关系，其实也是和普世公理的关系。倘政治家们明知以上悲剧，而居然不难过，不作为,不竭力扭转和改变状况,那么就不配被视为政治家,当他们是政客也还高看了他们……

但欲望将人推上断头台的事情,并不一概是由所谓"社会问题"而导致。司汤达笔下的于连的命运说明了此点。于连的父亲是市郊小木材厂的老板,父子相互厌烦。他有一个哥哥,兄弟关系冷漠。这一家人过得是比富人差很多却又比穷人强很多的生活。于连却极不甘心一辈子过那么一种生活,尽管那一种生活肯定是《月牙儿》中的"我"和苔丝们所盼望的。于连一心要成为上层人士,从而过"高尚"的生活。不论在英国还是法国,不论在从前还是现在,总而言之在任何时候,在任何一个国家,那一种生活一直属于少数人。相对于那一种"高尚"的生活,许许多多世人的生活未免太平常了。而平常,在于连看来等于平庸。如果某人有能力成为上层人士,上帝并不反对他拒绝平常生活的志向。但由普通而"上层",对任何普通人都是不容易的。只有极少数人顺利爬了上去,大多数人到头来发现,那对自己只不过是一场梦。

于连幻想通过女人实现那一场梦。他目标坚定,专执一念。正如某些女人幻想通过嫁给一个有权有势的男人改变生为普通人的人生轨迹。

于连梦醒之时,已在牢狱之中。爱他的侯爵的女儿玛特尔替他四处奔走,他本是可以免上断头台的。毫无疑问,若以今天的法律来对他的罪过量刑,判他死刑肯定是判重了。

表示悔过可以免于一死。于连拒绝悔过。因为即使悔过了,他以后成为“上层人士”的可能也等于零了。

既然在他人生目标的边上,命运又一巴掌将他扇回到普通人的人生中去了,而且还成了一个有犯罪记录的普通人,那么他宁肯死。结果,断头台也就斩下了他那一颗令不少女人芳心大动的头……

《红与黑》这一部书,在中国,在二十世纪八十年代前,一直被视为一部思想“进步”的小说,认为是所谓“批判现实主义”的。但这分明是误读,或者也可以说是中国式的意识形态所故意左右的一种评论。

英国当时的社会自然有很多应该进行批判的弊病,但于连的悲剧却主要是由于没有处理好自己和自己的强烈欲望的关系。事实上,比之于苔丝,他幸运百倍。他有一份稳定的工作和一份稳定的收入,他的雇主们也都对他还算不错。不论市长夫人还是拉莫尔侯爵,都曾利用他们在上层社会的影响力栽培过他……

《红与黑》中有些微的政治色彩,然司汤达所要用笔揭示的显然不是革命的理由,而是一个青年的正常愿望怎样成为唯此为大的强烈欲望,又怎样成为迫待实现的野心的过程……

“我”是有理由革命的。苔丝也是有理由革命的。因为她们只不过要过上普通人的生活,社会却连这么一点儿努力的空间都没留给她们。

革命并不可能使一切人理所当然地成为“上层人士”，所以于连的悲剧不具有典型的社会问题的性质。

对于我们每一个人，愿望是这样一件事——它存在于我们心中，我们为它脚踏实地来生活，具有耐心地接近它。而即使没有实现，我们还可以放弃，将努力的方向转向较容易实现的别种愿望……

而欲望却是这样一件事——它以愿望的面目出现，却比愿望脱离实际得多；它暗示人它是最符合人性的，却一向只符合人性最势利的那一部分；它怂恿人可以为它不顾一切，却将不顾一切可能导致的严重人生后果加以蒙蔽；它像人给牛拴上鼻环一样，也给人拴上了看不见的鼻环，之后它自己的力量便强大起来，使人几乎只有被牵着走，而人一旦被它牵着走了，反而会觉得那是活着的唯一意义，一旦想摆脱它的控制，却又感到痛苦，使人心受伤，就像牛为了行动自由，只得忍痛弄豁鼻子……

以我的眼看现在的中国，绝大多数的青年男女，尤其是受过高等教育的青年男女，他们所追求的，说到底其实仍属于普通人的一生目标，无非一份稳定的工作，两居室甚或一居室的住房而已。但因为北京是首都，是知识者从业密集的大都市，是寸土寸金房价最贵的大都市，于是使他们的愿望显出了欲望的特征。又于是看起来，他们仿佛都是在以于连那么一种实现欲望的心理，不顾一切地实现他们的愿望。

这样的一些青年男女和北京这样一个是首都的大都市，互为构成中国的一种“社会问题”。但北京作为中国首都，它是没有所谓退路的，有退路可言的只是青年们一方。也许，他们若肯退一步，另一片天地会向他们提供另一些人生机遇。但大多数的他们，是不打算退的。所以这一种“社会问题”，同时也是一代青年的某种心理问题。

司汤达未尝不是希望通过《红与黑》来告诫青年应理性对待人生；但是在中国，半个多世纪以来，于连却一直成为野心勃勃的青年们的偶像。

文学作品的意义走向反面，这乃是文学作品经常遭遇的尴尬。

当人到了中年，欲望开始裹上种种伪装。因为中年了的人们，不但多少都有了一些与自己的欲望相伴的教训和经验，而且多少都有了些看透别人欲望的能力。既然知彼，于是克己，不愿自己的欲望也同样被别人看透。因而较之于青年，中年人对待欲望的态度往往理性得多。绝大部分的中年人，由于已经为人父母，对儿女的那一份责任，使他们不可能再像青年们一样不顾一切地听凭欲望的驱使。即使他们内心里仍有某些欲望十分强烈地存在着，那他们也不会轻举妄动，结果比青年压抑，比青年郁闷。而欲望是这样一种“东西”，长久地压抑它，它就变得若有若无了，它潜伏在人心里了。继续压抑它，它可能真的就死了。欲望死在心里，对于中年人，不甘心地想一想似乎是悲哀的事，往开了想一想却也未尝不是幸事。“平平淡淡才是真”这一句话，意思其实就是指少一点儿欲望冲动，多一点儿理性考虑而已。

但是，也另有不少中年人，由于身处势利场，欲望仍像青年人一样强烈。因为在势利场上，刺激欲望的因素太多了。诱惑近在咫尺，不由人不想入非非。而中年人一旦被强烈的欲望所左右，为了达到目的，每每更为寡廉鲜耻。这方面的例子，我觉得倒不必再从文学作品中去寻找了。仅以一九四九年后的中国而论，政治运动频繁不止，波澜惊心，权争动魄，忽而一些人身败名裂，忽而一些人鸡犬升天，今天这伙人革那伙人的命，明天那伙人革这伙人的命，说穿了尽是个人野心和欲望的搏斗。为了实现野心和欲望，把整个人世间弄得几乎时刻充满了背叛、出卖、攻击、陷害、落井下石、尔虞我诈……

“文革”结束，当时的佛教协会会长赵朴初曾发表过一首曲，有两句是这样的：

> 夜里演戏叫做“旦”，叫做“净”的恰是满脸大黑花……；君不见“小小小小的老百姓”，却原是大大大大的野心家

其所勾勒出的也是中国特色的欲望的浮世绘。

绝大多数青年因是青年，一般爬不到那么高处的欲望场上去。侥幸爬将上去了，不如中年人那么善于掩饰欲望，也会成为被利用的对象。青年容易被利用，十之七八由于欲望被控制了。而凡被利用的人，下场大抵可悲。

若以为欲望从来只在男人心里作祟，大错特错也。

女人的心如果彻底被欲望占领，所作所为将比男人更不理性，甚而更凶残。最典型的例子是《圣经故事》中的莎乐美。莎乐美是希律王和他的弟妻所生的女儿，备受希律王宠爱。不管她有什么愿望，希律王都尽量满足她，而且一向能够满足她。这样受宠的一位公主，她就分不清什么是自己的愿望，什么是自己的欲望了。对于她，欲望即愿望。而她的一切愿望，别人都是不能说不的。她爱上了先知约翰，约翰却一点儿也不喜欢她。正所谓落花有意，流水无情。依她想来，“世上溜溜的男子，任我溜溜的求”。爱上了哪一个男子，是哪一个男子的造化。约翰对她的冷漠，反而更加激起了她对他的占有欲望。机会终于来了，在希律王生日那天，她为父王舞蹈助娱。希律王一高兴，又要奖赏她，问她想要什么？她异常平静地说：“我要仆人把约翰的头放在盘子上，端给我。”希律王明知这一次她的“愿望”太离谱了，却为了不扫她的兴，把约翰杀了。莎乐美接过盘子，欣赏着约翰那颗曾令她神魂颠倒的头，又说：“现在我终于可以吻到你高傲的双唇了。”

愿望是以不危害别人为前提的心念。欲望则是以占有为目的的一种心念。当它强烈到极点时，为要吸一支烟，或吻一下别人的唇，斩下别人的头也在所不惜。

莎乐美不懂二者的区别，或虽懂，认为其实没什么两样。当然，因为她的不择手段，希律王和她自己都受到了神的惩罚……

希腊神话中也有一个女人，欲望比莎乐美还强烈，叫美狄亚。美狄亚的欲望，既和爱有关，也和复仇有关。

美狄亚也是一位公主。她爱上了途经她那一国的探险英雄伊阿宋。伊阿宋同样是一个欲望十分强烈的男人。他一心要完成自己的探险计划，好让全世界佩服他。美狄亚帮了他一些忙，但要求他成为自己的丈夫，并带她偷偷离开自己的国家。伊阿宋和约翰不同，他虽然并不爱美狄亚，却未说过"不"。他权衡了一下利益得失，答应了。于是一个男人和一个女人的欲望，达成了相互心照不宣的交换。

当他们逃走后，美狄亚的父王派她的弟弟追赶，企图劝她改变想法。不待弟弟开口，她却一刀将弟弟杀死，还肢解了弟弟的尸体，东抛一块西抛一块。因为她料到父亲必亲自来追赶，那么见了弟弟被分尸四处，肯定会大恸悲情，下马拢尸，这样她和心上人便有时间摆脱追兵了。她以歹毒万分的诡计"恶搞"伊阿宋的当然也是她自己的权力对头——使几位别国公主亲手杀死她们的父王，剁成肉块，放入锅中煮成了肉羹，却拒绝如她所答应的那样，运用魔法帮公主们使她们的父亲返老还童，而且幸灾乐祸。这样的妻子不可能不令丈夫厌恶。坐上王位的伊阿宋抛弃了她，决定另娶一位王后。在婚礼的前一天，她假惺惺地送给了丈夫的后妻一件浸过毒药的金袍，而对方穿上后，便毒发身亡。并且她亲手杀死了自己和丈夫的两个儿子，为的是令丈夫痛不欲生……

古希腊的戏剧家，在他们创作戏剧时，赋予了这一则神话现实意义。美狄亚不再是善巫术的极端自我中心的公主，而是一位普通的市民阶层的妇女，为的是使她的被弃也值得同情，但还是保留了她毒死情敌杀死自己两个亲子的行径。可以说，在古希腊，在古罗马，美狄亚是“欲望”的代名词。

虽然我是男人，但我宁愿承认——事实上，就天性而言，大多数女人较之大多数男人，对人生毕竟是容易满足的；在大多数时候，在大多数情况下，也毕竟是容易心软起来的。

势力欲望也罢，报复欲望也罢，物质占有欲望也罢，情欲、性欲也罢，一旦在男人心里作祟，结成块垒，其狰狞才尤其可怖。

人老矣，欲衰也。人不是常青树，欲望也非永动机，这是由生命规律所决定的，没谁能跳脱其外。一位老人，倘还心存些欲望的话，那些欲望差不多又是儿童式的了，还有小孩子那种欲望的无邪色彩。故孔子说：“七十而从心所欲，不逾矩。”意思是还有什么欲望念头，那就由着自己的性子去实现吧，大可不必再压抑着了，只不过别太出格。对于老人们，孔子这一种观点特别人性化。孔子说此话时，自己也老了，表明做了一辈子人生导师的他，对自己是懂得体恤的。

“老夫聊发少年狂”，便是老人的一种欲望宣泄。

但也确有些老人，头发都白了，腿脚都不方便了，思维都迟钝了，还是觊觎势利，还是沽名钓誉，对美色的兴趣还是不减当年。所谓“为老不尊”，其实是病，心理方面的。仍恋权柄，由于想象自己还有能力摆布时局，控制云舒云卷；仍好美色，由于恐惧来日无多，企图及时行乐，弥补从前的人生损失。两相比较，仍好美色正常于仍恋权柄，因为更符合人性。“虎视眈眈，其欲逐逐”，这样的老人，依然可怕，亦可怜。

人之将死，心中便仅存一欲了——不死，活下去。

人咽气了，欲望戛然终结，化为乌有。

西方的悲观主义人生哲学，说来道去，归根结底就是一句话——欲望令人痛苦；禁欲亦苦；无欲，则人非人。

那么积极一点儿的人生态度，恐怕也只能是这样——伴欲而行，不受其累；“己所不欲，勿施于人”。从年轻的时候起，就争取做一个三分欲望，七分理性的人。

“三七开”并不意味着强调理性，轻蔑欲望，乃因欲望较之于理性，更有力量。好比打仗，七个理性兵团对付三个欲望兵团，差不多能打平手。

人生这种情况下，才较安稳……

落叶赋

我曾写过些短文，或记某事，或忆某人，大抵并非虚构。好比拾一片叶子夹在书中。目的不在于作书笺，而在于长久保存住它。我皆可讲出在什么地方，什么时候，为什么在一片落叶之中偏偏拾起某一片。它们常使我感到，生活原本处处有温馨。哪怕仅仅为了回报生活对我的这一种慷慨赠予，我也应将邪恶剔出灵魂以外。如剔出扎在手指上的刺，或抖落爬到身上的毛虫。

一九七七年我刚大学毕业分配到北影时，体质很弱，又瘦又憔悴。肝脏病、胃溃疡、心动过速和严重的神经衰弱，使我终日无精打采。我心情沮丧之极，仿佛患了忧郁症似的。每每顾影自怜。

友人们劝我必须加强身体锻炼，我自己也这么认为。于是每天清晨跑步。先在厂内跑一圈，后来跑出厂去，跑至北航校门前绕回来。祛病心切，结果适得其反。

又有友人建议我学太极拳。

我问跟谁学。

他说："这还用专门拜师么？咱们北影院墙外的小树林里，不是有许多天天在那儿打太极拳的老人？"

于是我每天清晨再跑步，开始光顾那一片小树林。那里，柿树的叶子很美的，正值夏末秋初季节，它们的主体依然是绿色的，但分明的，已由翠绿变得墨绿了。那一种墨绿，绿得庄重，绿得深沉。它们的边缘，却已变黄了。黄得鲜艳，黄得烂漫，宛若镀金。墨绿金黄的一枚叶子，简直就像一件小工艺品。如此这般的蔽空一片，令人赏心悦目，胸襟为之顿开，为之清爽。

在那林中徐旋缓转，轻舒猿臂，稳移鹤步的，全是老人。几乎没有一个四十岁以下的人。使二十七八岁的我觉得自卑，觉得窘迫，觉得手足无措，怕笨拙生硬的举动，会使自己显得滑稽可笑。

我躲在林子的最边上，占据了几棵树之间的狭小空地，顾左右而暗效之。我觉得一个瘦小的老头儿最该是我的楷模。他的套数很娴熟，动作姿态极为优美。一举手一投足，好比是在舞蹈，我却很难跟上他的套数。多日后，连“抱球”“摸鱼”这样的基本动作，还模仿得不成样子。

一天那老头儿走向我的“绿地”。瘦小的老头儿一副形销骨立的样子，仿佛衣裤内已没有什么很实在的内容。一阵旋风，足以将他裹卷上天空，起码刮到新街口去似的。但他两眼却炯炯有神，目光矍铄，而且透露着近乎冷峻的镇定。他仿佛功夫片的老侠士，面临决死的挑战，毫无惧色，执念一搏。

他本已做完了一套。走到离我四五步远处，站定，转身，重做。

前推后抱，左五右六，很慢很慢，慢得似电影的慢镜头。我不失时机跟着学做了一遍。之后他回身笑问："刚开始学？"我不好意思地说："是的。看别人做得挺容易，自己真学起来却怪难的。都不想学了。"他说："别不想学了啊，今后就跟我学吧！我天天来这儿。""那太好了！"——我喜出望外。他上下打量我片刻，又问："你有病？"我已将他视为师傅，如实告诉他我有些什么病。他说："人往往有病之后，才开始珍惜身体，锻炼身体。年轻的，年老的，大多数人都这样，我自己也是。不过你那几种病，不是什么难治的病。生活要有规律，饮食也要有规律。要遵照医嘱服药，再加上坚持锻炼，我保你半年之后就会健康起来的。你年纪轻轻的，身体这么弱，将来怎么成？一个身体不好的人，会觉得连生活也没意思的。"

他说的这些话，别人也对我说过。我常认为是些廉价的安慰之言。但经由这位"师傅"口中说出，似别有一番说服力，另有一番真诚在内。

我诺诺连声，从内心里对他产生了恭敬。

他说："初学乍练的人，都有些不好意思。尤其你们年轻人，好像一比划起太极拳来，就自己将自己归入老人之列了似的。你跟我学，首先要克服这种心理。太极拳有好几套，不同套数对不同的病有间接的疗效作用。从明天起，我要教你一种适合于你的套数。"

我非常感激这一位素昧平生的老人对我的一份儿真诚和

良苦用心。同是体弱人,同病相怜之情油然而生。我犹豫一阵,还是忍不住问:“老人家,那您有什么病呢?”“我么,”他又微笑了,以一种又淡泊又诙谐的口吻说,“我的病,和你的病比起来,就大不一样了!甚至可以被医生,被别人,也被我自己认为根本就没有病了。我之所以还天天来这里,是因为除了你,还有不少人希望跟我学,希望得到我的指导呵。”

他颇得意。那是一种什么怪病?大概也就是神经失调之类的病吧?难怪他对自己的病并不太以为然,挺乐观的了。初识,我未再冒昧问什么。

第二天我醒晚了。睁开眼看表,已七点半多。慵慵懒懒地不起床,心想那老头儿未必会在小树林里等我。不过几句话的交谈,谁那么认真地当“师傅”?可心里总归有些不安定,万一人家真在等着呐?终于还是起了床,去到了小树林。小树林里已经只有一个人。那位老人,他居然真的在等我。这老头儿!也未免太认真了!我很羞愧,欲编个理由,解释几句。不待我开口,他便说:“跟我学吧!”于是他在前,我在后,做了一套与昨天完全不同的太极拳。之后,我做,他从旁观看,指点,口述套数,不厌其烦一遍一遍示范。甚至摆布我的腿臂,以达到他所要求的准确性,做得好时还不时鼓励几句。好像我将代表中国去参加亚运会或奥运会,而他是我的教练,希望我一举夺魁,获冠军得金牌。

分手时,他说:“练太极拳,讲究呼吸吐纳之功,清晨空气清新，有益于净化脏腑。又讲究心静、眼静、神静，到了现在这时候，满街车水马龙的，噪音大，空气污浊了，练也无益，反而对身体有害，对不对？”

他一点儿也没有批评我的意思，只不过认为，向我讲明白这些，乃是他的责任。我羞愧难当，连说“对，对”。他又说：“我这个人哪，有三种事最容易使我伤感：一是我养的花儿死了。二是我养的鱼死了。三是看到年轻人病病弱弱的，却还不注意锻炼，增强体质，也不善于锻炼，不知道如何增强体质。你们年轻人将来是咱们中国的主人啊！这不是空洞的大道理。身体不好，于自己，于家庭，于工作和事业，于民族和国家，都无利。明天见。”

他说完，就头也不回地匆匆走了。以后我特意买了个小闹钟。以后我再也没让他等过我。一个多月后，我已动作很自信，姿势很准确了。有些初学者，也开始羡慕地望着我了。每每的，当我停止，便会发现，身后有些人在跟着我学。而那老人，到树林深处，去带去教另一批“学生”了。那时气功还没成为“热”，也没像现在这般普及，健身的人们，都热衷于太极拳。

柿树的叶子，那一抹金边儿，黄得更深，更烂漫了。实际上，每一片叶子，其主体基本已是金黄色了。仅剩与叶柄相近的那一部分还是墨绿的。倘形容一个月前的叶子，如碧玉被精工巧匠镶了色彩对比赏心悦目的金黄,那么此时的叶子,仿佛每一片都是用金铂百砸千锤而成,并且嵌上了一颗墨绿的珠宝。这样的万千美丽的叶子,无风时刻,在晴朗天空的衬托下,在阳光的照耀下,如一幅足以使人凝住目光的油画,一幅出自大师之手的点彩派油画。有风抚过,万千叶子抖瑟不止,金黄墨绿闪耀生辉,涌动成一片奇妙的半空彩波,令人产生诗情之思。而雨天里,乳雾笼罩之中,则更是另一番幽寂清郁了……

不久我感到小树林中缺少了什么,缺少了一身褪色的紫红运动衣,那老人每天穿的正是那样一套运动衣。美好的小树林中缺少了那老人的身姿,于我,似乎缺少了美好的一部分,缺少了对美好的体会。一天、两天、三天,接连许多天,他一直没再来到小树林里。我向别人询问,都说认识他,甚至说太熟悉他了。只是没一个人说得出他的名字,家住哪里。人们对于他又几乎一无所知。我也是。然而我想他必定还会来,也不过只是向人们问问而已。

大约又过了半个月。树叶全黄了,由金黄而橘黄。那一种泛红的橘黄,证明秋之魅力足以与夏比美。每一个领略到这种美的人,骑车也罢,步行也罢,常会边望边走,或不禁驻足观赏。年轻人,尤其年轻的情侣们,开始出现在小树林里,摆出各种美的或自以为美的姿态照相了。

树上,泛红的橘黄的叶隙间,隐约可见一个个绿果——虽长得够大了还没经霜的柿子。一场秋雨后，大部分树叶落了。我仍每天到小树林去习太极拳。我的坚持不懈，也是为着希望再见到那老人一面。

又一天，小树林里出现了一位姑娘。她不像是来锻炼的。分明是来寻找人的。我的年龄最轻，她一发现我，就朝我走来。“请问。您认识一位穿紫红色运动衣，身材瘦小，以前每天来这里打太极拳的老人么?”待我做完全套动作，收稳脚步，她这么问。我说:“认识呀！我跟他学的。他该算我师傅呢!”“我是他女儿。他嘱咐我，一定要将这个亲自交给你。这是他在床上写的画的，希望你今后也能带别人教别人。”

那是一套自己装订的太极拳图。图旁，细小而工整的毛笔字，注了行行说明。那当然并非什么秘籍，不过是供人初学的自编“教材”。

“你父亲他怎么这么多天没来？这儿除了我，还有许多认识他的人。我们常在一起谈到他，都挺想他的。”“他去世了。前天去世的。他患的是骨癌，检查出已经晚期了，扩散了。”“什么……什么时候?”“半年前。我父亲让我嘱咐你。千万不要告诉认识他的其他人。他知道有些人也患着同样病，对那些人精神乐观很重要。他希望你转告其他人，就说他病彻底好了，身体很健朗，回老家住去了。”

望着她离去的背影，我一时呆住了。我照那姑娘的话，照她父亲的嘱咐和希望做了。凡说认识他熟悉他的人，皆从他

“康复”的“事实”获得了极大的鼓舞、极大的信念。

如今，在各个地方，练气功的人多了，做太极拳的人少了，每当望见他们，我便想起了那一位瘦小的穿一身褪了色的紫红运动衣的老人。我的记忆中，便又多了一片“叶子”。我写此事时，内心里油然充满了对人对生活的温馨。正是这一点，使我的心灵获得有益滋补，使我的心灵比身体要健康得多。

那些曾经的争论

从前之国人说“世上”，其实只是说的中国；从前的洋人若未远航，其实也不晓得世界上还有多少别国的存在。都一样。

我这里所言“世上”，当然是指世界了。

话说“世上”曾发生过的许多次争论——不，简直便是势不两立的论战，非但当时并没结果，即使现在重新争论，肯定仍会变成论战。那些论战，往往不过由对戏剧、诗歌、小说、雕塑、绘画、建筑的不同看法而引起，于是搅动各阶层形形色色的人的情绪对立，心理互憎，以至于将国王也卷入，将宗教也卷入，闹上最高法院，激发社会骚乱和暴力冲突。

但当时大抵并没争出结果。

或者，似乎有了种结果，却仅仅是似乎而已。分歧的难以统一，势不两立，也只不过是暂且搁置，偃旗息鼓罢了。

时间即“上帝”。搁置经久，成了历史，后来的人们对那些曾经的争论便一丁点儿兴趣也无了。并且大抵的，习惯于将“现成”的结论作为终极结论来接受、认可。又于是，作为“知识”代代相传。当时争论的真相，往往被轻描淡写地提过。甚或，提也不提，如同没发生过，而“知识”之完整性便大打折扣。

歌德的《少年维特之烦恼》，作为文学知识，几乎人尽皆知那是他的成名小说，不但被视为其代表作，也被视为德国近代文学史上的经典。

但，当时大约是有十几名青少年在读了那一部小说后步“维特”之后尘饮弹身亡，还在死前穿上“维特”式的燕尾服与黄坎肩。这使歌德因而受到猛烈的抨击，一股强大的社会舆论谴责他应对那些青少年的死负有责任，感到罪过。某几位社会名流向歌德示敬的同时，另几位社会影响力更不可轻视的人物则口诛笔伐。汉堡主教、英国主教也都发表看法，认为“烦恼”是“邪恶”的，不仅危害基督精神，“也危害社会的道德风尚”，“是一部该受天谴的书”。在莱比锡、在米兰、在哥本哈根，“烦恼”被宣布为禁书。就连莱辛也指出，“维特”之自杀是创作上的“简单的下策”；车尔尼雪夫斯基则进一步明确表态，歌德将“维特病态的幼稚与任性理想化了，这对青年绝对是有害的。”

问题是：

以主教、贵族们为代表的反对者，其反对的动机究竟是什么？主要是由于作品所包含的对社会现实的批判力，抑或是对青少年们的无谓的死的心疼？还是两者兼有？

喜欢者们又为什么会“激动不已”甚至“狂喜”地欢迎“烦恼”的问世？在他们心目中，为什么青少年们“学”时髦式的死似乎根本不值一提？

那些死因确实与读了“烦恼”有关的青少年，究竟是由于也遭遇了“维特”式的失恋而轻生呢？还是由于人生其他方面的压力而绝命？

歌德曾当面这样反驳英国主教的指责：“我的小说只不过使世界甩脱十几个毫无用处的愚人，他们没有更好的事做，只得自己吹熄生命的残烛。这是替人类立了一个大功，值得您欣慰并感激我。”

如果歌德笔下的“维特”确如莱辛所主张的那样并未自杀，那么还会在当时引起巨大的轰动，还会成为他的成名作吗？

如果那十几位青少年死前便知歌德与英国主教的对话（此时的歌德已过中年了），他们仍会模仿“维特”的方式饮弹自尽吗？

“烦恼”一夜走红以后，追风之作层出不穷，在一本《少年维特之欢乐》的书中，主人公用灌了鸡血的手枪自杀，虽然使自己来了个“鸡血喷头”，却赢得芳心，成功地将夏绿蒂从朋友怀中抢去，迎娶进了家门。

让我们将回顾的目光转向法国——从卢梭到福楼拜，到莫里哀，到伏尔泰、司汤达、纪德、雨果……几乎所有著名作家都至少有一部重要的作品引起争议，并使他们的人生遭到厄运。

在英国也是如此，但较法国的情况好多了——如劳伦斯，他的《查泰莱夫人的情人》屡遭禁止出版，他却可以一次次向法庭上诉，并最终获得胜诉。虽然那是三十余年以后的事，并且那也不是一部多么优秀的作品。

在俄国，情况又好一些。但是到了苏联时期，作家们的命运比法国的当时还糟十倍。

在美国，争议仅限于针对作品了。由而对作家进行的报上的攻击与围剿也时有发生，但引发为社会大事件的例子几乎没有。

在中国，从古代至近现代，因诗因小说而遭迫害的例子则举不胜举，下场也更悲惨。

那些曾经的争论、辩论、论战能给我们当代人怎样的思想启示呢？

让我们向历史转过身去，将我们的目光穿透世纪的“帏幔”，尽量望向距我们遥远的年代——几百年前、一千年前、公元前几百年前，直至望向所谓“文明”起源，“文化”产生的时期也行，甚至可以说更好。

结果我们会发现什么现象呢？

我们会发现：

迄今为止，曾经发生在自然科学方面的百千万种争论，几乎百分之九十五以上已有了定论。对与错已无须再争论，只要循着对的定论行事，人类就不会犯错误，不会危害自身，也不会危害自然界由而自食其果。一言以蔽之，那些定论保障我们及下一代活得较为安全。组装并成功发射卫星需要依靠那些定论，一丝一毫的违背都将酿成悲剧；要活得健康长寿也须尊重某些定论，远离定论所告诉我们的有毒的物质——在西方，自然科学其实也每说成是物质科学。

而迄今为止，曾经发生在社会科学方面的同样百千万种争论，比如——政治之主义之争、哲学思想之争、涉及一切艺术的艺术观之争、文化理论之争、经济学观点之争……总而言之，一切自然科学以外统归于社会科学范畴的那百千万种争论，几乎百分之九十五以上仍无定论。有些争论似乎有过定论，也只不过是似乎而已，真相乃是不太能再引起争论了——某些曾经的争论成为历史既久，争论往往便只继续在少数历史学家之间了。更久，则连他们也失去了争论的劲头，于是那些争论不但归于史，而且归于学问了。

在百千万种曾经的争论之中，迄今为止，定论是少之又少的。

以近代而言，“一战”是没有正义可言的世界性战争，这基本上可以说是有定论的。

“二战”是少数战争狂人所发动的，几乎对世界各国犯下了不可饶恕的反人类之罪行的战争，他们的失败意味着人类正义的胜利，这也是不再有争议的。

在“二战”中，日本军国主义者们指挥他们的军队对亚洲人民，特别是对中朝两国及两国人民犯下了同希特勒们一样罄竹难书不可饶恕的罪行——这也正是一种定论。尽管目前仍有些日本政客企图翻案,但那肯定是痴心妄想无疑了。

还有什么是有定论的呢?

全中国人民和军队抵抗日本帝国主义的英勇顽强的斗争,其可歌可泣在世界上也是无可争议的——有也是蚊蝇之声。

世界各国人民反侵略、反殖民、反独裁之一概斗争,也基本上具有不可争议的史性定论——即使有分歧,肯定也是枝节性分歧。

而在文化方面,从中国古代的诸子百家到老庄、孔孟,到希腊三圣,再到文艺启蒙时期,那么多哲学流派,那么多思想家贡献了那么丰富多彩的思想成果,真正无可争议的,成为人类信条的,或按西方习惯称得上“普世价值”,按中国目前说法曰“核心价值观”的,也不过便是人道主义、自由、平等、民主、诚信、博爱等等而已。

近二三年全世界的共识是“环保”意识。

怎么?便是如此吗?

差不多便是如此。

原来真相竟是这样——人类需要百千万种定论性知识以使自己生活得更长寿、更方便、更丰衣足食甚至更享受更满足国家的或是某些人的各种各样的荣耀感;却仅仅只需要二十几个词汇来保证人作为人之人性的不退步,不堕落。

在自然科学即物质科学方面，金科玉律是发现发现再发现，创新创新再创新。

而在文化方面，共同的本能的意识只用一个词汇便可以说明，那就是——恪守。

全人类的文化视为共同使命的那一部分是——不断重复恪守的意义，代代传承，以使百千万种争论后才好不容易积淀下来的那二十几个寻常词汇所代表的定论得以弘扬而不是被解构。

真是好比沙里淘金才获得的成果啊。

由而联想到歌德。

别人问他："你的《浮士德》有什么意义呢？"

他说："我只不过在重复我之前许多人做过的事而已。"

于是顿悟了他的话——虽然关于他本人历来争论多多……

2015 年 4 月 12 日

无信仰之忠诚，一定不靠谱

好莱坞每年产生不少垃圾电影，但各种类型的好电影也是全世界有目共睹的。特别是，隔几年便有堪称经典的，足以彪炳电影史的优秀影片问世，使好莱坞的光环将泯又继。

《教父》便堪称经典。

影片开始时，“教父”一世老柯里昂在家中接待形形色色的宾客的情形接近于现场办公。那时的他仿佛是教皇，起码像某大教区的红衣主教。

这部电影中很有些耐人寻味的台词，给我留下极深之印象。

到第二集时，老柯里昂命归黄泉，他的长子也死于乱枪之下了——于是小儿子迈克仓促接班，成为“教父”二世。

迈克在决定下达一项杀人命令时，与亲信们谈到了忠诚问题。

一亲信保证：执行命令的都是绝对忠诚于柯里昂家族的人。

迈克说：“我们都是生意人，他们的忠诚是有前提的。”

他没说明那前提是什么，想来，当是“他们”各自本人及小家族的利益。

说到底，整个以柯里昂家族为核心，以一些亲信所代表的小家族而组成的那个美国社会的隐性势力，那个看似可以同甘共苦、生死与共的黑社会大家庭，其实断无信仰可言。即使曾是宗教徒的他们，宗教也只不过是信仰的招牌。他们本质上都是非常态的生意人——各个小家族与核心家族、与大家庭中别的家族的关系，皆是生意关系。为了共同的生意利益，他们中任何一个人，都可以忠心不二地，杀人不眨眼地奉组织之命除掉另一个人，即使刚刚还在与对方握手言欢，举杯互敬。然而，一旦个人的及小家族的利益受到危害，他们是绝不会甘愿作出牺牲的。哪怕损失很小，不足论道，他们往往也必耿耿于心，从此“忠诚”大打折扣。如果他们觉得损失颇大，甚至很大，往往会怀恨投入是敌对方的别的大家族的怀抱之中，对曾经“忠诚”于的大家庭扬起杀手锏。更有甚者，干脆对曾经宣誓“忠诚”于的“教父”实行谋杀。迈克便经历了此种险境，而且不止一次。

联想到在反腐、“打虎”战役中，有报载某贪官曾是某地方、某系统之“教父”式的人物，不禁感慨良多。

窃以为，没有信仰可言的“忠诚”，大抵是不靠谱的。

细思忖之，“入党做官”完全可以是为信仰而“服官政”；但坐官位便贪，进而贪得无厌，生活腐化糜烂，说一套做一套——那么，这样一些人本质上便都是干部队伍中的另类“生意人"了。

故,从严治党,悠悠万事,唯此为大也。

迈克的妻子凯,对他曾有过这样的质问:"七年前,你向我保证过,一定要使家族的生意完全合法化……"

今日之中国,反腐倡廉任务艰巨,实因有某系贪腐家族多年以来,已尽量使他们的"生意完全合法化"了——在他们看来已经是那样了。一度,他们侵吞国家与人民的财富"如探囊取物一般容易"。"打老虎"任务之艰巨,正是艰巨在看似已"完全合法化"了的某些家族"生意",必须而且只能依法惩办。如《教父》中所呈现的那样——柯里昂家族即使在法庭上,居然也能利用法律来为家族劣迹狡辩其词。

"永远不要使别人知道你的真实想法"——这句话,是老柯里昂的座右铭,他不止一次对小儿子迈克说过。迈克成了"教父"后,也对侄子如此这般地教诲过。

以上一句话简直可以说是柯里昂家族的教训。

中国之事,一向所以难办,乃因越来越多的人,越来越不知道更加越来越多的人的真实想法了。于是情形往往这样——一些人确实诚意地说着某些话,表明着某种态度,别人仍习惯性地暗自思忖——他们的真实想法究竟是什么?而另一些人,明明在说假话,明明知道没人信的,却只管习惯性地一味说下去。

习总书记曾批评某些干部之说话——与百姓说话,说不下去;与知识分子说话,说不上去;与青年说话,说不进去;与老同志说话,没说几句给顶了回去……

一位副部级干部曾挖苦我这个民主党派人士:“跟你们开座谈会,诚心诚意想听到一些不同声音,不同观点,以刺激一下我们的习惯性思维,却不成想,听到的话比我们在官场上听到的还言不由衷,怎么会这样?”

是啊,怎么会这样呢?

我回答:“人人都不愿说出真实的想法,你凭什么就那么容易地能听到真话?”

他说:“我声明在先了,一心来听真实想法的啊!”

我说:“谁知道你的声明是不是你的真实想法呢?”

他愣了愣,无奈苦笑。

“说不下去”,“说不上去”,“说不进去”,“顶了回去”——不仅仅是说话的技巧问题,更是说话的态度问题。

不首先坦诚相见的人们,便永远也听不到别人的真实想法——除非窃听。

2015 年 4 月 13 日

北京